3

ESO

edebé

Física y Química

Bloque II: Física

Índice

NW
NE
W
E

El proyecto de **Física y Química** 3 ESO

PON A PUNTO LA FÍSICA...

Actividades iniciales para introducir en la asignatura al alumnado que se incorpora al curso y para actualizar los conocimientos previos.

LAS UNIDADES

Imagen inicial relacionada con la unidad, acompañada de los contenidos.

Propuesta de rutina de pensamiento.

DESARROLLO DE LOS CONTENIDOS

Organización de los contenidos en apartados y subapartados, con texto expositivo, ejemplos cotidianos, pequeños experimentos y soporte gráfico.

RECURSOS Y ACTIVIDADES

Gran cantidad de imágenes alusivas al contenido, actividades pensadas para atender a la diversidad, trabajar las competencias y manejar las TIC.

EVALUACIÓN DE COMPETENCIAS

Actividades que permiten valorar los conocimientos y las competencias adquiridos tras haber trabajado un bloque de contenidos.

VAMOS A EMPRENDER

Creatividad, iniciativa, trabajo en equipo... en un proyecto real.

PON A PRUEBA TUS COMPETENCIAS

Actividades integradas y contextualizadas en situaciones reales del entorno del alumno/a para valorar el progreso en la adquisición de las competencias.

edebé On

proyecto global interactivo

Libro digital interactivo

Incorpora los **recursos digitales** (vídeos, presentaciones, actividades interactivas, audios, enlaces...) a fin de que el profesorado gestione de **manera eficaz** el aprendizaje en el **aula digital**.

VISIÓN 360°

Propuesta de un tema científico para investigar fuera del aula. Propuesta TIC para complementar este trabajo en la sección *Cre@ctividad.*

CIENCIA A TU ALCANCE

Propuesta de prácticas de laboratorio o de PBL (*Problem-based learning* / Aprendizaje basado en problemas) con el fin de que el alumnado desarrolle habilidades científicas.

SÍNTESIS

Resumen de los contenidos en forma de esquema. Incluye «Recuerda lo que has aprendido» para asentar el aprendizaje y construir el resumen de las ideas claves de la unidad.

ACTIVIDADES FINALES

Actividades organizadas por apartados y niveles de dificultad. Gran variedad de actividades para trabajar las inteligencias múltiples, las TIC, las destrezas, las técnicas cooperativas y los valores para una nueva sociedad.

RUTINA DE PENSAMIENTO
Para aprender a pensar.

ÁGORA
Un espacio abierto al diálogo y a la reflexión.

PBL
Problem-based learning / Aprendizaje basado en problemas.

VISIÓN 360°
Experiencias para aprender fuera del aula.

CRE@CTIVIDAD
Herramientas TIC para buscar soluciones creativas.

DESTREZAS DE PENSAMIENTO
Para un pensamiento crítico y creativo.

TÉCNICAS COOPERATIVAS
Para mejorar la responsabilidad individual y las relaciones sociales.

INTELIGENCIAS MÚLTIPLES
Porque hay diferentes maneras de aprender y ser inteligente.

Disponible en «Tu espacio personal»: **www.edebe.com** Multidispositivo

Cuaderno digital interactivo

Organizado en **secuencias temáticas** para promover el **aprendizaje autónomo** por parte del alumnado (bajo la planificación y el control del docente) en un **formato digital amigable** e intuitivo.

Biblioteca de recursos digitales

Un **espacio** fácilmente **accesible** en el que se encuentran recursos para consultar, descubrir y explorar el conocimiento.

Pon a punto la física

La física es la ciencia que estudia los fenómenos naturales y establece las leyes que los gobiernan. Explica las propiedades del espacio, del tiempo, de la materia y de la energía, y describe las interacciones que existen entre ellos.

1. Observa detenidamente esta fotografía e indica cuáles de los siguientes conceptos identificas:

Movimiento	Fuerza	Energía	Velocidad
Electricidad	Magnetismo	Transferencia de calor	Fuentes renovables

2. Pon un ejemplo cotidiano de cada uno de los términos enumerados anteriormente.

— Llevad a cabo una puesta en común en clase entre todos los compañeros y compañeras.

3. Ahora, intenta definir con tus palabras cada término. ¿Qué te sugiere cada uno de ellos?

4. Fíjate en las siguientes imágenes y relaciónalas con cada uno de los avances en el campo de la física que describimos a continuación:

a) El aterrizaje del módulo *Philae* en el cometa 67P, perteneciente a la misión Rosetta de la Agencia Espacial Europea (ESA).

b) Investigadores consiguen por primera vez que un reactor de fusión nuclear produzca más energía de la que consume. Se trata de un gran paso para lograr una fuente de energía limpia, inagotable y segura.

c) Detectan neutrinos en el corazón del Sol. Estas partículas fluyen fuera de la estrella a casi la velocidad de la luz.

d) Miden por primera vez la interacción extremadamente débil entre los imanes más pequeños, dos electrones individuales, hecho muy difícil de observar.

e) Primera imagen de la red cósmica. Un lejano cuásar, a más de 10 000 millones de años luz de la Tierra, ha servido para iluminar un fragmento de la gigantesca red de filamentos de materia que conectan las galaxias entre sí como una gran «telaraña cósmica».

f) Investigadores estadounidenses utilizaron un fenómeno conocido como la «localización de Anderson» para crear una fibra óptica que transmite mejor las imágenes.

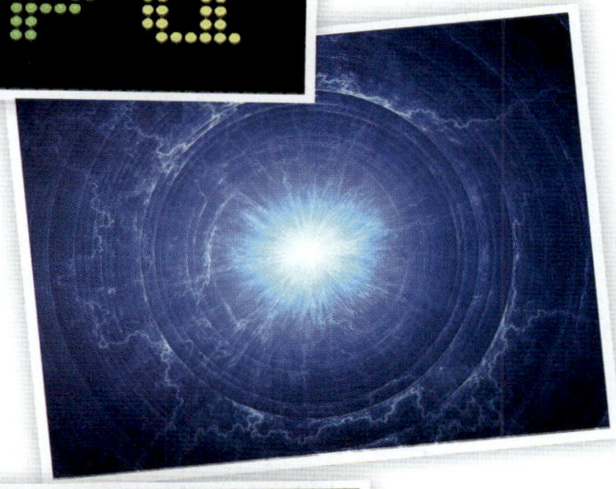

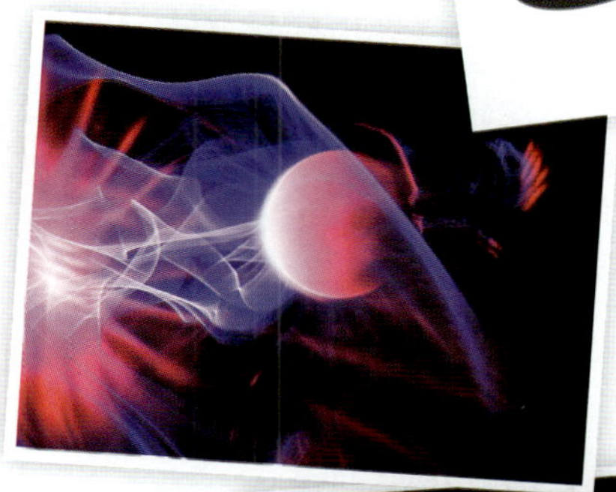

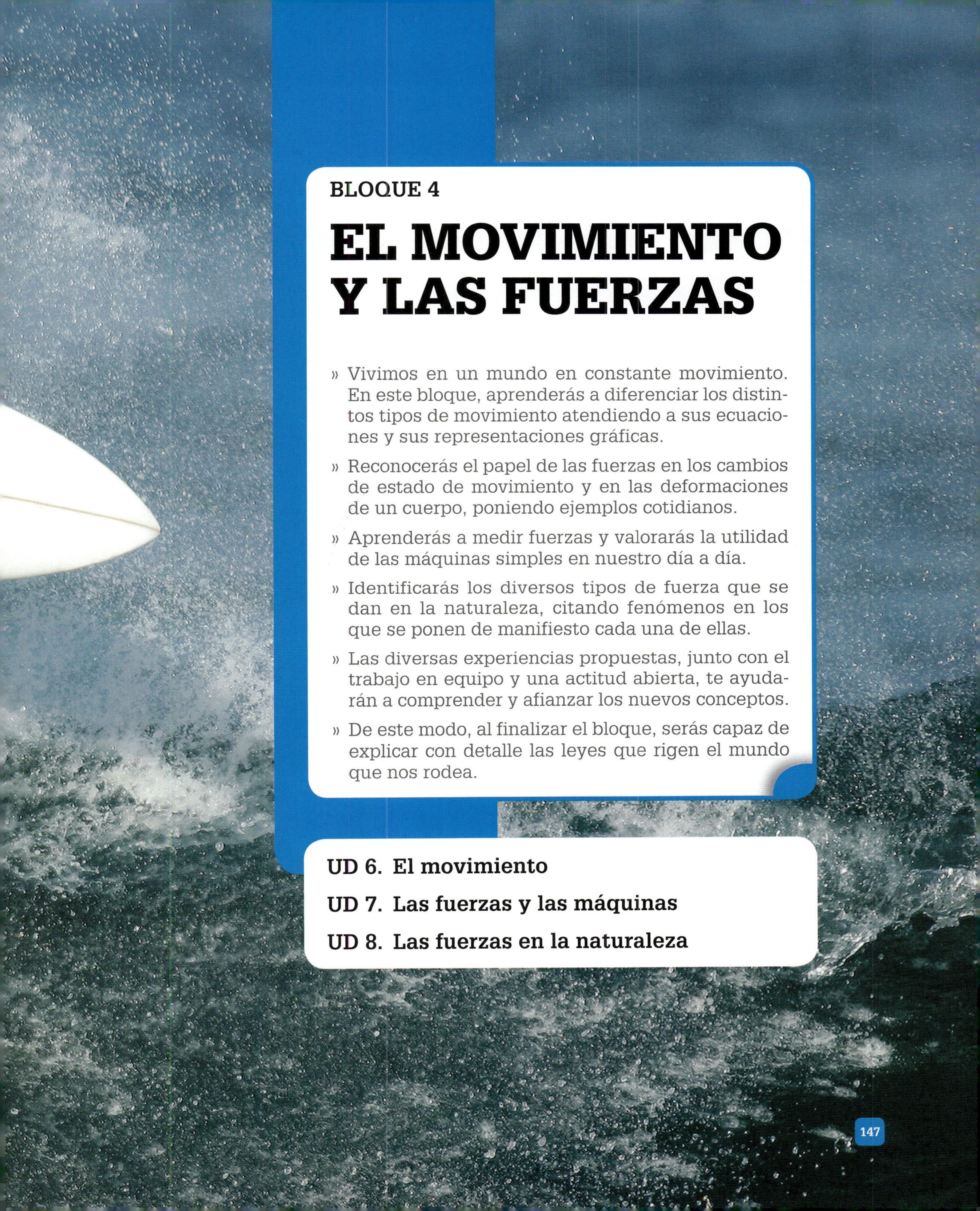

BLOQUE 4

EL MOVIMIENTO Y LAS FUERZAS

- Vivimos en un mundo en constante movimiento. En este bloque, aprenderás a diferenciar los distintos tipos de movimiento atendiendo a sus ecuaciones y sus representaciones gráficas.
- Reconocerás el papel de las fuerzas en los cambios de estado de movimiento y en las deformaciones de un cuerpo, poniendo ejemplos cotidianos.
- Aprenderás a medir fuerzas y valorarás la utilidad de las máquinas simples en nuestro día a día.
- Identificarás los diversos tipos de fuerza que se dan en la naturaleza, citando fenómenos en los que se ponen de manifiesto cada una de ellas.
- Las diversas experiencias propuestas, junto con el trabajo en equipo y una actitud abierta, te ayudarán a comprender y afianzar los nuevos conceptos.
- De este modo, al finalizar el bloque, serás capaz de explicar con detalle las leyes que rigen el mundo que nos rodea.

UD 6. El movimiento

UD 7. Las fuerzas y las máquinas

UD 8. Las fuerzas en la naturaleza

6 El movimiento

» CONTENIDOS

Visión 360°
De vuelta por el circuito de F1

Cre@ctividad
Visitando circuitos con Google Maps

Ciencia a tu alcance
Participamos en una campaña de seguridad vial

Rutina de pensamiento

PIENSO - ME INTERESA - INVESTIGO

— Observa detenidamente las imágenes de estas dos páginas. ¿Qué crees que sabes sobre este tema?

— Escribe qué te interesa sobre esta temática.

— Poned en común en clase las aportaciones de cada uno y pensad entre todos qué os gustaría investigar sobre este tema.

7:00-10:00
16:00-19:00

1. El movimiento y sus características

La **cinemática** es la parte de la física que se encarga del estudio del movimiento.

En esta unidad, llevaremos a cabo el **estudio cinemático** de distintos tipos de movimiento. Para ello, utilizaremos ecuaciones, gráficas y términos cuyo significado aprenderás a interpretar.

A diario caminamos, viajamos en coche o, cuando practicamos ciertos deportes, también corremos. A su vez, observamos el movimiento en la naturaleza: los ríos, el viento, los terremotos o la traslación de la Tierra alrededor del Sol.

Somos conscientes de que nos movemos y, por lo tanto, experimentamos el fenómeno del movimiento. En esta unidad, estudiaremos qué es el movimiento y las variables que intervienen en su descripción.

1.1. Sistema de referencia

Supongamos que estamos sentados en un tren que está circulando por una vía. ¿Nos estamos moviendo? La respuesta depende del sistema de referencia que tomemos; es decir, para describir un movimiento, debemos considerar un elemento fijo respecto a otro que se mueve.

Un **sistema de referencia** es el elemento fijo o punto del espacio respecto al cual se describe el movimiento de un cuerpo.

De esta forma, podemos responder a la pregunta anterior. Si tomamos como sistema de referencia el asiento del tren, no nos estamos moviendo. Sin embargo, si consideramos como sistema de referencia el Sol, sí que nos estamos moviendo, ya que nuestro planeta recorre 30 kilómetros cada segundo en su movimiento de traslación.

Pensemos ahora qué sucede si nos levantamos del asiento y caminamos por el pasillo del vagón. ¿Nos estamos moviendo si tomamos como referencia el asiento del tren? La respuesta es afirmativa, ya que cambiamos nuestra posición respecto al sistema de referencia.

En el enlace http://links.edebe.com/b9, encontrarás una simulación que te permitirá observar el movimiento de un objeto desde distintos sistemas de referencia. Modifica los parámetros de control siguiendo las instrucciones, y espera a ver qué sucede.

Decimos entonces que un cuerpo está en **movimiento** si cambia de posición respecto al sistema de referencia escogido. En caso contrario, decimos que está en **reposo.**

El cuerpo o elemento que se mueve se denomina **móvil.**

Por lo tanto, se puede describir un mismo movimiento de distintas formas. Esta característica implica que el **movimiento es relativo,** es decir, depende del sistema de referencia elegido.

Ejemplo 1

Fíjate en la persona que está mirando por la ventana en el autobús y la que está quieta en la estación sujetando un cartel. Ambos son **observadores.**

El observador que está en la estación observa que la posición del cartel no cambia respecto a él. Por lo tanto, el cartel está en reposo en relación con un sistema de referencia situado en la estación.

El observador que viaja en el autobús observa que el cartel se mueve. Por lo tanto, el cartel está en movimiento respecto a un sistema de referencia localizado en el autobús.

En el estudio de esta situación queda patente la **relatividad** de movimiento.

1.2. Posición y trayectoria

Hemos hablado del cambio de posición de un móvil para definir el movimiento.

La **posición** de un móvil es el lugar que ocupa en el espacio respecto al sistema de referencia en un instante determinado.

Vemos que en esta definición intervienen tanto el **espacio** como el **tiempo.** La **posición inicial** del móvil es el lugar que ocupa en el instante inicial (tiempo cero) y la **posición final** corresponde a su lugar en el último instante (tiempo final).

La posición se representa con la letra ***x*** si el movimiento es **horizontal.** Por ejemplo, el movimiento de un coche que circula por una carretera.

Sin embargo, se representa con la letra ***y*** si el movimiento es **vertical.** Por ejemplo, el movimiento de un ascensor de un edificio.

Denominamos **trayectoria** al camino seguido por el móvil para ir de la posición inicial a la posición final. Es decir, la trayectoria es la línea o conjunto de puntos que describe el móvil en su movimiento.

La estela que deja un avión en el cielo es un ejemplo claro de su trayectoria.

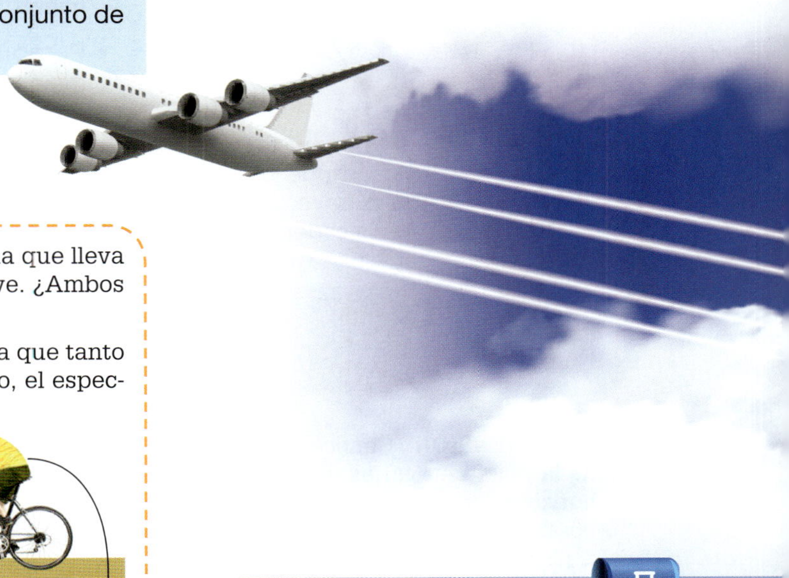

Ejemplo 2

Un ciclista circula por una carretera y se cae al suelo la botella de agua que lleva en la bicicleta. Un espectador que está en el arcén de la carretera lo ve. ¿Ambos describirán la trayectoria de la misma forma?

No. El ciclista describirá la trayectoria como una línea recta vertical, ya que tanto él como la botella están sobre la bicicleta en movimiento. Sin embargo, el espectador dirá que se trata de una curva, ya que según su punto de vista la botella a la vez que cae se desplaza hacia la derecha.

Fíjate en la imagen.

Por lo tanto, hemos comprobado que **la trayectoria de un móvil también es relativa.** Depende del sistema de referencia tomado por el observador.

Actividades

1. Por una carretera circulan un camión y una moto en sentidos contrarios. Responde:

a) Según el conductor del camión, ¿la moto está en reposo o en movimiento? ¿Y el camión?

b) Según el conductor de la moto, ¿el camión está en reposo o en movimiento? ¿Y la moto?

c) Según el conductor del camión, ¿las torres de la luz situadas al lado de la carretera están en reposo o en movimiento? ¿Qué verá moverse más rápidamente respecto a él: las torres de la luz o la moto?

2. Dibuja la trayectoria de los siguientes movimientos, y señala la posición inicial y la final:

a) Un objeto que cae de una mesa que se encuentra a un metro de altura.

b) El lanzamiento de un tiro libre por un jugador de baloncesto.

c) Una puerta que se abre.

d) Una pelota sujeta de un hilo elástico que la une a un punto fijo.

— Explica el sistema de referencia que has tomado en cada caso.

Experimenta

La trayectoria del péndulo

Realizad en el aula el siguiente experimento:

http://links.edebe.com/sbik

— Recopilad primero el material necesario y habilitad un espacio seguro para llevarlo a cabo.

— Razona:

a) ¿Qué trayectoria sigue el péndulo?

b) ¿Es siempre la misma?

c) ¿De qué depende?

— Anota tu hipótesis y ponla en común en clase.

1.3. Tipos de movimiento

Visiona este vídeo sobre los tipos de movimiento que tienen lugar en nuestra vida cotidiana:

http://links.edebe.com/w5cq

» **Identifica el tipo de movimiento que interviene en cada una de las escenas.**

Podemos clasificar los movimientos según la forma geométrica de la trayectoria que describen.

— Si la **trayectoria** es **recta,** se trata de un movimiento **rectilíneo.** Por ejemplo, el movimiento de un ascensor.

— Si la **trayectoria** es una **curva,** el movimiento recibe el nombre de **curvilíneo.**

A su vez, el movimiento curvilíneo puede ser de los siguientes tipos:

- **Circular.** La trayectoria descrita es un círculo. Por ejemplo, el giro de un disco.
- **Elíptico.** La trayectoria descrita tiene forma de elipse. Por ejemplo, el movimiento de los planetas alrededor del Sol.
- **Parabólico.** La trayectoria descrita es una parábola. Por ejemplo, el lanzamiento oblicuo de un balón.

Ejemplo 3

A partir de los datos de la tabla, representa la trayectoria seguida por una pelota de tenis e identifica el tipo de movimiento.

x (m)	0	5	10	15	20
y (m)	1	3	4	3	0

COMPRENSIÓN. Conocemos el valor de la posición (*x, y*) de la pelota en varios instantes. La *x* expresa la distancia horizontal y la *y* indica la altura que alcanza. Debemos elaborar una gráfica *y-x*.

DATOS. La tabla nos proporciona las coordenadas de las distintas posiciones por las que pasa la pelota.

RESOLUCIÓN. Elaboramos una gráfica *y-x* en un sistema de ejes cartesianos:

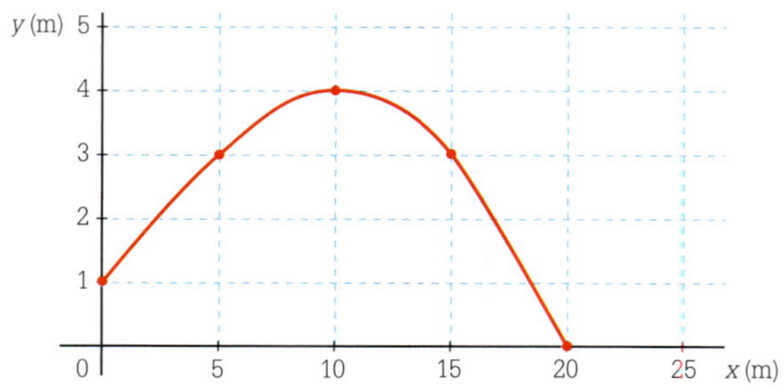

La línea de la gráfica muestra la trayectoria seguida por el móvil. Vemos que se trata de una parábola. Así pues, el movimiento es parabólico.

Actividades

3. Clasifica los siguientes movimientos según su trayectoria:

a) Una nadadora de 100 m crol.

b) El lanzamiento de una piedra a un río.

c) La rueda de un coche en marcha.

d) Un atleta que corre en un estadio olímpico.

e) Una naranja que cae de un árbol.

4. Representa gráficamente la trayectoria seguida por este móvil:

x (m)	0	2	4	6	8
y (m)	0	150	300	450	600

a) ¿Qué tipo de movimiento sigue? b) ¿Por qué? c) Pon un ejemplo de una situación real en la que un móvil describa este movimiento.

5. Representa en una gráfica *y-x* la trayectoria que sigues desde que entras en tu habitación hasta que llegas a tu cama. (Nota: Necesitarás un metro).

1.4. Desplazamiento y distancia recorrida

Imaginemos que un cuerpo se mueve desde un punto A hasta otro punto B, siguiendo la trayectoria que se muestra en la figura del margen.

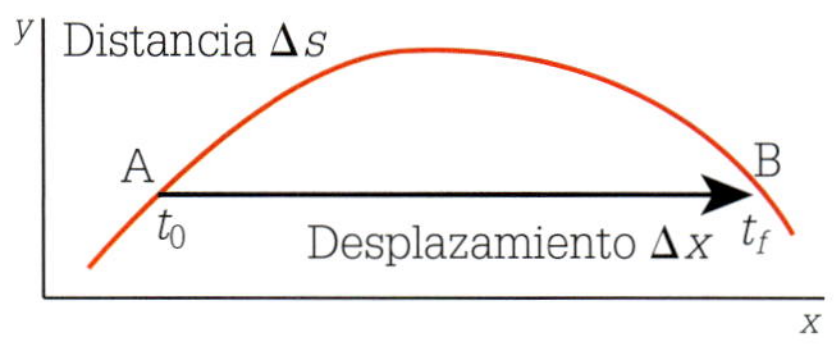

Podemos medir la variación de posición del móvil entre el instante inicial, t_0, y el instante final, t_f, por medio de dos nuevas magnitudes: el desplazamiento y la distancia recorrida.

> El **desplazamiento** efectuado por un móvil es la diferencia entre su posición final y su posición inicial:
>
> $$\text{Desplazamiento} = x_{\text{final}} - x_{\text{inicial}} = \Delta x$$

> La **distancia recorrida** es el espacio recorrido por un móvil, medido sobre la trayectoria que sigue, entre la posición final y la posición inicial. Se representa por Δs.

Ambos conceptos parecen similares, pero son distintos y es importante conocer la diferencia. Solo coinciden en caso de que la trayectoria sea una recta y no haya cambio de sentido en el movimiento. Si la trayectoria es una curva, la distancia recorrida siempre será mayor que el desplazamiento.

+

El desplazamiento se representa mediante un vector caracterizado por:

— El **módulo** o valor numérico absoluto del desplazamiento (siempre con signo positivo).

— La **dirección,** es decir, la recta que contiene el vector desplazamiento.

— El **sentido,** indicado por la punta de la flecha del vector.

Vector desplazamiento

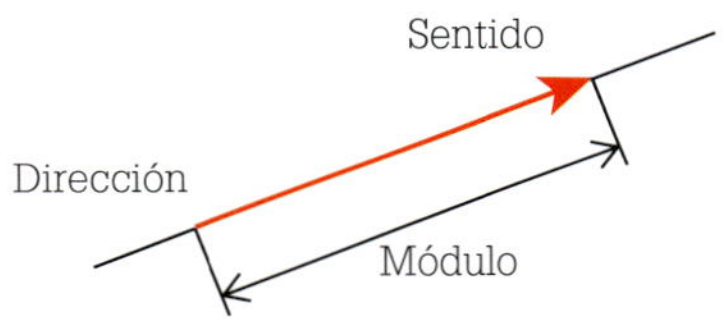

Ejemplo 4

En la siguiente gráfica se pueden observar las posiciones de un coche por una carretera en distintos instantes. El coche se desplaza desde el punto x_0 al x_1, posteriormente a x_2 y finaliza el movimiento en x_3. Calcula el desplazamiento y la distancia recorrida.

COMPRENSIÓN. Se trata de un movimiento rectilíneo con cambio de sentido, del que conocemos las posiciones en cuatro instantes. Debemos hallar el desplazamiento y la distancia recorrida.

DATOS. $x_0 = 100$ m; $x_1 = 500$ m; $x_2 = 0$ m; $x_3 = 100$ m

RESOLUCIÓN. Calculamos el desplazamiento teniendo en cuenta que la posición inicial es x_0 y la posición final, x_3:

$$\Delta x = x_3 - x_0 = 100 \text{ m} - 100 \text{ m} = 0 \text{ m}$$

Hallamos la distancia recorrida como la suma del espacio recorrido entre las distintas posiciones:

$$\Delta s = |x_1 - x_0| + |x_2 - x_1| + |x_3 - x_2| = |500 \text{ m} - 100 \text{ m}| + |0 \text{ m} - 500 \text{ m}| +$$
$$+ |100 \text{ m} - 0 \text{ m}| = 400 + 500 + 100 = 1\,000 \text{ m}$$

COMPROBACIÓN. La distancia recorrida y el desplazamiento no coinciden, ya que el movimiento es rectilíneo pero con cambio de sentido.

@

Entra en el enlace http://links.edebe.com/k2qv y dibuja una trayectoria.

» **Observa la diferencia entre el desplazamiento y la distancia recorrida.**

» **Repite el proceso con trayectorias de distintas formas.**

Actividades

6. Una persona recorre 30 m en los primeros 10 s. En los siguientes 30 s recorre 60 m más. Ordena estos datos en una tabla y elabora una gráfica a partir de ellos. Después, determina el desplazamiento y la distancia recorrida.

2. La velocidad

Cuando circulamos por la carretera, podemos observar señales de tráfico que nos indican el límite de velocidad. Estas hacen referencia a la máxima rapidez permitida a la cual se puede circular en ese tramo.

Al igual que el desplazamiento, la **velocidad** también es un **vector.**

Vector velocidad

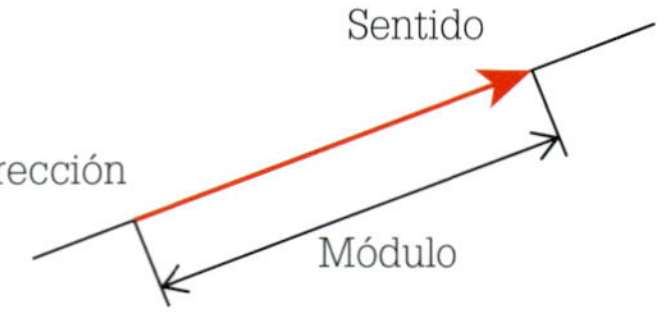

La **velocidad** es la rapidez con la que un móvil **cambia de posición.**

La velocidad expresa la relación entre la distancia recorrida por un móvil, Δs, y el tiempo que tarda en recorrerla, Δt. Indica lo rápido o lento que es el movimiento. Se calcula con la siguiente expresión:

$$v = \frac{\Delta s}{\Delta t}$$

Magnitud	Unidad del Sistema Internacional
Longitud	Metro, m
Tiempo	Segundo, s
Velocidad	Metro por segundo, m/s

Es muy común expresar la velocidad en kilómetros por hora (km/h), como en el caso de las señales de tráfico o el velocímetro del coche.

Para pasar de unas unidades a otras, debemos utilizar **factores de conversión.** Fíjate en el siguiente ejemplo.

Ejemplo 5

Un autobús viaja por una autovía a 98 km/h. Expresa la velocidad en unidades del Sistema Internacional y calcula la distancia que recorre en 10 s.

COMPRENSIÓN. Debemos pasar la velocidad a m/s mediante factores de conversión, teniendo en cuenta las equivalencias entre las unidades de longitud y de tiempo.

DATOS. $v = 98\,\frac{\text{km}}{\text{h}}$; $t = 10$ s

RESOLUCIÓN. Expresamos la velocidad en m/s mediante factores de conversión, teniendo en cuenta las siguientes equivalencias:

$$1\text{ km} = 1\,000\text{ m};\ 1\text{ h} = 3\,600\text{ s}$$

Recuerda que las unidades de tiempo siguen el sistema sexagesimal, en el que cada unidad es 60 veces mayor que la inmediatamente menor. Por eso, una hora es equivalente a 60 minutos y a 3 600 segundos. Así, los factores de conversión quedan de la siguiente forma:

$$v = 98\,\frac{\cancel{\text{km}}}{\cancel{\text{h}}} \cdot \frac{1\,000\text{ m}}{1\,\cancel{\text{km}}} \cdot \frac{1\,\cancel{\text{h}}}{3\,600\text{ s}} = 27,2\,\frac{\text{m}}{\text{s}}$$

Hallamos la distancia recorrida en 10 s mediante la expresión de la velocidad:

$$v = \frac{\Delta s}{\Delta t};\ \Delta s = v \cdot \Delta t = 27,2\,\frac{\text{m}}{\cancel{\text{s}}} \cdot 10\,\cancel{\text{s}} = 272\text{ m}$$

COMPROBACIÓN. Verificamos que el resultado es correcto y que hemos obtenido las unidades deseadas. De lo contrario, revisamos los cálculos.

Actividades

7. Expresa las siguientes velocidades en unidades del SI. Para ello, utiliza factores de conversión:

a) $200\,\frac{\text{m}}{\text{min}}$; b) $30\,\frac{\text{cm}}{\text{s}}$; c) $0,94\,\frac{\text{km}}{\text{min}}$; d) $130\,\frac{\text{km}}{\text{h}}$

— Pon ejemplos de móviles que se desplacen aproximadamente a estas velocidades.

8. Hemos visto que la velocidad es un vector.

— Justifica por qué el desplazamiento estudiado en el apartado anterior también es un vector. Justifica tu respuesta ayudándote con un dibujo.

9. Investiga en Internet cuáles son las unidades de la velocidad utilizadas en las navegaciones marítima y aérea. Busca las equivalencias necesarias para convertir estas unidades a km/h.

2.1. Velocidad instantánea y velocidad media

Imaginemos que hemos realizado un viaje de 160 kilómetros en coche por carretera. Hemos tardado dos horas en total, pero hemos parado una vez a echar gasolina y otra a tomar un refresco.

Podríamos decir que nuestra velocidad ha sido de 80 km/h. Sin embargo, seguramente no hemos ido todo el tiempo a esa velocidad, sino que en algunos intervalos hemos ido más rápido, en otros más lento, y a 0 km/h cuando hemos estado parados.

Por este motivo, debemos distinguir entre **velocidad instantánea** y **velocidad media:**

> La **velocidad instantánea** es la velocidad que tiene el móvil en un instante determinado de tiempo.

> La **velocidad media** es el promedio de todas las velocidades instantáneas, y se calcula como el cociente entre la distancia recorrida por el móvil y el tiempo empleado en recorrerla:
>
> $$v_m = \frac{\Delta s}{\Delta t} = \frac{s - s_0}{t - t_0}$$

En el viaje por carretera anterior, podemos conocer la velocidad instantánea mirando el velocímetro del coche en cada momento.

Sin embargo, para saber la velocidad media, debemos calcular:

$$v_m = \frac{\Delta s}{\Delta t} = \frac{160 \text{ km}}{2 \text{ h}} = 80 \frac{\text{km}}{\text{h}}$$

El **ordenador de a bordo** de los vehículos actuales proporciona tanto la velocidad media como la instantánea.

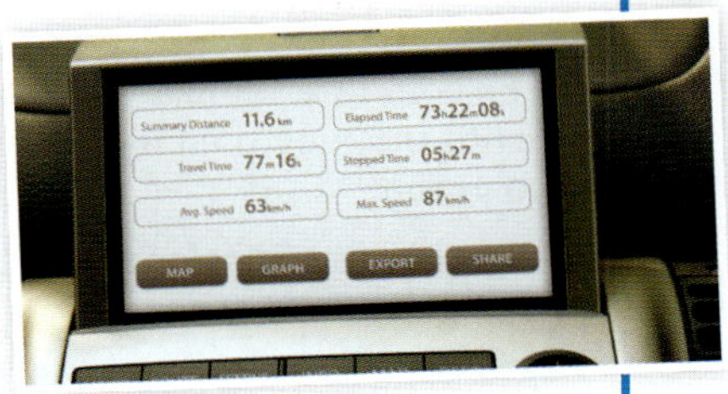

Fíjate en que puedes hallar la velocidad media del viaje con el dato de la distancia recorrida y el del tiempo de viaje.

Para repasar el concepto de velocidad y distinguir entre velocidad media y velocidad instantánea, utiliza el *applet* que encontrarás en el siguiente enlace:

http://links.edebe.com/yiuhn7

Ejemplo 6

Esta gráfica espacio-tiempo muestra el recorrido realizado por un motorista con su moto durante 20 segundos.

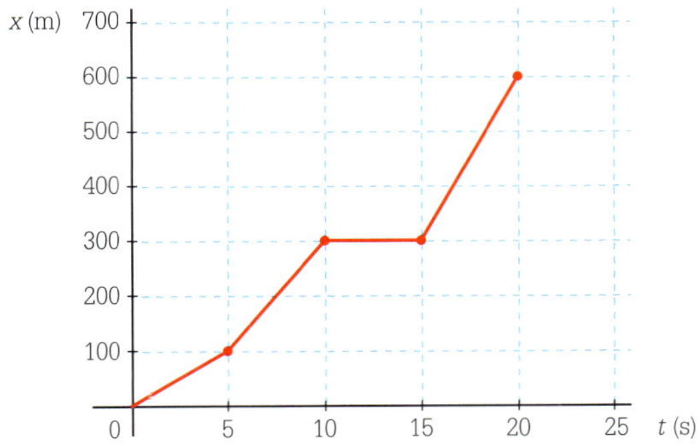

a) Determina la velocidad media de todo el recorrido. b) ¿Se ha detenido en algún momento? c) ¿Qué velocidad media ha alcanzado entre los 5 y los 15 segundos?

COMPRENSIÓN. Debemos obtener la velocidad media a partir de los datos de la gráfica *x-t*, que muestra la posición de la moto en cada instante.

DATOS. Los mostrados en la representación gráfica *x-t*.

RESOLUCIÓN.

a) Calculamos la velocidad media del recorrido mediante la expresión:

$$v_m = \frac{\Delta x}{\Delta t} = \frac{x_f - x_0}{t_f - t_0} = \frac{(600 - 0) \text{ m}}{(20 - 0) \text{ s}} = 30 \frac{\text{m}}{\text{s}}$$

b) Al observar la gráfica, vemos que entre los tiempos 10 s y 15 s no varía su posición. Por lo tanto, ha estado detenido en ese intervalo de tiempo.

c) Nos fijamos en la gráfica y apuntamos la posición de la moto en el tiempo 5 s y en el tiempo 15 s:

$$t_5 = 5 \text{ s} \rightarrow x_5 = 100 \text{ m}; \; t_{15} = 15 \text{ s} \rightarrow x_{15} = 300 \text{ m}$$

$$v_m = \frac{\Delta x}{\Delta t} = \frac{x_{15} - x_5}{t_{15} - t_5} = \frac{(300 - 100) \text{ m}}{(15 - 5) \text{ s}} = 20 \frac{\text{m}}{\text{s}}$$

COMPROBACIÓN. Verificamos que el resultado es correcto y obtenemos las unidades deseadas. De lo contrario, revisamos los cálculos.

2.2. Movimiento rectilíneo uniforme

Dentro de los movimientos rectilíneos, el más sencillo es el **movimiento rectilíneo uniforme (MRU).** Tiene las siguientes carcterísticas:

— Su **trayectoria** es una **línea recta.**

— Presenta **velocidad constante,** es decir, no varía. Este hecho implica que la velocidad media y la velocidad instantánea coinciden en todo momento durante el movimiento.

Por lo tanto, puesto que la velocidad es constante, un cuerpo con MRU siempre tardará el mismo tiempo en recorrer una distancia determinada.

Un móvil se desplaza con **movimiento rectilíneo uniforme (MRU)** si sigue una **trayectoria rectilínea** y su **velocidad es constante** en todo momento.

Ejemplo 7

El control de crucero de los vehículos actuales es un caso claro de MRU.

Por ejemplo, podemos fijar una velocidad constante de 100 km/h cuando circulamos por el tramo recto de una autovía. El vehículo se mantendrá a esta velocidad hasta que frenemos o desactivemos este control.

Ecuación del MRU

Como la velocidad en el MRU se mantiene constante, la calcularemos con la siguiente expresión:

$$v = \frac{\Delta x}{\Delta t} = \frac{x - x_0}{t - t_0}$$

A partir de ella, podemos deducir la ecuación que expresa la posición, x, en función del tiempo, t:

$$v = \frac{x - x_0}{t - t_0};\ x = x_0 + v \cdot (t - t_0)$$

Si tenemos en cuenta que el tiempo inicial, t_0, es 0 cuando empezamos a contar, la ecuación se simplifica:

$$x = x_0 + v \cdot \Delta t$$

Esta ecuación es la **ecuación del movimiento rectilíneo uniforme.**

Así pues, podemos predecir de forma matemática la posición de un móvil que se mueve con MRU en cualquier instante si conocemos la posición inicial, x_0, y la velocidad, v.

Hemos supuesto que el movimiento es horizontal. Si fuese vertical, la coordenada sería y en lugar de x, como hemos visto en el apartado 1.2.

Experimenta

El carrito con MRU

Entra en el enlace http://links.edebe.com/ib y realiza el experimento propuesto en el laboratorio virtual.

— Sigue las instrucciones situadas debajo del *applet.*

— Anota en tu cuaderno tus respuestas a las cuestiones planteadas.

— Clica en «Mostrar retroalimentación» y comprueba si son correctas.

— Poned en común en clase los resultados del experimento. ¿Habéis llegado todos a las mismas conclusiones?

Rapidez o celeridad.

Es el valor absoluto de la velocidad. Los términos *velocidad, celeridad* y *rapidez* se utilizan como sinónimos en el ámbito científico para referirnos al módulo de la velocidad.

Criterio de signos para la posición y la velocidad

Observa los ejes cartesianos de la figura:

— El signo de la **posición** coincide con el signo del semieje en el que se encuentre el móvil.

— La **velocidad** se considera positiva cuando el móvil se desplaza en el sentido positivo del eje *x* o del eje *y* (hacia la derecha o hacia arriba), y negativa si se desplaza hacia el sentido negativo del eje *x* o del eje *y* (hacia la izquierda o hacia abajo).

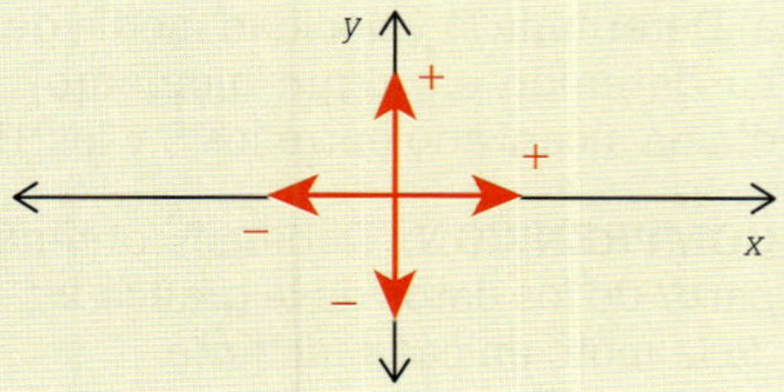

Gráficas del MRU

La ecuación anterior del MRU nos sirve tanto para efectuar cálculos como para representar gráficamente el MRU. Así podremos visualizar sus características.

Gráfica posición-tiempo (*x*-*t*)

En el eje de abscisas representamos el tiempo y en el de ordenadas, la posición del móvil en cada instante.

La gráfica *x*-*t* es una recta con cierta pendiente. Cuanto mayor es la pendiente, mayor es la velocidad.

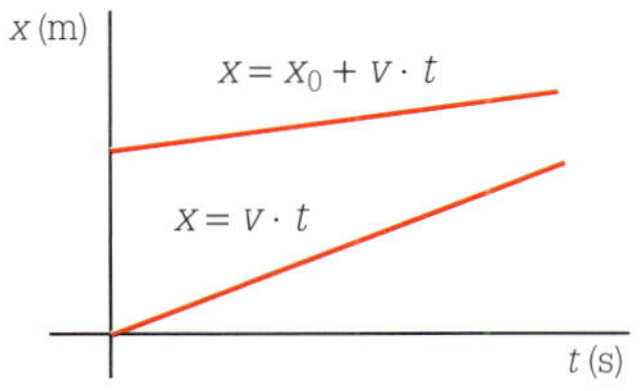

Gráfica velocidad-tiempo (*v*-*t*)

En el eje de abscisas representamos el tiempo y en el de ordenadas, la velocidad del móvil.

Observa que la gráfica *v*-*t* es una recta sin pendiente. La velocidad es la misma en cada instante.

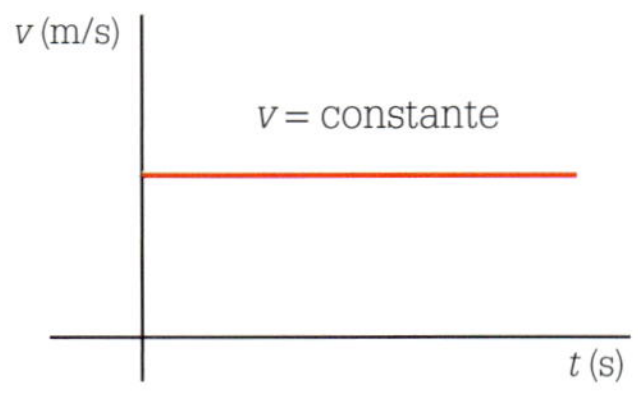

Ejemplo 8

La siguiente gráfica muestra el movimiento a velocidad constante de una patinadora y un patinador sobre una pista recta. a) Sin efectuar cálculos, indica cuál se mueve a mayor velocidad. b) Halla la velocidad de cada uno de ellos.

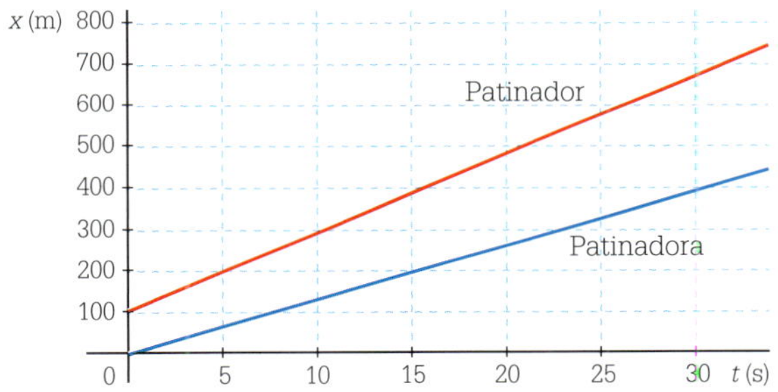

COMPRENSIÓN. Tenemos que interpretar la gráfica posición-tiempo para determinar el tipo de movimiento y extraer los datos necesarios para los cálculos.

DATOS. La patinadora sale de la posición $x_0 = 0$ m y el patinador, de la posición $x_0 = 100$ m. Se muestra la posición de ambos durante los primeros 30 segundos de movimiento.

RESOLUCIÓN.

a) La recta que representa el movimiento del patinador tiene mayor pendiente, es decir, más inclinación, que la de la patinadora. Esto quiere decir que el patinador recorre más espacio en menos tiempo, por lo que su velocidad es mayor que la de la patinadora.

b) Calculamos la velocidad de cada uno de ellos, teniendo en cuenta la ecuación del MRU:

$$x = x_0 + v \cdot t$$

$$v_{\text{patinadora}} = \frac{x - x_0}{t} = \frac{450 \text{ m}}{30 \text{ s}} = 15 \, \frac{\text{m}}{\text{s}}$$

$$v_{\text{patinador}} = \frac{x - x_0}{t} = \frac{(750 - 100) \text{ m}}{30 \text{ s}} = 21{,}7 \, \frac{\text{m}}{\text{s}}$$

COMPROBACIÓN. Verificamos con los cálculos que habíamos interpretado correctamente la gráfica y la velocidad del patinador es mayor que la de la patinadora.

Actividades

10. Cita dos ejemplos de MRU indicando las características particulares de este tipo de movimiento.

11. Dibuja las gráficas que representan la circulación de un tranvía a 70 km/h. ¿Cuánta distancia recorre el tranvía en 30 s? ¿Qué valor tienen la velocidad media e instantánea? Justifica tu respuesta.

+ **12.** Una persona se desplaza a una velocidad constante de 2 m/s por una acera.

a) ¿De qué tipo de movimiento se trata?

b) Elabora una tabla *x*-*t* que recoja las posiciones de esta persona durante 60 s.

c) Representa la gráfica posición-tiempo.

d) Sin dibujar la gráfica velocidad-tiempo, señala cómo será su pendiente. Justifica tu respuesta.

@ **13.** Representa las gráficas anteriores en una hoja de cálculo. Para ello, sigue estas instrucciones para cada gráfica:

— Confecciona primero una tabla de valores para ambos ejes.

— Inserta un gráfico de puntos a partir de los datos anteriores y, después, añade las leyendas de los ejes y el título del gráfico.

Como el desplazamiento y la velocidad, la aceleración también es un vector.

Vector aceleración

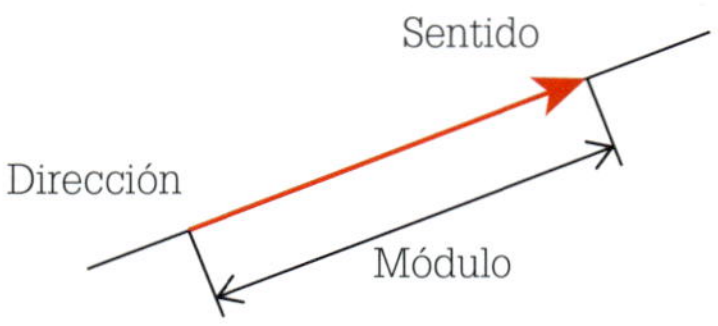

Fíjate en que, para que exista aceleración, tiene que haber un cambio de velocidad. Sin embargo, este puede ser en cualquiera de sus elementos: **módulo, dirección** o **sentido.**

Por este motivo, cuando un coche toma una curva a velocidad constante, sí hay aceleración, ya que aunque no cambia el módulo de la velocidad, sí que lo hace su dirección.

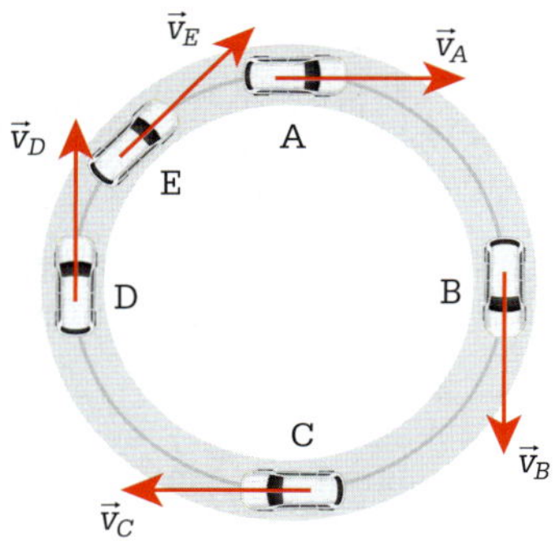

3. Los cambios en la velocidad

Durante una carrera, la velocidad de los corredores no es la misma en cada momento. Por ejemplo, vemos cómo un corredor adelanta a todos los demás en los últimos metros de recorrido antes de llegar a la meta.

Se trata del *sprint* final. El corredor que está adelantando al resto ha aumentado su velocidad para disputar la victoria.

Decimos que el corredor «ha acelerado». Por lo tanto, siempre que la velocidad aumenta o disminuye existe una **aceleración.**

3.1. Aceleración

Dependiendo del tipo de carrera y de las características físicas, la rapidez con la que el corredor modifica su velocidad puede ser mayor o menor.

Así, al igual que la velocidad expresa la rapidez en el cambio de posición, la magnitud que indica la rapidez en el cambio de velocidad es la aceleración:

> La **aceleración** es la rapidez con que un móvil **cambia de velocidad.**

La aceleración expresa la variación de velocidad por unidad de tiempo y se calcula mediante la siguiente expresión:

$$a = \frac{\Delta v}{\Delta t} = \frac{v - v_0}{t - t_0}$$

La unidad de la aceleración en el Sistema Internacional es el **metro por segundo al cuadrado (m/s^2).**

Una aceleración de 2 m/s^2 indica que el móvil varía su velocidad en dos metros por segundo cada segundo.

La aceleración puede tener signo positivo o negativo:

— Si es **positiva,** el móvil aumenta la velocidad.

— Si es **negativa,** el móvil disminuye su velocidad.

Ejemplo 9

Un coche parte del reposo y alcanza una velocidad de 20 m/s en 5 s. De repente, el conductor ve una señal de *stop* y detiene el coche en 4 s. Calcula la aceleración al ponerse en marcha y al pararse.

COMPRENSIÓN. En ambos casos, debemos hallar la aceleración a partir de la velocidad y el tiempo.

DATOS.

Arranque: $v_0 = 0\,\frac{m}{s}$; $v = 20\,\frac{m}{s}$; $t_0 = 0$ s; $t = 5$ s

Frenado: $v_0 = 20\,\frac{m}{s}$; $v = 0\,\frac{m}{s}$; $t_0 = 0$ s; $t = 4$ s

RESOLUCIÓN.

Calculamos la aceleración en la puesta en marcha mediante la siguiente expresión:

$$a = \frac{\Delta v}{\Delta t} = \frac{v - v_0}{t - t_0} = \frac{(20 - 0)\ m/s}{(5 - 0)\ s} = 4\,\frac{m}{s^2}$$

De la misma forma, hallamos la aceleración en el frenado:

$$a = \frac{\Delta v}{\Delta t} = \frac{v - v_0}{t - t_0} = \frac{(0 - 20)\ m/s}{(4 - 0)\ s} = -5\,\frac{m}{s^2}$$

COMPROBACIÓN. Verificamos que, al arrancar, la aceleración es positiva, puesto que aumenta la velocidad; y al frenar es negativa, ya que disminuye la velocidad.

Actividades

14. Una motocicleta está parada en un semáforo. Al arrancar, alcanza una velocidad de 50 km/h en 5 s. Sin efectuar ningún cálculo indica si su aceleración será positiva o negativa. Después, calcula su valor en unidades del SI.

3.2. Movimiento rectilíneo uniformemente acelerado

Aparte del MRU, existe otro tipo de movimiento rectilíneo de especial importancia. Se trata del **movimiento rectilíneo uniformemente acelerado (MRUA).** Como su nombre indica, presenta aceleración; es decir, la velocidad varía con el tiempo, no es constante. Resumimos a continuación sus principales características:

— Su **trayectoria** es una **línea recta.**

— Su **velocidad varía.**

— Su **aceleración** es **constante.**

Por lo tanto, para identificar este movimiento nos fijaremos en lo siguiente:

> Un móvil se desplaza con **movimiento rectilíneo uniformemente acelerado (MRUA)** si sigue una **trayectoria rectilínea** y su **aceleración es constante** y distinta de 0.

Ejemplo 10

Observa en la imagen el movimiento de un coche que parte del reposo y alcanza los 40 m/s de velocidad máxima permitida a lo largo de un tramo recto de calle. El coche tardará un tiempo determinado en aumentar su velocidad, y si nos fijamos en el velocímetro observaremos cómo varía de forma constante.

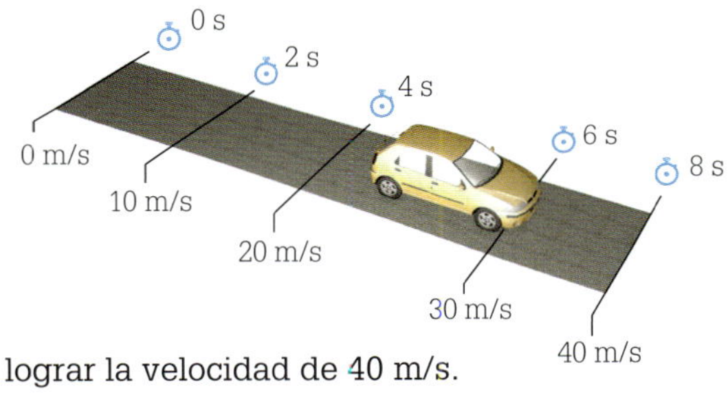

El coche tarda 8 s en lograr la velocidad de 40 m/s.

Ecuaciones del MRUA

Para poder efectuar cálculos con un MRUA, necesitamos conocer las relaciones matemáticas que cumple. Estas son dos: la **ecuación velocidad-tiempo** y la **ecuación posición-tiempo.**

Para conocer la **velocidad** del móvil **en función del tiempo,** partimos de la expresión de la aceleración:

$$a = \frac{\Delta v}{\Delta t} = \frac{v - v_0}{t - t_0} \rightarrow v = v_0 + a \cdot (t - t_0)$$

Si comenzamos a contar en tiempo cero, tendremos:

$$\boxed{v = v_0 + a \cdot t}$$

Si queremos determinar la **posición** del móvil **en función del tiempo,** utilizaremos la siguiente ecuación:

$$\boxed{x = x_0 + v_0 \cdot t + \frac{1}{2} \cdot a \cdot t^2}$$

Experimenta

Velocidad instantánea y aceleración

Visita este laboratorio virtual: http://links.edebe.com/rkk. Sigue las instrucciones y realiza la experiencia propuesta.

— Indica cuál es el valor de la velocidad instantánea a los 4,72 s y a los 7,99 s.

— Con la ayuda de los datos velocidad-tiempo medidos, halla el valor de la aceleración del móvil.

Criterio de signos para la aceleración

La **aceleración** se considera positiva cuando su sentido coincide con el positivo del eje *x* o del eje *y* (hacia la derecha o hacia arriba), y negativa si su sentido es el negativo del eje *x* o del eje *y* (hacia la izquierda o hacia abajo).

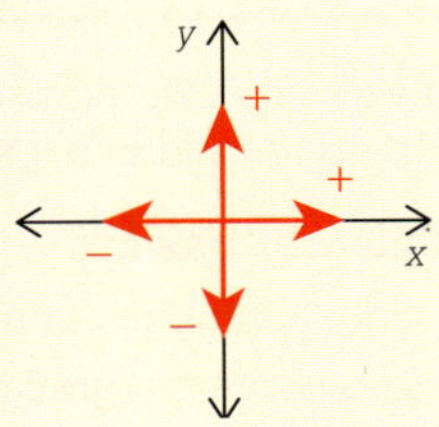

Entra en la siguiente animación que te ayudará a distinguir el MRU del MRUA:

http://links.edebe.com/t2vwbd

Simula cada movimiento por separado y ambos a la vez. Aprecia la diferencia entre sus gráficas *v*-*t* y *x*-*t*.

Gráficas del MRUA

Podemos representar gráficamente el MRUA. Al igual que en el MRU, tendremos dos tipos de gráficas, según representemos la velocidad del móvil o su posición en función del tiempo.

Gráfica velocidad-tiempo (*v*-*t*)

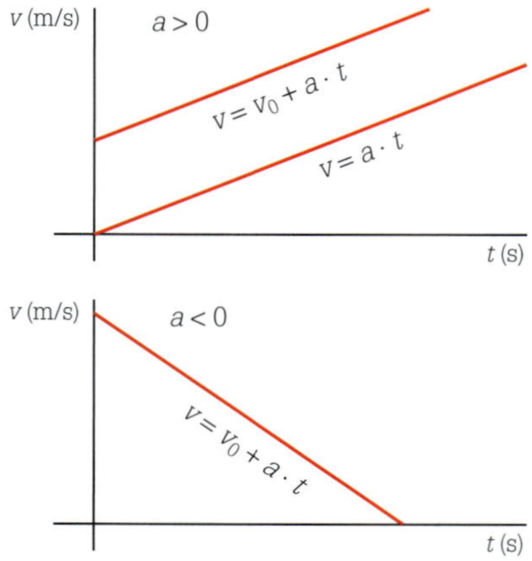

La gráfica *v*-*t* es una recta, con cierta pendiente. Cuanto mayor es la pendiente, mayor es la aceleración.

Gráfica posición-tiempo (*x*-*t*)

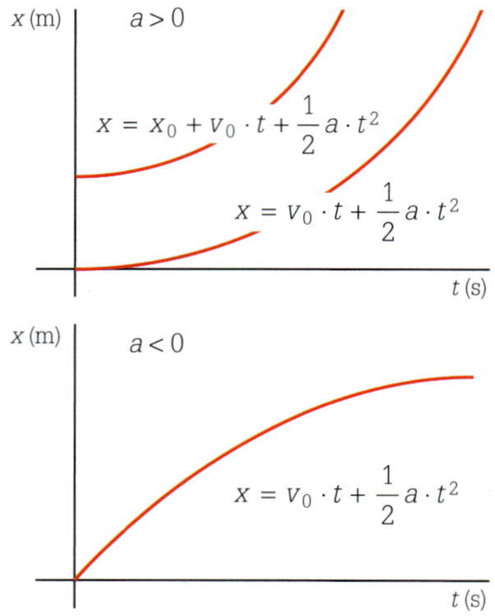

La gráfica *x*-*t* es una parábola.

Ejemplo 11

La siguiente gráfica representa el movimiento de una motocicleta en línea recta:

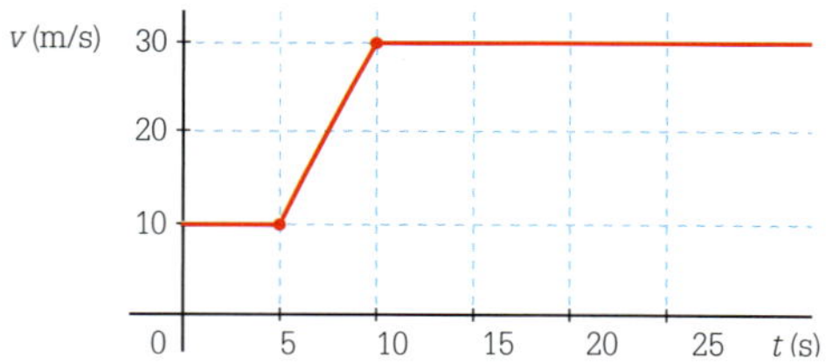

a) ¿Qué tipo de movimiento sigue?

b) ¿Cuál es su velocidad instantánea a los 7,5 s?

c) ¿En algún momento tiene aceleración? En caso afirmativo, halla su valor.

COMPRENSIÓN. Partimos de la gráfica *v*-*t*.

DATOS. Tenemos los datos de velocidad y de tiempo mostrados en la gráfica.

RESOLUCIÓN.

a) Observamos la gráfica y vemos que de $t = 0$ a $t = 5$ s el móvil lleva MRU, ya que su velocidad es constante. De $t = 5$ s a $t = 10$ s se desplaza con MRUA, pues en la gráfica *v*-*t* tenemos una recta con pendiente. Y desde $t = 10$ s hasta $t = 25$ s el movimiento es de nuevo MRU.

b) Nos fijamos en la gráfica: $t = 7{,}5$ s $\rightarrow$ $v = 20$ m/s.

c) La motocicleta presentará aceleración en el tramo que se mueve con MRUA. Calculamos el valor de la aceleración con la ecuación velocidad-tiempo, tomando los datos necesarios de la gráfica: $v = v_0 + a \cdot (t - t_0)$.

$$a = \frac{v - v_0}{t - t_0} = \frac{(30 - 10)\ \text{m/s}}{(10 - 5)\ \text{s}} = 4\ \frac{\text{m}}{\text{s}^2}$$

COMPROBACIÓN. Verificamos que el resultado es correcto y que obtenemos las unidades deseadas. De lo contrario, revisamos los cálculos.

Actividades

15. Un vehículo eléctrico sale de su aparcamiento en la ciudad con una aceleración de $1{,}5\ \text{m/s}^2$. ¿Qué tipo de movimiento lleva? Halla su velocidad a los 10 s de arrancar.

+ **16.** Elabora las gráficas *v*-*t* y *x*-*t* para el movimiento del vehículo de la actividad anterior. Sigue estos pasos:

1. Haz dos tablas: una *v*-*t* y otra *x*-*t* de los primeros 10 s de movimiento.
2. Representa la gráfica *v*-*t* a partir de la tabla *v*-*t,* y la gráfica *x*-*t* a partir de la tabla *x*-*t*.

El movimiento vertical

Imaginemos que dejamos caer un balón desde la ventana de un edificio que está a 10 metros de altura. ¿Qué movimiento describirá?

Fácilmente nos damos cuenta de que el balón saldrá con una velocidad 0, pero que llegará al suelo con cierta velocidad. Así pues, se trata de un movimiento rectilíneo uniformemente acelerado, cuya aceleración es precisamente la de la **gravedad,** –9,8 m/s^2, a la que está sometido durante la caída.

Observemos que el signo de la gravedad es negativo, ya que su sentido es el contrario al del eje *y*.

¿Ocurre lo mismo si lanzamos el mismo balón hacia arriba desde la calle? ¿Y si lo lanzamos desde la ventana con una determinada velocidad inicial? La respuesta a ambas preguntas es que sí.

El **lanzamiento hacia abajo,** la **caída libre** y el **lanzamiento vertical hacia arriba** son **MRUA,** con $a = -g = -9{,}8$ m/s^2.

$$v = v_0 - g \cdot t \qquad y = y_0 + v_0 \cdot t - \frac{1}{2} \cdot g \cdot t^2$$

Lanzamiento vertical hacia abajo

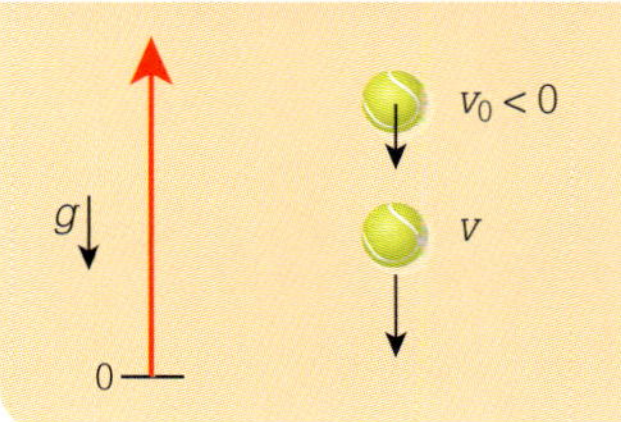

Caída libre

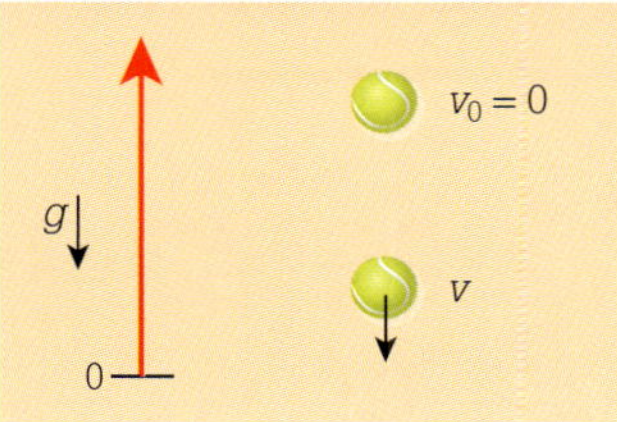

Lanzamiento vertical hacia arriba

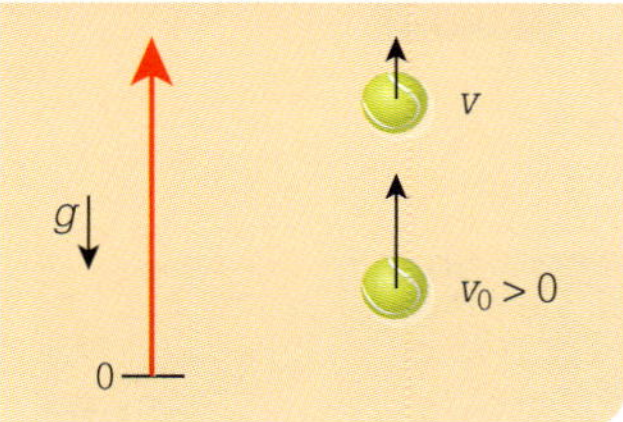

Entra en el siguiente enlace: http://links.edebe.com/3i.

Establece valores para la posición inicial (y_0), la velocidad inicial (v_{y0}) y la altura del escalón (y_{terra}).

Observa el movimiento del balón, y las gráficas velocidad tiempo (*v*-*t*) y posición-tiempo (*y*-*t*).

» **Repite la experiencia con otros valores iniciales.**

Ágora

La explicación del movimiento de los cuerpos ha ido cambiando a lo largo de la historia, de Aristóteles a Galileo, Newton y Einstein.

» **Investiga la postura de cada uno de estos científicos al respecto.**

» **Razona por qué cambia la perspectiva histórica con el paso del tiempo.**

Experimenta

Calculamos el valor de la gravedad

Vamos a demostrar que la caída libre es un MRUA por medio de la siguiente experiencia:

— Coge una pelota de espuma y otra de tenis.

— Sitúa ambas pelotas a una altura de 1,5 m y déjalas caer a la vez. Observa lo que sucede.

— Repite la experiencia y mide con un cronómetro el tiempo que tardan en caer. Anota los datos.

— Introduce este dato de tiempo, *t*, en la ecuación de la posición para este tipo de movimiento. Fíjate en que como $x = 0$ m, $x_0 = 1{,}5$ m y $v_0 = 0$ m/s, llegamos a la expresión para el cálculo de *g*:

$$x = x_0 + v_0 \cdot t - \frac{1}{2} \cdot g \cdot t^2 \rightarrow g = \frac{2 \cdot (x_0 - x)}{t^2}$$

¿Qué valor obtienes de *g*? ¿Está próximo a 9,8 m/s^2?

— Halla la velocidad final con la que han llegado al suelo con la ecuación de la velocidad. (Observa que será negativa, ya que el movimiento es en sentido contrario al eje *y*).

$$v = v_0 - g \cdot t \rightarrow v = -g \cdot t$$

De esta forma, hemos comprobado que la caída libre es un MRUA, cuya aceleración es la gravedad.

Actividades

17. Busca en Internet los experimentos de Galileo Galilei sobre la caída libre. ¿Depende la aceleración en la caída libre de la masa del cuerpo?

— Junto a otro compañero o compañera, idead un experimento para comprobarlo.

De vuelta por el circuito de F1

FORMULA 1 GRAN PREMIO DE ESPAÑA

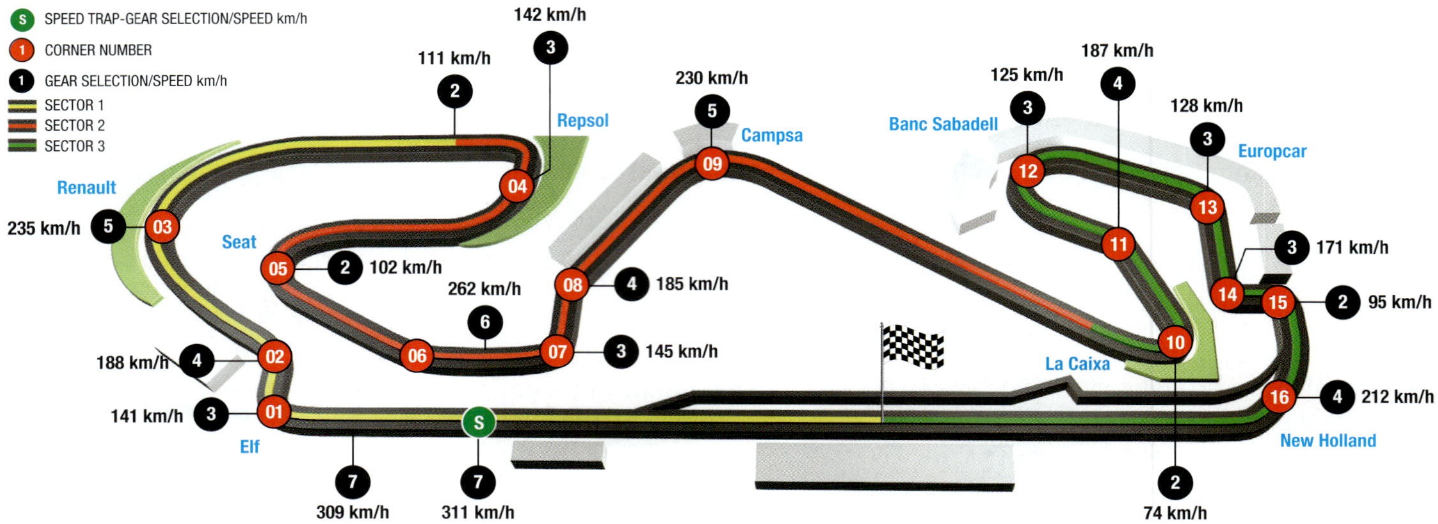

Datos del circuito	
Vueltas	66
Longitud (m)	4655
Desde	1991
Número de curvas	16
Neumáticos	blandos/duros
Carga aerodinámica	alta
Consumo de gasolina (kg/vuelta)	2,6
Pérdida de tiempo por cada 10 kg de gasolina	24”

Récords del circuito

	Año	Tiempo	Piloto	Equipo
Pole	2010	1’ 19” 995	Mark Webber	Red Bull
Vuelta rápida	2008	1’ 21” 670	Kimi Räikkönen	Ferrari
Victoria	2013	1 h 39’ 16” 596	Fernando Alonso	Ferrari
Victoria	2014	1 h 41’ 05” 155	Lewis Hamilton	Mercedes

Datos tras la reforma del sector 3 en 2006

18. FORMULA 1 GRAN PREMIO DE ESPAÑA es una carrera automovilística en la que pilotos y escuderías luchan por el triunfo.

a) La carrera comienza acelerando hasta utilizar la séptima marcha. Antes de finalizar la recta, aproximadamente diez segundos después de arrancar, los coches alcanzarán la velocidad máxima. Mira el plano e indica qué valor tiene. ¿Qué aceleración logra el piloto en la recta?

b) Observa el trazado del circuito. ¿Cuál de los tres sectores crees que presenta mayor dificultad para los pilotos? ¿Por qué? Organizad un debate en clase para defender vuestra opinión al respecto.

@ **http://www.circuitcat.com/es/**

19. Analiza los datos y los récords del circuito que se muestran en las tablas. A continuación, responde:

a) ¿Qué distancia total recorren los pilotos en la carrera?

b) ¿A qué velocidad media circuló Kimi Räikkönen en su récord de vuelta rápida en el circuito? ¿Y Fernando Alonso en la carrera de 2013?

c) Los coches pueden llevar neumáticos duros o blandos. En cada carrera cada coche debe utilizar los dos tipos. ¿Con cuáles piensas que lograrán mayor velocidad?

d) Calcula el consumo de combustible de un automóvil en una carrera completa. ¿Por qué se pierden 24” por cada 10 kg de gasolina? Razona tu respuesta.

@ 20. La parada en boxes (o *pit stop)* es el lugar en el que un coche que compite en la carrera puede repostar, cambiar los neumáticos o hacer reparaciones y ajustes mecánicos. El *pit lane* es la pista que conecta el *pit stop* con el circuito.

a) Investiga cuál es la velocidad máxima que puede llevar el piloto en este tramo.

b) En la Fórmula 1 existen unas señales de seguridad que los pilotos deben conocer. Busca en Internet cuáles son y el significado de cada una de ellas.

@ 21. En un periódico deportivo apareció la siguiente noticia:

> **Ferrari cerrará su túnel de viento para verificar su precisión**
>
> El presidente de Ferrari, Luca Cordero di Montezemolo, ha confirmado que la escudería cerrará su túnel de viento para verificar su correcto funcionamiento, después de los problemas sufridos durante la temporada pasada entre los datos extraídos del túnel y los resultados del monoplaza en pista.
>
> Fuente: *http://www.caranddriverthef1.com*

— Formad grupos de cuatro o cinco personas e investigad qué es el túnel de viento y cómo funciona. ¿Por qué se considera que es un elemento importante para el trabajo de las escuderías? Discutidlo en clase.

Cre@ctividad: Visitando circuitos con Google Maps

Vamos a utilizar la herramienta Google Maps para conocer el trazado del Circuito Gilles Villeneuve, en el que se celebra el Gran Premio de Canadá de F1.

1. Entra en la página oficial de la Fórmula 1 y busca la longitud del circuito y el récord de vuelta rápida:

@ **www.formula1.com**

— Halla la velocidad media durante la vuelta rápida.

2. Entra en la página de Google Maps:

@ **https://maps.google.es**

3. Teclea «Circuito Gilles Villeneuve» en el cuadro de búsqueda y pulsa «Enter». A continuación, pulsa «Tierra» para ver la vista desde el satélite.

4. Haz clic en «Cómo llegar» y elige como puntos de partida y de destino dos puntos distintos del recorrido del circuito.

5. Selecciona la ruta en coche y continúa añadiendo puntos de destino hasta completar la vuelta al circuito.

6. Fíjate en el tiempo y la distancia calculados por Google Maps. Calcula la velocidad media.

¿A qué crees que se debe esta diferencia con la calculada en el primer apartado?

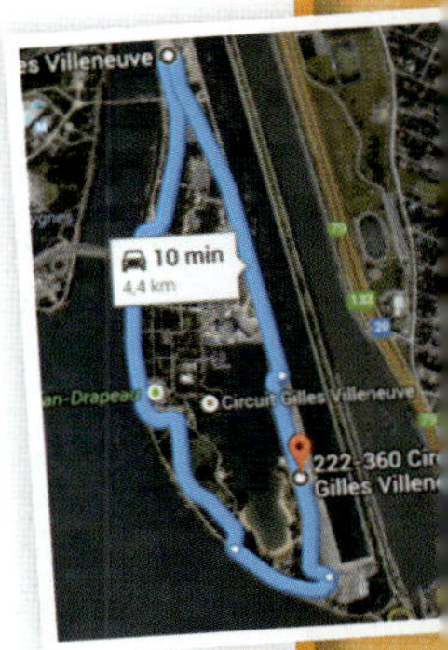

7. Haz clic en la opción «Street View» y encuentra la señal de velocidad máxima permitida. ¿Te explicas ahora la diferencia? ¡El circuito discurre por calles de la ciudad de Montreal!

CIENCIA A TU ALCANCE

PBL: Participamos en una campaña de seguridad vial

La Dirección General de Tráfico (DGT) ha decidido lanzar una campaña de seguridad vial para reducir los índices registrados de accidentes mortales y de número de muertos en vías interurbanas. Para ello, el grupo de trabajadores de la DGT a cargo de esta tarea ha definido el objetivo: transmitir la importancia de la prevención para disminuir el número de accidentes en vías interurbanas. Además, han pensado que lo mejor es llevar a cabo una campaña individualizada en cada comunidad autónoma, ya que cada una tiene características diferentes de tráfico y siniestralidad.

En cada comunidad se encargarán de esta labor las Jefaturas Provinciales de Tráfico y los Ayuntamientos, pero además la DGT ha solicitado la colaboración ciudadana para lograr sensibilizar y concienciar a las personas sobre la importancia de la prevención. Os animamos a participar en la campaña para que sea lo más eficaz posible.

— Formad grupos de cinco componentes y distribuir los roles y las tareas. Estableced una metodología de trabajo: búsqueda y selección de información, análisis de datos y obtención de resultados.

a) Antes de comenzar, comprobad que habéis comprendido el objetivo de la campaña. Buscad en Internet los tipos de vías que existen y la definición de *vía interurbana*.

b) A continuación, tenéis que conseguir los datos de accidentes mortales y número de fallecidos por comunidades autónomas en este tipo de vías. Para ello, entrad en la página de la DGT y descargaos el «Cuadro comparativo por comunidades autónomas»:

@ **http://links.edebe.com/s2pn**

Veréis que son datos provisionales hasta el día de hoy. ¿Qué tendencia están siguiendo? ¿Son mejores que los del mismo período del año pasado?

c) Sería bueno tener información más detallada sobre los accidentes. En el Instituto Nacional de Estadística (INE) podéis ver la evolución histórica y filtrar los datos por comunidades autónomas, ubicación, sexo, tipo de vía, edad, etc.:

@ **http://links.edebe.com/h7sf8**

Tened en cuenta que os interesan los que se refieren a vías interurbanas. Cuando algún dato no esté clasificado por comunidad autónoma, consultadlo a nivel nacional.

d) La DGT publica una revista de seguridad vial en la que también podéis encontrar información de interés:

@ **http://revista.dgt.es/es/**

— Organizad los datos obtenidos en tablas y gráficos. Podéis utilizar una hoja de cálculo. Para analizar los datos, os puede ser de utilidad responder a las siguientes preguntas:

a) ¿Qué tipo de vehículo tiene la tasa más alta de accidentes mortales?

b) ¿Qué franja de edad recoge el mayor número de fallecidos?

c) ¿Cuáles son las principales causas de los accidentes mortales en vías interurbanas?

— Entre todos, pensad en las medidas de prevención de accidentes de tráfico. ¿Cuáles conocéis? Buscad más información al respecto. Sería interesante elaborar una pequeña encuesta para saber qué tipo de accesorios de seguridad se utilizan.

— ¿Qué porcentaje de accidentes mortales se debe al exceso de velocidad? Dada la importancia de este dato, tal vez la campaña debería incluir el control de velocidad mediante radar. En los últimos años la DGT ha puesto en marcha una nueva clase de radares, los denominados «radares de tramo». Observad en qué consisten en la imagen de la página siguiente.

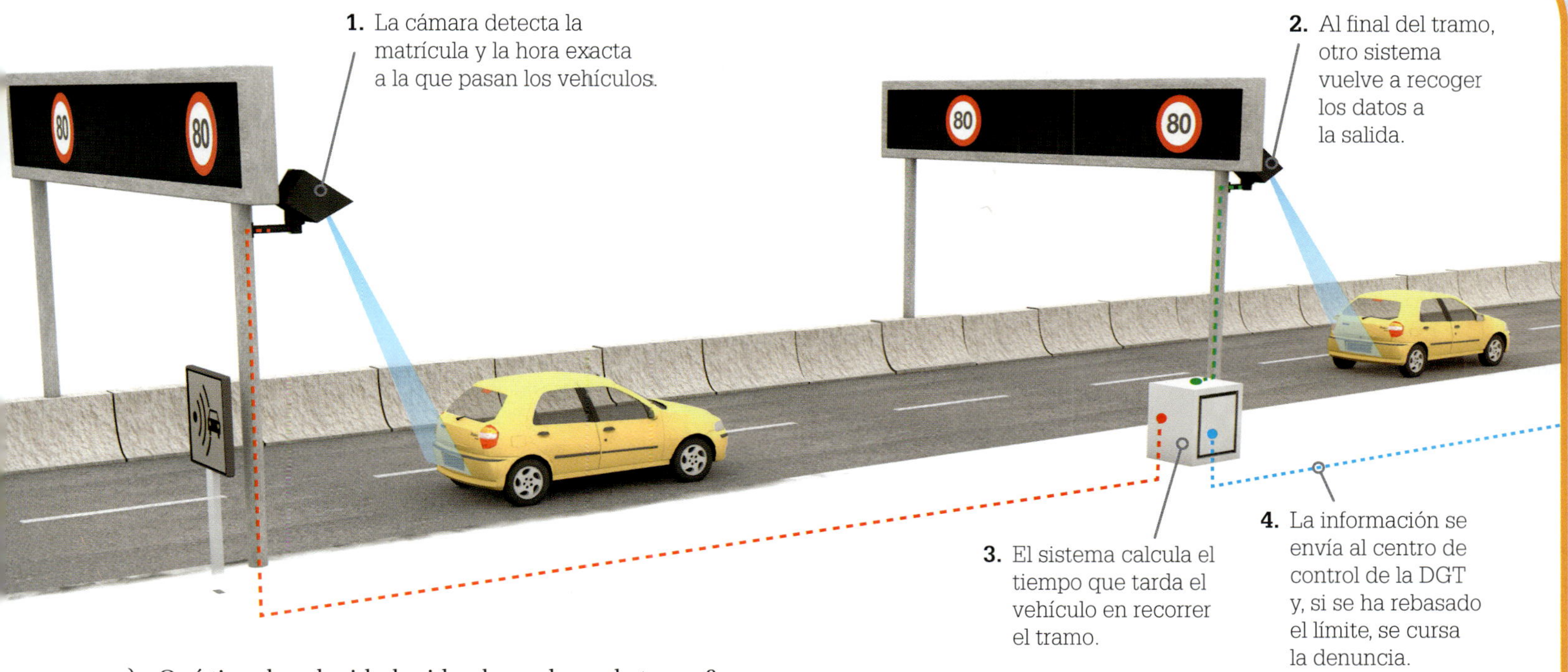

a) ¿Qué tipo de velocidad miden los radares de tramo?

b) Buscad todos los radares de tramo en funcionamiento en España. ¿Hay alguno instalado en tu comunidad autónoma?

c) Informaos también sobre los demás tipos de radares existentes y su funcionamiento.

— Valorad los aspectos más importantes que habéis detectado y queráis transmitir en la campaña. ¿A qué conclusiones llegáis? Discutidlo entre todos los miembros del grupo y elaborad una lista.

— Presentad el resultado de vuestro trabajo en forma de folleto publicitario y también de póster. Ambos deberán contener un eslogan llamativo que destaque el objetivo de la campaña. Consultar vídeos de otras campañas de la DGT os puede dar ideas. Tened en cuenta que las imágenes deben captar la atención. ¡Intentad ser innovadores!

— Colgad el póster de cada grupo en la pared de la clase. ¿Cuál os parece más impactante?

Sigue investigando

— Averigua cómo influye el GPS en la prevención de accidentes. Busca información sobre su funcionamiento y de qué manera podría ayudar a evitar un accidente de tráfico.

— ¿Crees que se podría mejorar la tecnología existente en los vehículos para reducir el número de accidentes? Organizad una lluvia de ideas en clase. Puede ayudaros esta herramienta TIC para trabajar de forma conjunta:

@ http://etherpad.org/

SÍNTESIS

- **El movimiento**
  - **EL MOVIMIENTO Y SUS CARACTERÍSTICAS**
    - Sistema de referencia
      - Movimiento
      - Reposo
    - Posición, x
    - Trayectoria
      - Recta — Rectilíneo
      - Curva — Curvilíneo
        - Circular
        - Elíptico
        - Parabólico
    - Desplazamiento, Δx
    - Distancia recorrida, Δs
  - **LA VELOCIDAD, V (m/s)**
    - En un instante determinado — Velocidad instantánea
    - Promedio — Velocidad media
    - Si v = constante y trayectoria recta — MRU: $x = x_0 + v \cdot t$
      - Gráficas
        - Posición-tiempo
        - Velocidad-tiempo
  - **LOS CAMBIOS EN LA VELOCIDAD**
    - Aceleración, a (m/s^2)
      - Si a = constante y trayectoria recta — MRUA: $v = v_0 + a \cdot t$; $x = x_0 + v_0 \cdot t + \frac{1}{2} \cdot a \cdot t^2$
        - El movimiento vertical
          - Caída libre
          - Lanzamiento vertical hacia abajo
          - Lanzamiento vertical hacia arriba
        - Gráficas
          - Posición-tiempo
          - Velocidad-tiempo

Recuerda lo que has aprendido

22. Explica por qué el movimiento es relativo. Apoya tu razonamiento con un ejemplo.

23. ¿Qué indica la velocidad? ¿Y la aceleración? ¿Cuáles son sus unidades en el SI?

24. Enumera los tipos de movimiento que conoces y describe sus ecuaciones y gráficas. Pon un ejemplo cotidiano de cada uno de ellos. Puedes ayudarte de una herramienta TIC de descarga gratuita para organizar la información en forma de mapa mental.

@ www.mapul.com/

@ www.exatime.com/

1. El movimiento y sus características

25. ★☆☆ Pon un ejemplo de movimiento de un móvil. Señala el sistema de referencia utilizado.

26. ★☆☆ Describe la trayectoria que siguen los siguientes móviles y señala de qué tipo de movimiento se trata:

a) Una puerta giratoria.

b) Una atleta en la carrera de 60 m lisos.

c) El lanzamiento de un tiro libre en baloncesto.

d) El movimiento de Marte alrededor del Sol.

27. ★☆☆ La siguiente imagen representa el recorrido de un autobús escolar de un niño de su casa al colegio:

— ¿Qué tipo de trayectoria describe el autobús?

— Indica si el desplazamiento tiene el mismo valor que la distancia recorrida.

28. ★★☆ Razona si en estas situaciones existe movimiento o reposo respecto al observador:

a) Un niño sentado en la parte trasera de un coche en movimiento ve a su amigo sentado a su lado.

b) El mismo niño contempla los árboles del margen de la carretera.

c) Un pasajero de un barco mira el asta de una bandera anclada en la proa.

d) Un familiar del pasajero observa como zarpa el barco desde el puerto.

e) El mismo pasajero observa a un pasajero de otro barco que se cruza con el suyo en sentido contrario.

29. ★★☆ Inés y Pablo viajan en un autobús que está saliendo de la estación. El vendedor del quiosco de la estación los observa y afirma que se están moviendo. Sin embargo, la señora del asiento delantero del autobús asegura que están parados. ¿Por qué sucede esto? Justifica tu respuesta.

30. ★★☆ Dibuja la trayectoria que sigue la Luna en su movimiento alrededor de la Tierra.

— Si pudiésemos ver el movimiento de la Luna desde el Sol, ¿cómo sería su trayectoria? Dibújala.

31. ★★☆ Observa este esquema:

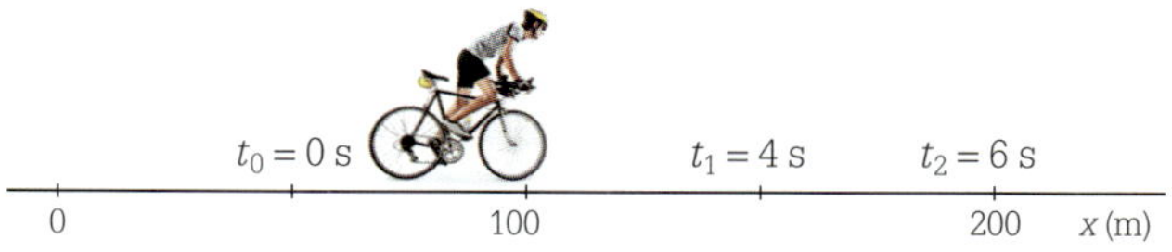

a) Indica la posición inicial del ciclista.

b) Calcula la distancia recorrida en los cuatro primeros segundos y en los dos siguientes.

c) Si el ciclista se baja de la bicicleta a los seis segundos de comenzar el recorrido, ¿qué distancia ha recorrido en total?

d) Halla el desplazamiento. ¿Coincide el desplazamiento con la distancia recorrida? ¿Por qué es así en este caso?

32. ★★☆ La siguiente gráfica representa la trayectoria seguida por un móvil:

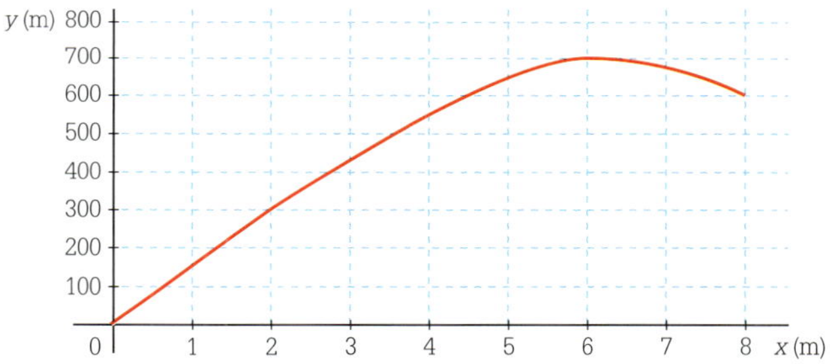

a) ¿Qué forma tiene la trayectoria? Señala el tipo de movimiento que tiene el móvil.

b) Indica la distancia horizontal que ha recorrido el móvil cuando alcanza la altura máxima.

c) Pon un ejemplo de un móvil que pueda describir este movimiento.

33. ★★★ Ana da media vuelta corriendo a una pista circular de 20 m de radio. Calcula la distancia recorrida.

— Señala si el valor del desplazamiento efectuado por Ana será mayor o menor que el de la distancia recorrida. Razona tu respuesta con la ayuda de un dibujo.

34. ★★★ Formad grupos e investigad cómo se define la posición en un mapa.

— Después, introducid en el Google Maps las coordenadas 40° 42' 46.8", –74° 00' 47.4". ¿Qué habéis encontrado?

2. La velocidad

35. ★☆☆ Fíjate en la velocidad máxima que pueden alcanzar los siguientes animales y ordénalos del más al menos veloz. Para ello, debes expresar primero las velocidades en unidades del SI y luego comparar los valores.

Águila real	5 km/min
Ballena azul	3 000 m/h
Tigre siberiano	90 km/h
Caracol romano	0,16 cm/s

36. ★☆☆ Las siguientes gráficas representan el movimiento de dos móviles. ¿Cuál de ellos se mueve a mayor velocidad? Justifica tu respuesta.

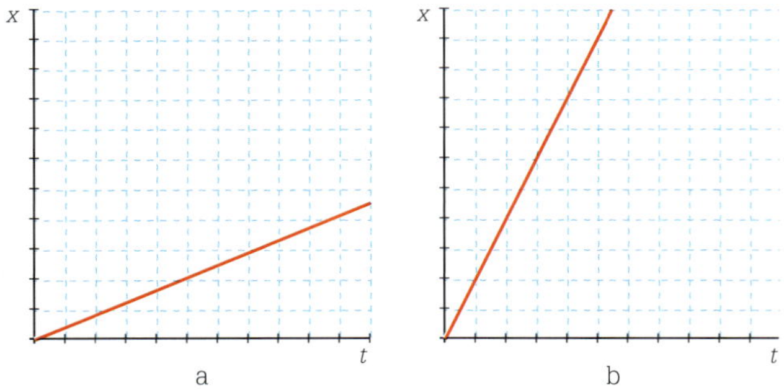

37. ★★☆ La siguiente gráfica muestra el movimiento de un coche por una carretera durante 30 s de movimiento:

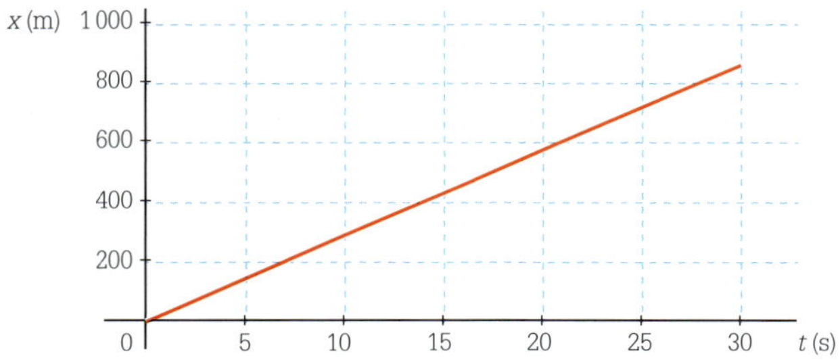

a) Describe el tipo de movimiento del coche. ¿Cuáles son sus características y sus ecuaciones?

b) A partir de los datos de la gráfica, calcula la velocidad a la que circula el coche. Exprésala en km/h.

c) Dibuja la gráfica velocidad-tiempo para este movimiento.

38. ★★☆ Una ciclista circula a una velocidad constante de 8 m/s por una carretera.

a) Representa la gráfica velocidad-tiempo.

b) Elabora una tabla *x-t* que recoja 30 s de movimiento.

c) A partir de la tabla anterior, dibuja la gráfica posición-tiempo.

d) ¿Qué distancia recorrerá la ciclista en 1 h?

39. ★★☆ Por grupos, buscad cuál es el valor de la velocidad de la luz. ¿Qué es un año luz? ¿Qué tipo de movimiento tiene la luz?

— Calculad la distancia recorrida por la luz en 5 s.

40. ★★★ En el Campeonato Mundial de Atletismo de 2013, celebrado en Rusia, el jamaicano Usain Bolt fue primero en el palmarés de 200 m lisos con un tiempo de 19,66 s. Calcula la velocidad media con la que corrió.

— Sin embargo, Usain Bolt batió el récord mundial en esta categoría en el Campeonato Mundial de 2009 en Alemania, con un tiempo de 19,19 s. Halla la velocidad media del corredor en esta carrera y compárala con la del año 2013.

— Observa el vídeo de la carrera anterior, en la que Bolt consigue el récord mundial:

@ **http://links.edebe.com/u9**

Fíjate en la velocidad instantánea del corredor con el tiempo. ¿En qué momento crees que alcanza la velocidad máxima? Debatidlo en clase e intentad llegar a un acuerdo.

41. ★★★ La siguiente tabla muestra la posición de una moto en diversos instantes:

x (m)	0	7 500	15 000	22 500	30 000
***t* (s)**	0	300	600	900	1 200

a) Elabora en una hoja de cálculo la tabla anterior.

b) Selecciona los datos de la tabla e inserta un gráfico de puntos. Comprueba si tienes en el eje de ordenadas la posición y en el eje de abscisas el tiempo. De lo contrario, clica en «Cambiar filas por columnas».

c) Añade las leyendas de los ejes y el título. Si quieres, puedes modificar el tipo de gráfico y sus colores.

d) Utilizando la hoja de cálculo, halla la velocidad de la moto en m/s.

e) Representa la gráfica velocidad-tiempo en la hoja de cálculo, usando el dato anterior. ¿Preveías la forma que tendría esta gráfica antes de insertarla? Justifica tu respuesta.

3. Los cambios en la velocidad

42. ★☆☆ Indica los signos de la velocidad y de la aceleración en los siguientes casos:

a) Un coche acelera de 50 km/h a 100 km/h.

b) Un motorista pasa de 100 km/h a 80 km/h al ver una señal de máxima velocidad permitida.

c) Se deja caer un objeto desde 20 m de altura.

d) Se lanza un objeto verticalmente hacia arriba.

43. ★☆☆ Un avión sale de la pista de despegue y alcanza una velocidad de 300 m/s en un minuto. Calcula su aceleración en m/s^2.

44. ★☆☆ Observa la siguiente gráfica:

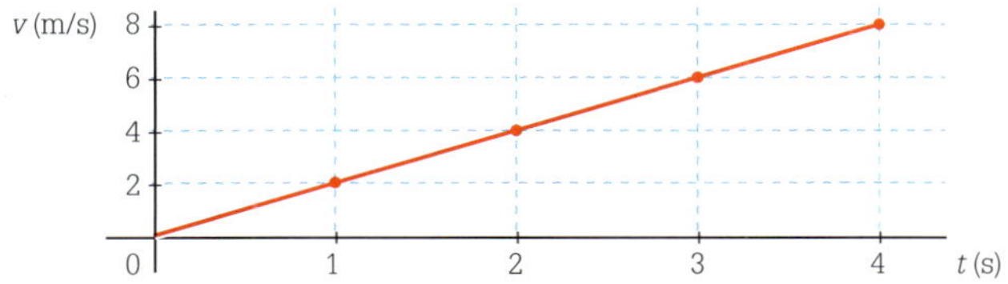

a) ¿Qué tipo de movimiento tiene el móvil? Describe sus características y sus ecuaciones.

b) Si el movimiento tiene aceleración, calcula su valor a partir de los datos de la gráfica.

c) ¿Qué forma tendrá la gráfica posición-tiempo?

45. ★★☆ Los siguientes datos corresponden a un móvil que parte del reposo:

t (s)	0	2	4	6	8
x (m)	0	2	8	18	32

a) Representa la gráfica *x-t*.

b) Determina la aceleración y la velocidad al cabo de 10 s.

c) Confecciona una tabla *v-t* y, a partir de ella, dibuja la gráfica *v-t*.

46. ★★☆ Un camión que circula a 90 km/h frena uniformemente con una aceleración de $-5\ m/s^2$.

a) Halla el tiempo que tarda en detenerse.

b) Determina cuántos metros recorre hasta pararse.

c) Representa las gráficas *v-t* y *x-t*. Para ello, antes elabora dos tablas: una *v-t* y otra *x-t*.

47. ★★☆ Dejamos caer un objeto desde lo alto de una torre y medimos el tiempo que tarda en llegar al suelo, que resulta ser de 2,2 s.

a) Explica de qué tipo de movimiento se trata y cuáles son sus ecuaciones.

b) Calcula la altura de la torre.

48. ★★★ La rutina de pensamiento *Titular* consiste en leer un texto y ponerle título. Después de una puesta en común, se escoge el mejor de ellos. Aplícala a continuación:

> «La máxima velocidad documentada en caballos es de 19 m/s; en galgos, de 18 m/s, y en humanos, el jamaicano Usain Bolt ostenta el récord mundial con una marca de 12 m/s. El guepardo les gana a todos con creces, con una velocidad máxima documentada en cautividad y en línea recta de 29 m/s (104 km/h). Ahora, científicos de la Universidad de Londres han desvelado los secretos de la rapidez de este animal cuando caza en libertad. Más que la velocidad puntual que alcanza en carrera, la clave está en su capacidad de aceleración y desaceleración, y en su habilidad para maniobrar».

— Busca en Internet algún vídeo que refleje el titular al que has llegado.

49. ★★★ **Experimenta:** Por grupos, realizad la experiencia propuesta en este laboratorio virtual:

@ **http://links.edebe.com/9f**

— Redactad un informe del experimento con los siguientes apartados: objetivos, material, procedimiento y conclusiones.

— Por turnos, el portavoz de cada grupo debe exponer sus conclusiones en clase. ¿Habéis llegado todos los grupos a las mismas conclusiones? Si no es así, organizad un debate bajo la moderación de vuestro profesor o profesora.

50. ★★★ Por grupos, investigad el valor de la gravedad de la Luna. Después, visionad el siguiente vídeo filmado en la Luna por los astronautas del *Apolo 15:*

@ **http://links.edebe.com/22dh**

a) ¿Qué sucede? ¿Qué demuestra este experimento?

b) Analizad el vídeo y valorad cómo los avances científicos contribuyen en el desarrollo de la humanidad.

c) Debatid sobre los pros y los contras de la investigación científica.

51. ★★★ Afianza y amplía tus conocimientos sobre cinemática practicando con los siguientes ejercicios interactivos (selecciona los de los apartados 1 a 6 del índice):

@ **http://links.edebe.com/v4nv38**

Pon a prueba tus competencias

Lucía vive en en Londres, en el barrio de Notting Hill. Trabaja en el 30 St Mary Axe, junto al Puente de la Torre. Hasta ahora iba a su trabajo en coche, ya que le resultaba muy cómodo al tener aparcamiento en la empresa. Lucía es consciente del tráfico, los problemas de ruido y la contaminación. Por esta razón, a partir de la semana que viene comenzará a usar el transporte público. Quiere contribuir a reducir el tráfico de la ciudad y a conseguir que Londres sea una ciudad respetuosa con el medio ambiente.

52. Para conocer la mejor opción de transporte público para su caso, Lucía ha entrado en Google Maps y ha introducido como origen la dirección de su casa y como destino la de su lugar de trabajo. Además, ha seleccionado también el plano del trayecto en coche que realizaba hasta ahora, para poder comparar el tiempo que tardará en llegar a su trabajo con el que tardaba antes en coche.

a) ¿Qué medio de transporte debe usar a partir de ahora? ¿Tardará más o menos tiempo que antes para llegar al trabajo?

b) Observa el mapa con la ruta del metro y señala sobre él la posición inicial, la posición final y la trayectoria que describe el metro en el trayecto.

c) Dibuja, en tu cuaderno, de forma aproximada el plano del trayecto del metro y representa el desplazamiento efectuado por el móvil. ¿Su valor será igual que la distancia recorrida? ¿Por qué?

d) Fíjate en el plano del viaje en coche. Lucía afirma que su velocidad media cuando iba en coche era de 40 km/h. ¿Está en lo cierto?

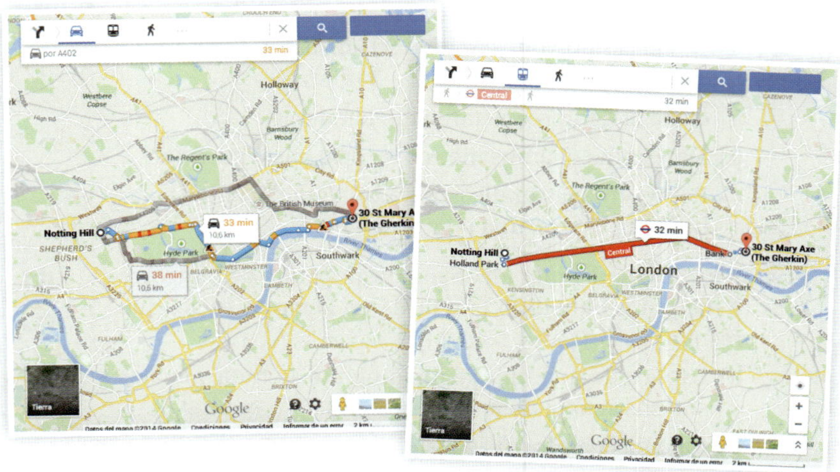

53. Lucía comienza a trabajar a las 8:00 h. Como el metro tardará 32 minutos, ha estimado la hora aproximada a la que debe salir de casa. Fíjate en el recorrido obtenido con Google Maps y la información de la línea *Central* del metro:

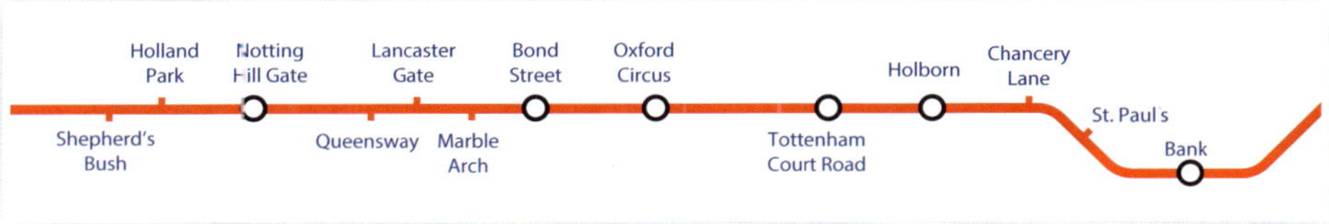

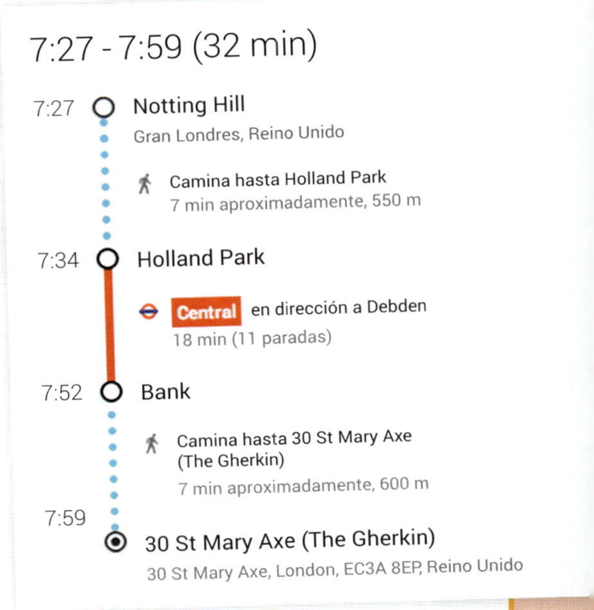

a) ¿Cuál es la estación más cercana a la casa de Lucía? ¿Y a su trabajo? ¿En qué estaciones parará el metro a lo largo del recorrido hasta el trabajo?

b) Vemos que Lucía tendrá que caminar 600 m desde *Bank* hasta su trabajo. Para poder ofrecer un tiempo a sus usuarios, Google Maps considera que un peatón lleva un MRU. De esta forma, ha calculado que Lucía tardará 7 min. ¿Qué velocidad ha estimado? Utiliza la ecuación del MRU para hallarla y exprésala en unidades del SI.

54. Lucía sigue informándose sobre el metro de Londres y encuentra la siguiente información:

a) La velocidad máxima de la red es de 100 km/h que alcanza la línea *Metropolitan.* ¿Qué tipo de velocidad es? Expresa su valor en unidades del SI.

b) Uno de los días, el metro de la línea *Metropolitan* describió el movimiento representado en la gráfica de la derecha.

— Calcula el valor de la aceleración y explica su signo.

— Representa de forma aproximada la gráfica posición-tiempo.

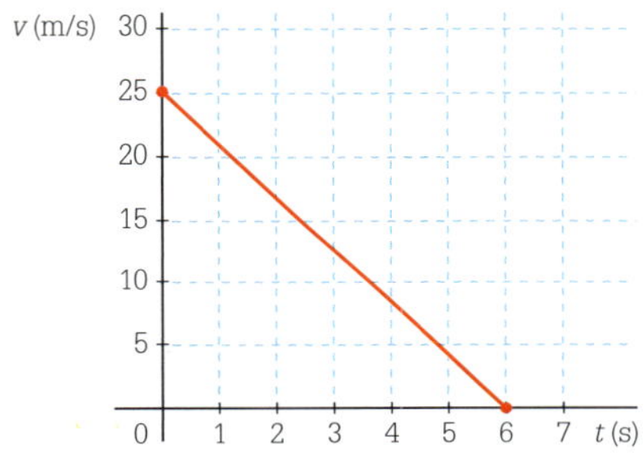

55. Un compañero de Lucía va a trabajar en metro ligero y todos los días ve entrenar a un equipo de fútbol desde la ventana del vagón.

a) Investiga qué es el metro ligero y sus características.

b) ¿Qué tipo de movimiento describe el balón de fútbol cuando un jugador le pasa la pelota a otro? ¿Qué valor tendrá la aceleración? Justifica tu respuesta.

56. Formad grupos y completad las siguientes actividades:

a) Buscad en Internet qué ciudades de España tienen metro, el plano de cada una de las redes y la información de cada línea (longitud, velocidad media, velocidad máxima, etc.).

b) Elaborad una tabla con los datos y ordenad las líneas de las más rápidas a las más lentas.

c) Exponed vuestro resultado en clase con la ayuda de una diapositiva creada con un *software* de presentaciones. ¿Habéis llegado todos los grupos a la misma conclusión?

@ **http://prezi.com/**

Reflexiona

Diario de aprendizaje

— ¿Qué sabías del movimiento antes de empezar la unidad? ¿Qué has aprendido nuevo?

— ¿Cómo has solucionado las dificultades que te han surgido durante el estudio de la unidad?

— ¿De qué forma crees que te servirán en tu vida cotidiana los conocimientos adquiridos?

7 Las fuerzas y las máquinas

» CONTENIDOS

1. Las fuerzas y su equilibrio
2. Efectos de las fuerzas
3. Máquinas simples y su funcionamiento

Visión 360°
La bicicleta: sus componentes

Cre@ctividad
Creamos una línea de tiempo con Dipity

Ciencia a tu alcance
Comprobamos la ley de Hooke

Rutina de pensamiento
PREGUNTAS CREATIVAS

— Lee el título de la unidad y observa las imágenes de estas dos páginas.

— Formula tres preguntas sobre el tema.

— Por turnos, exponed vuestras tres preguntas en clase. Anotadlas en la pizarra.

— Entre todos, seleccionad las preguntas que os parezcan más interesantes y abrid un debate sobre una de ellas. ¿Qué ideas nuevas os han surgido que antes no teníais?

1. Las fuerzas y su equilibrio

La unidad de fuerza en el SI se denomina **newton,** en reconocimiento al físico inglés **Isaac Newton** (1643-1727).

Newton llevó a cabo numerosas investigaciones y consiguió importantes avances en el campo de la física, de las matemáticas, de la óptica o de la astronomía.

Somos conscientes de la existencia de fuerzas en la naturaleza. Aunque no podemos verlas, sí que podemos observar sus efectos. Pero, ¿qué es una fuerza y qué efectos tiene?

Ejemplo 1

Observa las siguientes imágenes y describe los fenómenos que tienen lugar.

a) El hombre ejerce una fuerza sobre el coche para ponerlo en movimiento.

b) Al golpear la pelota, el tenista realiza una fuerza que modifica la dirección y rapidez de la pelota.

c) Al aplicar una fuerza en ambos extremos de la goma, esta se alarga. Es decir, sufre una deformación.

Así, algunas fuerzas ponen en movimiento un cuerpo que estaba en reposo, otras modifican la velocidad de un cuerpo que ya tenía movimiento y otras producen una deformación. Por tanto, las fuerzas pueden tener dos efectos sobre los cuerpos: **deformación** o **alteración de estado de movimiento.**

Fuerza es toda acción capaz de **alterar** el **estado** de **reposo** o de **movimiento** de los cuerpos o de producir en ellos alguna **deformación.**

La **fuerza** se representa como ***F*** y su unidad en el SI es el **newton, N.**

Un **newton** es la fuerza que debe aplicarse a un cuerpo de 1 kg de masa para que incremente su velocidad 1 m/s cada segundo.

$$1\ \text{N} = 1\ \text{kg} \cdot 1\ \text{m/s}^2$$

Con frecuencia se utiliza otra unidad, el **kilopondio (kp).**

Un **kilopondio** es la fuerza con que la Tierra atrae a un cuerpo de 1 kg de masa situado sobre la superficie terrestre. Por este motivo también recibe el nombre de **kilogramo-fuerza.**

La equivalencia entre el kilopondio y el newton es 1 kp = 9,8 N.

Ejemplo 2

Expresa el valor de la siguiente fuerza en unidades del SI: 50 kp.

Usamos un factor de conversión para pasar de kilopondios a newtons:

$$F = 50\ \cancel{\text{kp}} \cdot \frac{9{,}8\ \text{N}}{1\ \cancel{\text{kp}}} = 490\ \text{N}$$

Actividades

1. Describe tres situaciones cotidianas en las que intervengan fuerzas. ¿Qué efecto tiene la fuerza sobre el cuerpo en cada una de las situaciones?

2. Expresa las siguientes fuerzas en unidades del SI:

a) 150 kp b) 8,5 kp

3. Convierte 1 000 N a kilopondios. ¿A cuántos kilogramos-fuerza equivalen?

1.1. La fuerza como vector

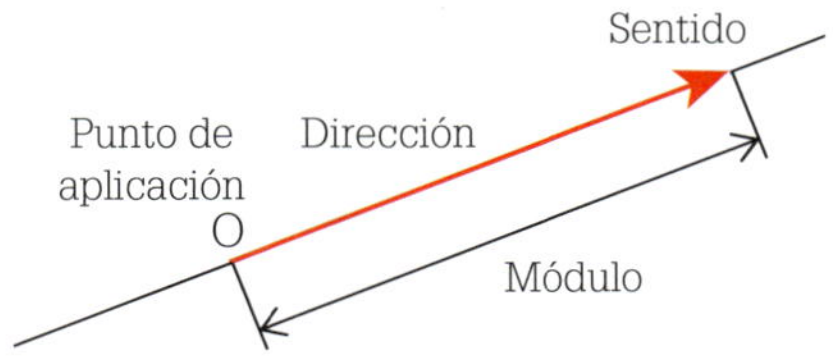

Al igual que el desplazamiento, la velocidad y la aceleración que vimos en la unidad anterior, la fuerza también es un **vector.** Se caracteriza por:

— **Módulo.** Valor numérico absoluto de la intensidad de la fuerza (siempre con signo positivo).

— **Dirección.** Recta que contiene el vector fuerza.

— **Sentido.** Indicado por la punta de la flecha del vector.

— **Punto de aplicación, O.** Punto sobre el cual se aplica la fuerza.

1.2. Composición de fuerzas y equilibrio

En la mayoría de los casos, sobre un cuerpo no actúa una única fuerza, sino un conjunto de ellas. Este conjunto de fuerzas constituye un **sistema de fuerzas** y es equivalente a una única fuerza imaginaria que llamamos fuerza resultante.

> La **fuerza resultante o neta, F_{neta},** es aquella fuerza que produce sobre un cuerpo el mismo efecto que el sistema de todas las fuerzas que actúan en él.

El procedimiento para calcular la fuerza resultante a partir de las fuerzas que componen el sistema (fuerzas componentes) se denomina **composición de fuerzas.**

+

La fuerza resultante de dos **fuerzas perpendiculares** se obtiene aplicando el *teorema de Pitágoras:*

$$F_{neta}{}^2 = F_1^2 + F_2^2 \rightarrow$$
$$\rightarrow F_{neta} = \sqrt{F_1^2 + F_2^2}$$

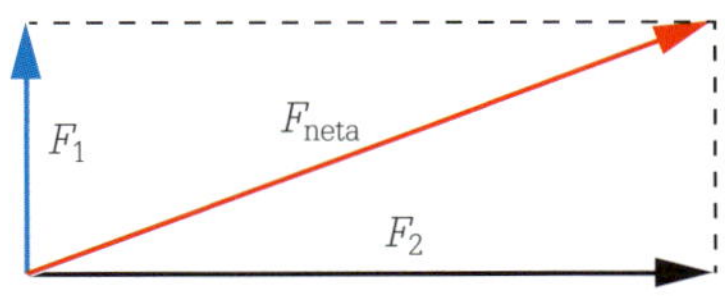

Esta operación nos sirve tanto para la **composición** de fuerzas como para su **descomposición.**

Ejemplo 3

Determina la fuerza resultante de los siguientes sistemas de fuerzas, aplicando la composición de fuerzas:

Resultante $F_{neta} = F_1 + F_2$

El sistema de fuerzas está formado por dos fuerzas que tienen la **misma dirección y sentido.** Calculamos el módulo de la fuerza resultante sumando los módulos de ambas fuerzas componentes:

$$F_{neta} = F_1 + F_2 = (3 + 5)\ \text{N} = 8\ \text{N}$$

La dirección y el sentido son los mismos que los de las fuerzas componentes.

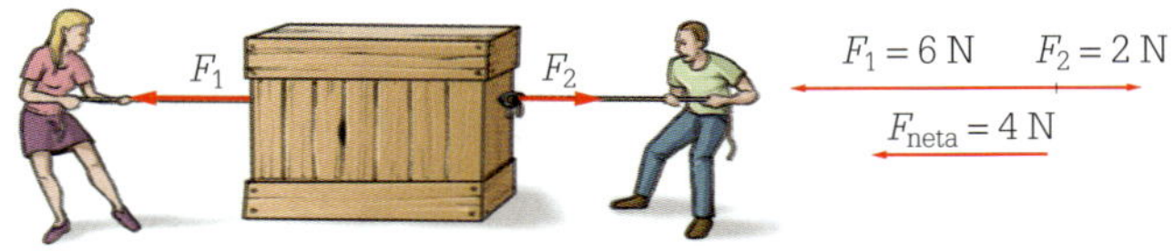

Resultante $F_{neta} = |F_1 - F_2|$

El sistema de fuerzas está formado por dos fuerzas que tienen la **misma dirección y sentido contrario.** Calculamos el módulo de la fuerza resultante como la diferencia en valor absoluto entre los módulos de ambas fuerzas componentes:

$$F_{neta} = |F_1 - F_2| = |6 - 2|\ \text{N} = 4\ \text{N}$$

La dirección es la de las fuerzas componentes y el sentido, el de la fuerza componente de mayor módulo.

Equilibrio de fuerzas

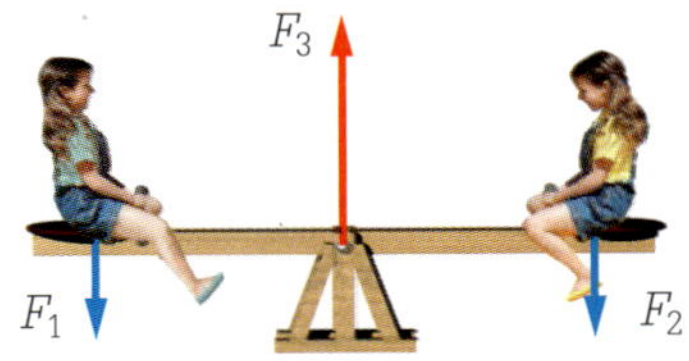

Observa la imagen lateral: la suma de las fuerzas ejercidas por cada niña se compensa con la fuerza ejercida por el columpio. Así, la resultante es nula.

> Decimos que un cuerpo está en **equilibrio** cuando la **resultante** de todas las fuerzas aplicadas sobre él es **nula.**

Actividades

4. Halla la fuerza resultante de las fuerzas F_1 y F_2 si se aplican: a) En la misma dirección y sentido. b) En la misma dirección pero sentidos contrarios. c) De forma perpendicular.

5. Practica en el siguiente enlace la composición y descomposición de fuerzas (paralelas y perpendiculares):

@ **http://links.edebe.com/wf6hu5**

2. Efectos de las fuerzas

Clasificación de materiales:

— **Elásticos.** Se deforman al aplicarles una fuerza pero recuperan su forma original cuando cesa la fuerza.

— **Rígidos.** No modifican su forma al actuar sobre ellos una fuerza (no se deforman).

— **Plásticos.** Cuando cesa la fuerza no recuperan su forma inicial, sino que mantienen la deformación.

Como hemos visto, las fuerzas pueden tener dos efectos sobre los cuerpos: **deformación** o **alteración de estado de movimiento.** A continuación analizaremos cada uno de ellos.

2.1. Deformación

Las fuerzas pueden producir deformaciones en los cuerpos sobre los que se aplican. Pensemos por ejemplo en un muelle: si lo estiramos su longitud aumenta, mientras que si lo soltamos, recupera su longitud inicial.

Existe una relación entre la intensidad de la fuerza y la deformación producida: la ley de Hooke.

La ley de Hooke

El físico inglés Robert Hooke (1635-1703) formuló en 1678 la ley conocida como ley de Hooke:

La **deformación** que sufre un cuerpo elástico **es directamente proporcional** a la **fuerza aplicada.**

$$F = K \cdot \Delta l = K \cdot (l - l_0)$$

Donde:

— K es la **constante elástica** característica de cada muelle y representa la fuerza necesaria para alargar este en la unidad de longitud. La unidad de K en el SI es el newton por metro (N/m).

— Δl es el alargamiento. Se mide en metros (m). (l_0 es la longitud inicial y l la longitud final).

Ejemplo 4

Determina el alargamiento que experimenta un muelle de constante elástica 650 N/m al aplicar sobre él una fuerza de 80 N.

COMPRENSIÓN. Conocemos la constante elástica del muelle y la fuerza. Calcularemos el alargamiento mediante la ley de Hooke.

DATOS.

$K = 650$ N/m; $F = 80$ N

RESOLUCIÓN. Aplicamos la ley de Hooke para determinar el alargamiento del muelle:

$$F = K \cdot \Delta l; \quad \Delta l = \frac{F}{K}; \ \Delta l = \frac{80 \text{ N}}{650 \text{ N} \cdot \text{m}^{-1}} = 0{,}123 \text{ m}$$

El muelle sufre un alargamiento de 0,123 m.

COMPROBACIÓN. Verificamos que el resultado es correcto y que hemos obtenido las unidades deseadas. De lo contrario, revisamos los cálculos.

Actividades

6. Halla el alargamiento que tiene lugar en un muelle de constante elástica 350 N/m al aplicar sobre él una fuerza de 15 N.

7. Se aplicaron distintas fuerzas sobre un muelle obteniéndose los siguientes resultados:

F (N)	100	200	300	400	500
Δl (m)	0,10	0,20	0,30	0,40	0,50

a) Representa gráficamente los datos anteriores. Para ello coloca en el eje x el alargamiento y en el eje y la fuerza.

b) ¿Qué alargamiento provoca en un muelle una fuerza de 150 N?

c) ¿Qué fuerza se debe ejercer para producir un alargamiento de 25 cm?

d) Halla la constante elástica del muelle y exprésala en las unidades adecuadas. ¿En qué ley te has basado para calcularla?

Medida de las fuerzas: el dinamómetro

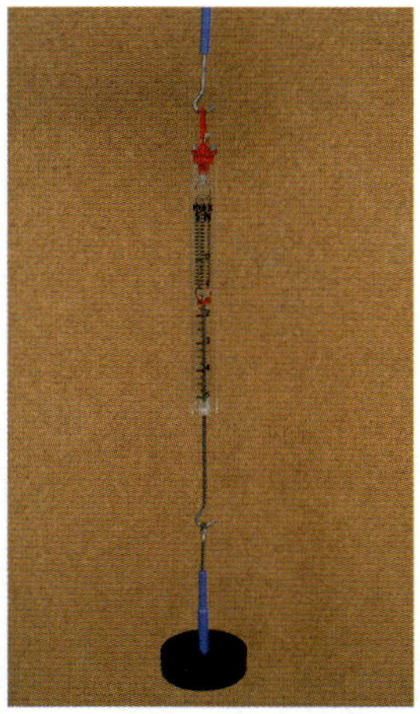

Existe un instrumento utilizado para medir la intensidad de las fuerzas que se basa en la ley de Hooke: el **dinamómetro.**

Consta de un tubo que incorpora una escala graduada y en cuyo interior se encuentra un muelle elástico.

Como sabemos por la ley de Hooke, el alargamiento que el muelle experimenta al aplicar una fuerza en su extremo es proporcional a dicha fuerza.

El valor de la fuerza se lee en la escala graduada. Así, cuando no se ejerce ninguna fuerza el dinamómetro marca cero. Pero si se aplica una fuerza en el extremo del muelle, este se alarga señalando una medida de la fuerza en la escala graduada.

Experimenta

Construimos y calibramos un dinamómetro

1. Sigue estos pasos para fabricar tu dinamómetro:
   - Recopila el siguiente material:
     Un bolígrafo de plástico transparente.
     Un muelle pequeño (puedes obtenerlo desmontando un bolígrafo automático).
     Un trozo de alambre metálico fino.
     Una regla graduada.
   - Coge el bolígrafo de plástico transparente y córtale la parte inferior.
   - Incrusta el muelle en el tapón de la parte superior del bolígrafo.
   - En el otro extremo del muelle, añade el alambre de forma que termine en un pequeño gancho y que salga por la parte inferior del tubo.
   - Con la ayuda de la regla, marca o pega una escala graduada sobre la parte exterior del tubo.
2. Antes de medir, debemos calibrar el dinamómetro. Para ello tenemos que obtener la constante elástica del muelle, K:
   - Coge un objeto de masa conocida.
   - Cuelga del muelle el objeto y mide el alargamiento, Δl, que se produce. Expresamos la medida en metros.
   - Calculamos la fuerza ejercida por el objeto, que será su peso, mediante la siguiente expresión:

     $$F_{peso} = m \cdot g$$

     Donde:
     F_{peso} es la fuerza, en N.
     m es la masa, en kg.
     g es la aceleración de la gravedad (9,8 m/s^2).
   - Aplicando la ley de Hooke obtenemos la constante de elasticidad del muelle:

     $$K = \frac{F_{peso}}{\Delta l}$$

     Recuerda que K tiene unidades de N/m.
3. Una vez conocida la constante elástica del muelle ya podemos medir la fuerza que ejerce un cuerpo del que no conocemos su masa:
   - Colgamos el cuerpo del muelle y medimos su alargamiento, Δl, expresándolo en metros.
   - Obtenemos la fuerza, en newtons, mediante la ley de Hooke:

     $$F = K \cdot \Delta l$$

¡Prueba con distintos objetos!

Nota: Sé cuidadoso/a, ya que un peso excesivo podría estropear el dinamómetro.

Actividades

8. **Experimenta.** Coge tres objetos y el dinamómetro que has construido en el «Experimenta» anterior:
   a) Describe el efecto que produce cada objeto al colgarlo del dinamómetro.
   b) Mide el alargamiento que produce cada uno y calcula la fuerza ejercida. Apunta los datos en tu cuaderno y completa esta tabla en tu cuaderno:

Objeto n.º	Δl (m)	F (N)

   c) ¿Cuál de ellos pesa más? Justifica tu respuesta.

9. El muelle de un dinamómetro se alarga 6 cm cuando aplicamos sobre él una fuerza de 10 N.
   - Calcula el alargamiento del muelle al aplicar una fuerza de 20 N.

10. Por grupos, citad aplicaciones del dinamómetro en nuestra vida cotidiana. Podéis buscar información en Internet.
   - Después poned en común vuestras respuestas en clase con las del resto de grupos. ¿Cuántas aplicaciones habéis obtenido?

Como veremos en detalle en la siguiente unidad:

— El **peso** de un cuerpo es la fuerza de atracción gravitatoria que la Tierra ejerce sobre él.

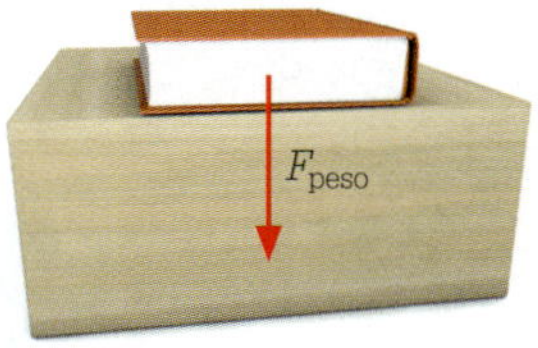

— La **fuerza de rozamiento** es la fuerza que aparece siempre que un cuerpo se desliza por una superfice. Se opone al movimiento.

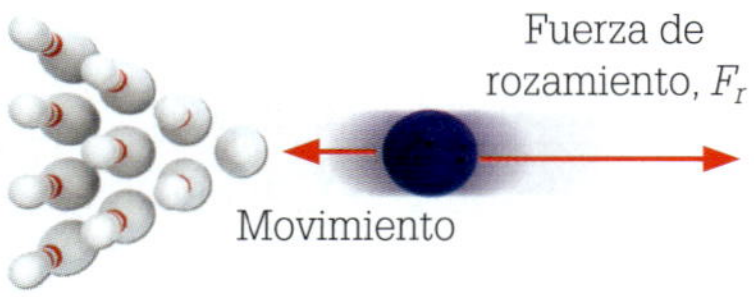

2.2. Alteración del estado de movimiento

No siempre que aplicamos una fuerza sobre un cuerpo este sufre una deformación. En algunas ocaciones lo que sucede es un cambio en su movimiento.

> La **dinámica** es la rama de la física que estudia la relación entre las fuerzas y el estado de movimiento de un objeto.

La dinámica se rige por tres leyes fundamentales enunciadas por Isaac Newton en el siglo XVII: las *leyes de Newton.* A continuación estudiaremos el fundamento de cada una de ellas.

Primera ley de Newton: ley de la inercia

Cuando un cuerpo está en reposo, ¿actúa sobre él alguna fuerza? ¿Y si el cuerpo está en movimiento?

Para contestar a estas preguntas pensemos en un disco de *hockey* que permanece en reposo sobre una superficie horizontal.

Para que adquiera movimiento debemos aplicarle una fuerza. Por otro lado, sabemos que al cabo de un tiempo el disco terminará deteniéndose. Esto sucede porque actúa una **fuerza de rozamiento** que se opone al movimiento. Si la superficie estuviese perfectamente pulida no habría fuerza de rozamiento y el disco continuaría moviéndose en su trayectoria a velocidad constante hasta que le aplicásemos una fuerza para detenerlo.

La **primera ley de Newton** se denomina **ley de la inercia,** y explica el fundamento de la experiencia anterior:

> Un cuerpo permanece en su estado de **reposo** o de **movimiento rectilíneo uniforme (MRU)** si no actúa ninguna fuerza sobre él, o bien, si la **resultante** de las fuerzas que actúan es **nula.**

La **inercia** es la tendencia que tiene un cuerpo a mantenerse en el estado en el que se encuentra, de reposo o de movimiento. Este concepto, introducido por Galileo años antes, sirvió a Newton de base para su ley.

Experimenta

El experimento de Galileo: el plano inclinado

Por grupos, coged una pelota y realizad las siguientes experiencias sobre un plano inclinado:

a) Soltad la pelota desde la parte más alta del plano inclinado.

b) Lanzad la pelota hacia arriba desde la parte más baja del plano inclinado.

¿Qué sucede? ¿Qué fuerzas actúan en cada caso?

¿Qué pasaría si la pelota rodase por una superficie horizontal perfectamente pulida? ¿Se cumpliría la ley de la inercia?

Actividades

11. Busca en qué obra plasmó Newton sus leyes.

a) Señala el título de la publicación, el año, y busca una fotografía de la portada.

b) ¿Qué importancia crees que tiene esta obra en la ciencia y en el mundo científico? Razona tu respuesta.

12. Comprobad si en el «Experimenta» anterior habéis llegado a las conclusiones de Galileo.

Segunda ley de Newton: ley fundamental de la dinámica

La **primera ley de Newton** explica qué le sucede a un cuerpo si no actúa ninguna fuerza sobre él o la resultante de todas las fuerzas es cero. En este caso el cuerpo permancenerá en reposo o en MRU. Pero ¿qué ocurrirá si existe una fuerza resultante distinta de cero? Analicémoslo realizando la siguiente experiencia.

Experimenta

La relación entre fuerza y aceleración

Entra en el siguiente *applet:*

@ http://links.edebe.com/minqa

— Haz clic en el icono «Seguir» y en la siguiente pantalla en «Lab».

— En el apartado «Datos» selecciona una masa de 2 kg y pon el resto de valores a cero.

— Completa la siguiente tabla en tu cuaderno:

F (N)	a (m/s²)	*F*/*a*
2		
4		
6		
8		

— Con el *applet,* ejecuta una experiencia para cada fuerza que aparece en la tabla. Para ello introduce primero el valor de la fuerza en «Fuerza → (N)».

Por ejemplo, para la primera experiencia tendrás esta interfaz de «Datos»:

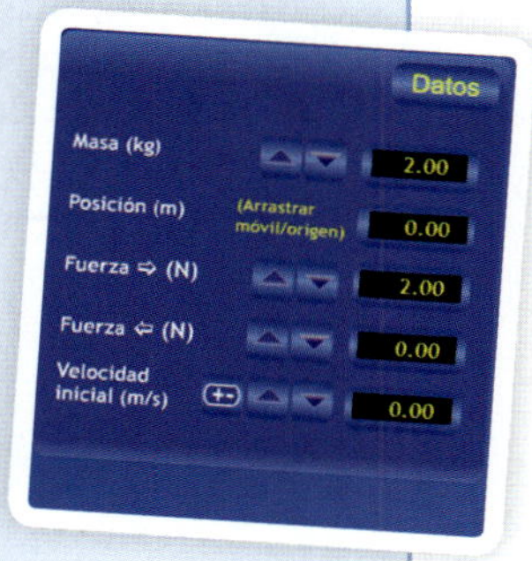

— Pulsa «Play» y visualiza los resultados. ¿Con qué tipo de movimiento se desplaza la bola? Observa que la velocidad aumenta en cada instante, por tanto, se trata de un MRUA.

— Rellena la tabla anterior en tu cuaderno para cada experiencia (anota el valor de la aceleración obtenido y haz el cálculo correspondiente a la tercera columna).

¿Qué conclusiones obtienes?

Como hemos podido comprobar en el «Experimenta» anterior, hay una razón constante entre la fuerza resultante que actúa sobre un cuerpo y la aceleración que adquiere el cuerpo como consecuencia de dicha fuerza. Esta constante es la masa del cuerpo. La constatación de este hecho constituye el enunciado de la **segunda ley de Newton** o **ley fundamental de la dinámica:**

> Si sobre un cuerpo actúa **una fuerza resultante,** este adquiere una **aceleración directamente proporcional a la fuerza aplicada**, donde la masa del cuerpo, *m,* es la constante de proporcionalidad.
>
> $$F = m \cdot a$$
>
> De modo que:
>
> — *F* es la fuerza resultante, N. — *m* es la masa, kg. — *a* es la aceleración, m/s²

Ejemplo 5

Calcula la aceleración que adquiere una caja de 5,5 kg de masa que inicialmente está en reposo, cuando se le aplica una fuerza de 20 N.

COMPRENSIÓN. Conocemos la masa y la fuerza. Hallaremos la aceleración mediante la ley fundamental de la dinámica.

DATOS. $m = 5{,}5$ kg; $F = 20$ N

RESOLUCIÓN. Aplicamos la segunda ley de Newton

$$F = m \cdot a; \; a = \frac{F}{m} = \frac{20\ \text{N}}{5{,}5\ \text{kg}} = 3{,}6\,\frac{\text{m}}{\text{s}^2}$$

COMPROBACIÓN. Verificamos que el resultado es correcto y que hemos obtenido las unidades deseadas. De lo contrario, revisamos los cálculos.

Actividades

13. Sobre un coche de 1 370 kg que está en reposo, actúa una fuerza de 520 N. Halla la acelaración que adquiere.

Tercera ley de Newton: ley de acción y reacción

Entra en el siguiente enlace:

http://links.edebe.com/jk2g

- Accede a *Contenidos didácticos* y practica las leyes de Newton con los ejercicios propuestos.
- Después de leer cada enunciado (e), ejecuta la simulación (s) y responde (?).
- Comprueba tu respuesta haciendo clic en «Responder». Si tras tres intentos tu respuesta sigue siendo errónea te aparecerá la respuesta correcta y su razonamiento.

Cuando un cuerpo A ejerce una fuerza sobre un cuerpo B, ¿cómo responde el cuerpo B?

Pensemos en una persona que da un salto. La persona aplica una fuerza sobre el suelo, y como consecuencia el suelo ejerce una fuerza sobre la persona que le permite impulsarse hacia arriba.

Lo mismo sucede cuando una nadadora aplica una fuerza sobre la pared de la piscina. La nadadora recibe una fuerza de la pared de la piscina que la empuja hacia adelante.

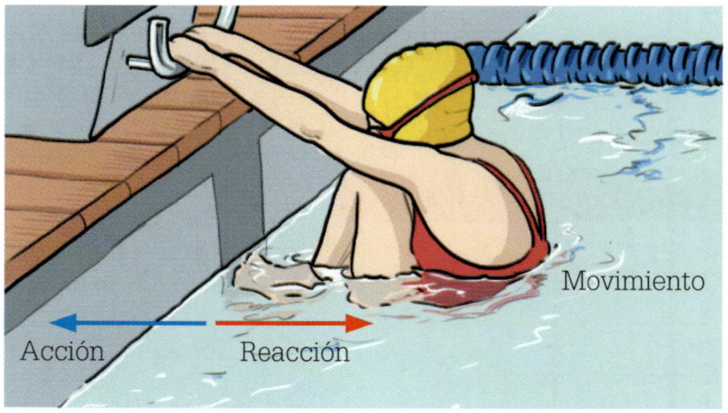

Mediante estos ejemplos vemos que una fuerza no puede existir de forma aislada, sino que siempre va acompañada de una fuerza de reacción que actúa en sentido contrario.

La **tercera ley de Newton,** conocida como **ley de acción** y **reacción,** recoge este principio:

> Si un cuerpo ejerce una fuerza, que llamamos **acción**, sobre otro cuerpo, este, a su vez, ejerce sobre el primero otra fuerza, que denominamos **reacción,** con el **mismo módulo** y la **misma dirección**, pero de **sentido contrario.**

Las **fuerzas de acción y reacción** tienen las siguientes características:

— Se presentan por parejas (fuerza de acción, F_A – fuerza de reacción, F_B).

— Son simultáneas.

— Siempre actúan sobre cuerpos diferentes y, por tanto, nunca se anulan entre sí.

Actividades

14. Cita tres ejemplos de situaciones en las que quede patente la ley de acción y reacción. Para cada caso, haz un dibujo en tu cuaderno con las fuerzas que intervienen.

— Después haced una puesta en común en clase.

15. Explica cómo se aplica la tercera ley de Newton al lanzamiento de un cohete espacial. Puedes buscar información en Internet.

3. Máquinas simples y su funcionamiento

A lo largo de los años, la humanidad ha agudizado su ingenio y ha sido capaz de construir máquinas que facilitan la realización de distintas tareas. Estas convierten una fuerza pequeña en otra mayor, permitiendo realizar trabajos cómodamente: elevar objetos pesados, transportar mercancías, abrir latas...

Una **máquina** es un dispositivo mecánico que **transforma un movimiento en otro** diferente, **reduciendo la fuerza necesaria** para llevar a cabo un trabajo.

Las máquinas han ido evolucionando continuamente desde la prehistoria hasta la actualidad. Entre las más sencillas tenemos las *máquinas simples.*

Una **máquina simple** es aquella máquina capaz de ejecutar el trabajo en un **solo paso.**

En toda máquina debemos distinguir dos fuerzas:

— **Potencia, *F*.** Fuerza aplicada sobre la máquina.

— **Resistencia, *R*.** Fuerza que la máquina aplica al cuerpo sobre el que actúa (la que se trata de vencer).

Podemos clasificar las máquinas simples en tres grandes grupos: *la palanca, el plano inclinado* y *la polea.*

3.1. La palanca

La palanca es la máquina simple más antigua. Se emplea para transmitir fuerzas y desplazamientos.

La **palanca** consta de una barra **rígida** que oscila en torno a un **punto de apoyo** denominado **fulcro.**

Con la palanca podemos vencer una fuerza **(resistencia)** aplicando una fuerza más pequeña **(potencia)** en el otro extremo de la barra. De esta forma se transmite el movimiento: un extremo baja y el otro sube.

Según la posición que tenga el punto de apoyo respecto a los puntos donde actúan las fuezas, la palanca puede ser de tres clases:

Primer grado	Segundo grado	Tercer grado
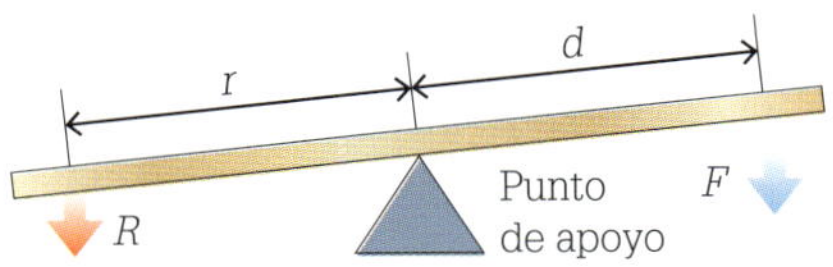	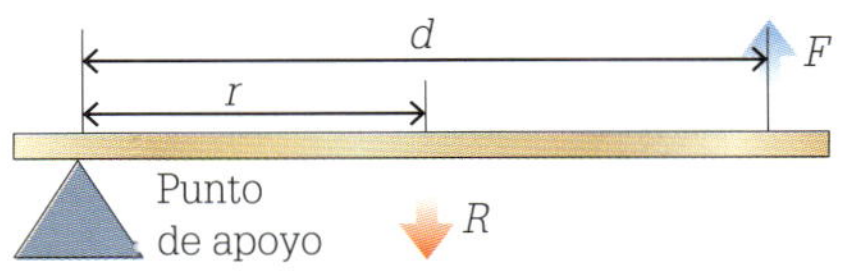	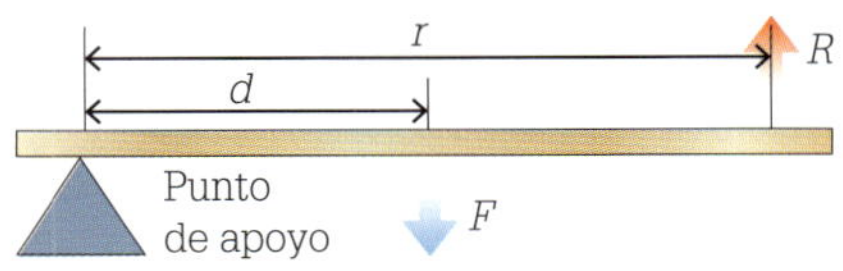
El punto de apoyo se encuentra entre la fuerza aplicada y la resistencia. Ejemplos: balancín, tijeras.	La resistencia está entre el punto de apoyo y la fuerza aplicada. Ejemplos: carretilla, cascanueces.	La fuerza aplicada está entre el punto de apoyo y la resistencia. Ejemplos: caña de pescar, escoba.

Ágora

Ya en la antigüedad existían máquinas. Fíjate en la evolución del martillo:

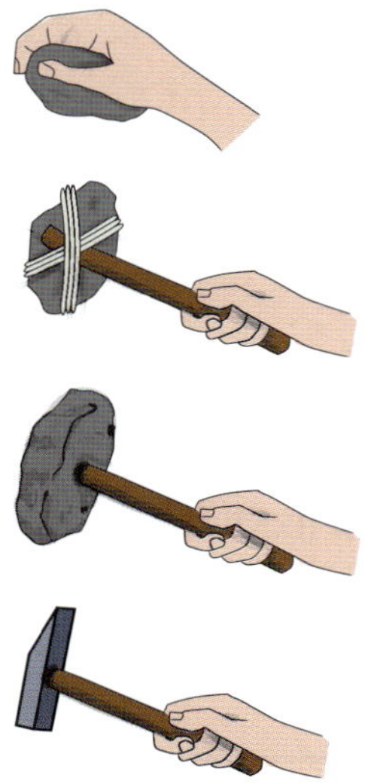

» **Infórmate sobre la historia del martillo. a) ¿Cuándo aparecieron los primeros martillos con mango? b) ¿Qué materiales se han empleado a lo largo de la historia en su fabricación? c) ¿Qué mejoras observas en la seguridad?**

La ley de la palanca

En toda palanca se cumple la denominada **ley de la palanca:**

> La fuerza, F, que se aplica por la distancia de esta fuerza al punto de apoyo, d, es igual que la resistencia, R, por la distancia de esa resistencia al punto de apoyo, r.
> $$F \cdot d = R \cdot r$$

De esta expresión matemática se deduce que cuanto mayor sea la distancia desde la fuerza aplicada al punto de apoyo, d, menor será la fuerza que hay que realizar, F, para vencer una determinada resistencia, R.

Ventaja mecánica

Relación entre la intensidad de la fuerza de entrada (fuerza resistente) y la de salida (fuerza aplicada) en una máquina simple.

$$VM = \frac{R}{F}$$

Ejemplo 6

Observa la figura. ¿Qué fuerza debemos hacer para vencer la resistencia?

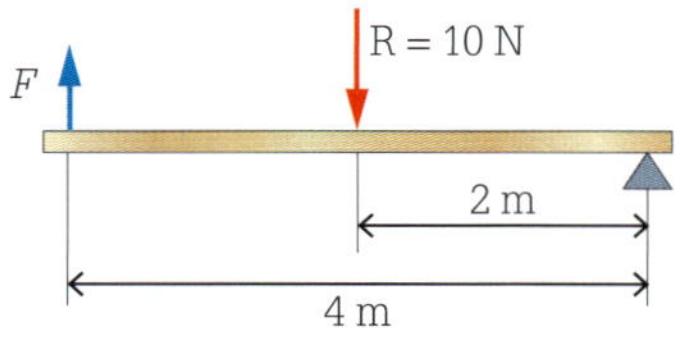

COMPRENSIÓN. Es una palanca de segundo grado.

DATOS. $R = 10$ N; $d = 4$ m; $r = 2$ m

RESOLUCIÓN. Aplicamos la ley de la palanca:

$$F \cdot d = R \cdot r; \; F = \frac{R \cdot r}{d} = \frac{10 \text{ N} \cdot 2 \cancel{\text{m}}}{4 \cancel{\text{m}}} = 5 \text{ N}$$

COMPROBACIÓN. Verificamos que el resultado es correcto y que hemos obtenido las unidades deseadas. De lo contrario, revisamos los cálculos.

3.2. El plano inclinado

Existe una máquina simple que se utiliza para elevar cuerpos a cierta altura: el plano inclinado.

> El **plano inclinado** consiste en una **superficie plana** que forma un **ángulo agudo** con el suelo.

Despreciando el rozamiento, podemos calcular la **fuerza necesaria** para trasladar un objeto del inicio al final de un plano inclinado mediante la siguiente expresión:

$$F = \frac{R \cdot h}{d}$$

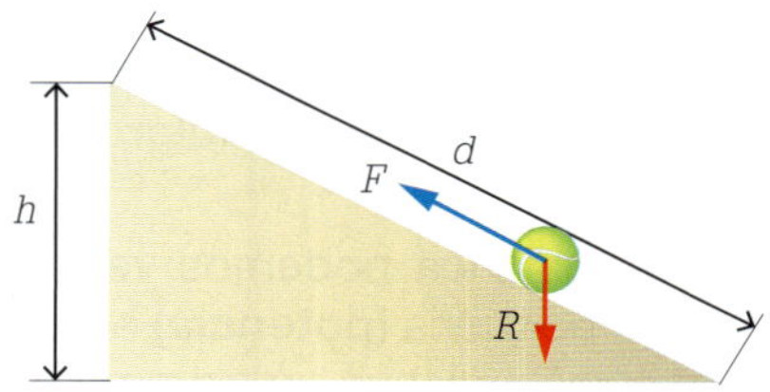

Cuanto mayor es la longitud del plano inclinado, d, y menor es la pendiente, es decir, menor, h, menor será la fuerza que hay que realizar, F.

+

El **tornillo** y la **cuña** son variantes del plano inclinado:

— El **tornillo** es el resultado de enrollar un plano inclinado alrededor de un cilindro.

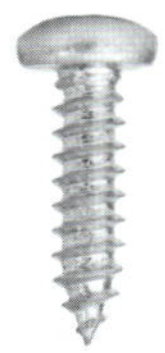

— La **cuña** está formada por dos planos inclinados colocados de forma opuesta.

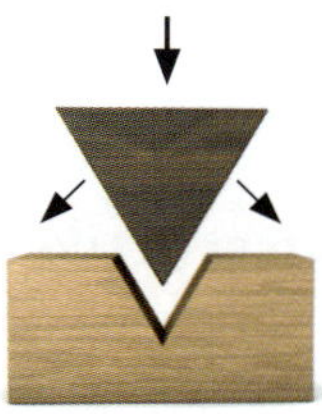

Actividades

16. Nombra objetos cotidianos que basen su funcionamiento en una palanca.

17. En un balancín, un niño ejerce una fuerza de 300 N y consigue levantar a su amigo que está sentado en el otro extremo. Sabiendo que la barra mide 3 m y el punto de apoyo está situado justo a la mitad de esta, ¿qué resistencia opone el amigo? Haz en tu cuaderno un dibujo que acompañe a la resolución del problema.

18. Piensa en situaciones reales en las que se utilice un plano inclinado para reducir el esfuerzo que hay que realizar. Después, haced una puesta en común en clase.

19. Si tuvieras que elevar 2 m una caja cuyo peso es de 700 N, ¿utilizarías un plano inclinado de 3 m o uno de 4 m? Responde primero sin realizar ningún cálculo y comprueba tu respuesta después calculando la fuerza necesaria en cada caso.

@ **20.** Busca y anota en tu cuaderno las principales aplicaciones del tornillo y de la cuña.

3.3. La polea

Otra máquina simple que se emplea para elevar objetos verticalmente es la polea:

> La **polea** está compuesta por una **rueda** con un canal que gira alrededor de un **eje.**

Por el canal de la rueda pasa una **cuerda** que transmite la fuerza aplicada para elevar el objeto.

La polea permite subir pesos reduciendo el esfuerzo. La carga que se quiere elevar se sujeta en uno de los extremos de la cuerda y desde el otro extremo se tira, provocando de este modo el giro de la polea en torno a su eje.

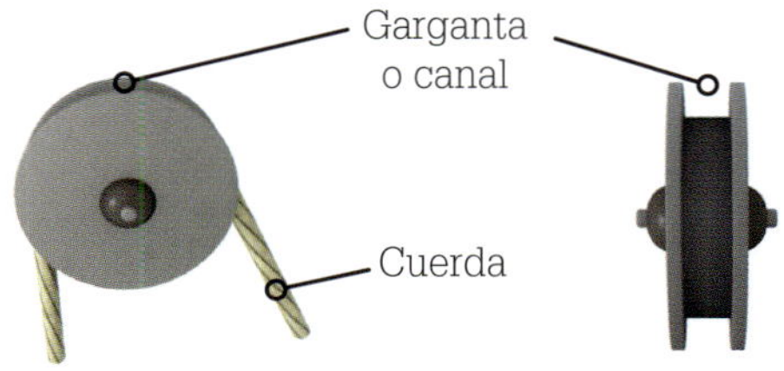

Existen tres tipos diferentes de poleas:

<table>
<tr><th>Polea fija</th><th>Polea móvil</th><th>Polipasto</th></tr>
<tr><td>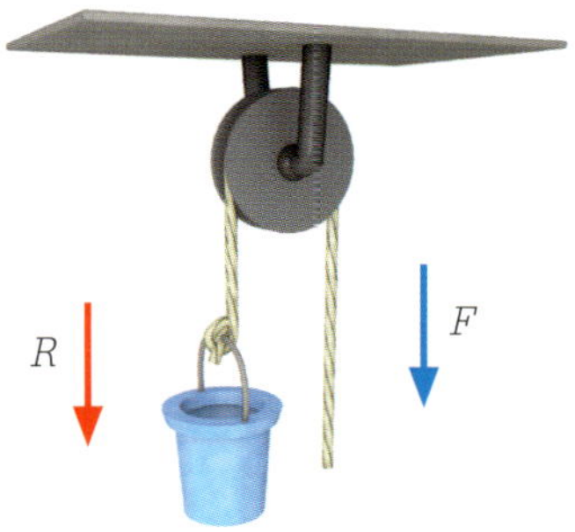
</td><td>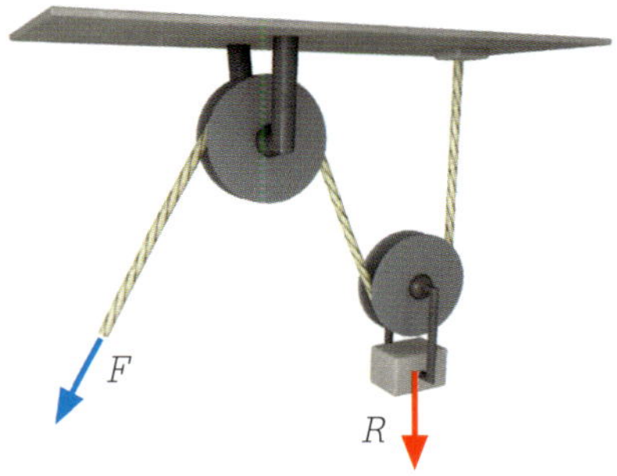
</td><td>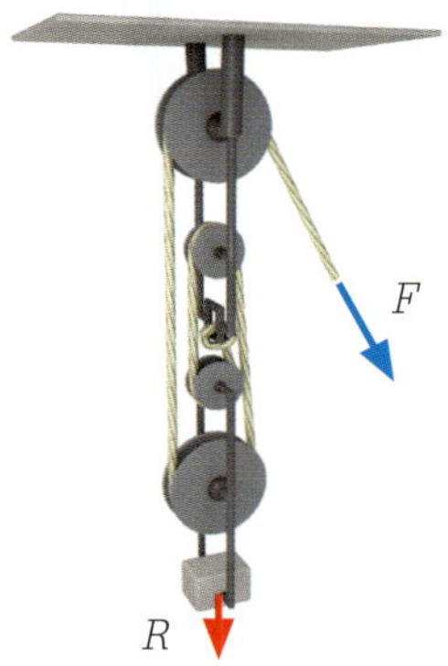
</td></tr>
<tr><td>Se trata de una única polea.
La fuerza mínima para elevar un objeto es igual al peso de este:
$F = R$
Aplicaciones: pozos, grúas sencillas, máquinas de pesas en gimnasios, etc.</td><td>Consiste en un conjunto de dos poleas: una fija y otra que puede desplazarse.
La fuerza mínima para elevar un objeto es igual a la mitad del peso de este:
$F = \frac{R}{2}$
Aplicaciones: sistema para izar las velas de los barcos, grúas, etc.</td><td>Es un tipo de montaje de poleas fijas y móviles.
La fuerza mínima para elevar un objeto se calcula mediante la siguiente expresión:
$F = \frac{R}{2^n}$
Donde n es el número de poleas móviles.
Aplicaciones: ascensores, grúas, montacargas, etc.</td></tr>
</table>

@ Accede a la siguiente página Web y repasa las máquinas simples:

http://links.edebe.com/uq9

» **Observa con detenimiento las simulaciones de las poleas fijas, móviles y polipastos.**

» **Después haz clic en la pestaña «Mecanismos» e infórmate sobre su función y sus tipos.**

Actividades

21. Halla la fuerza que debemos realizar para subir en un pozo un cubo de agua, de 100 N de peso, utilizando una polea fija.

— ¿Cuál sería la fuerza necesaria si usásemos una polea móvil? Compara los resultados, ¿qué opinas?

+ @ 22. La rueda por sí misma no es una máquina simple. a) ¿Cuál crees que es el motivo? Infórmate. b) Busca el funcionamiento de un torno. ¿Piensas que es una máquina simple?

— Razona ambas respuestas y compáralas con las del resto de compañeros y compañeras de clase.

La bicicleta: sus componentes

Las partes de la bicicleta

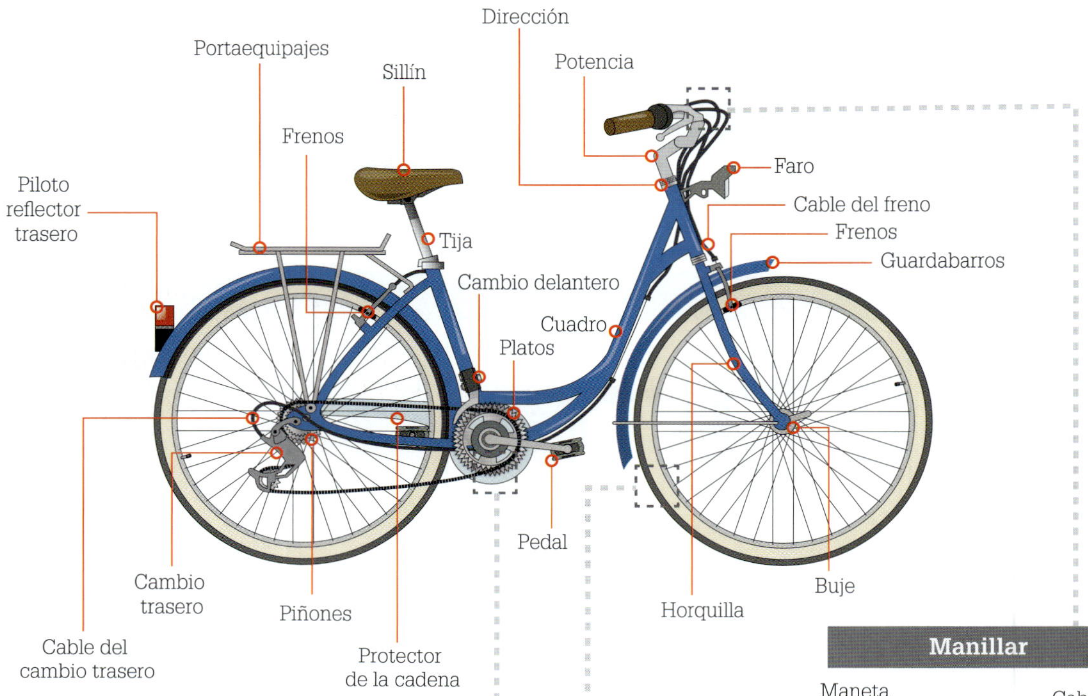

Platos, pedales y cambio delantero

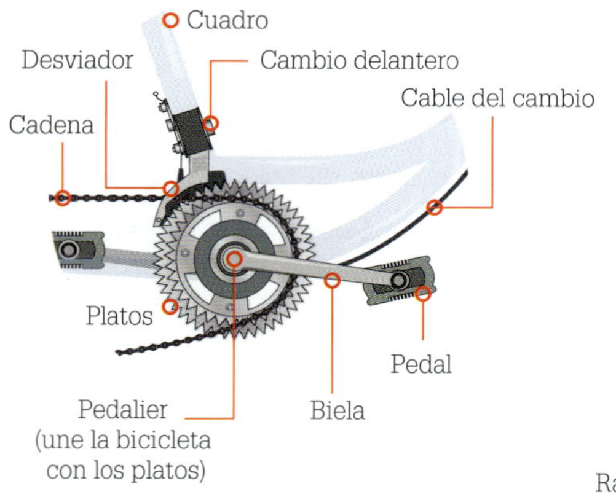

Manillar

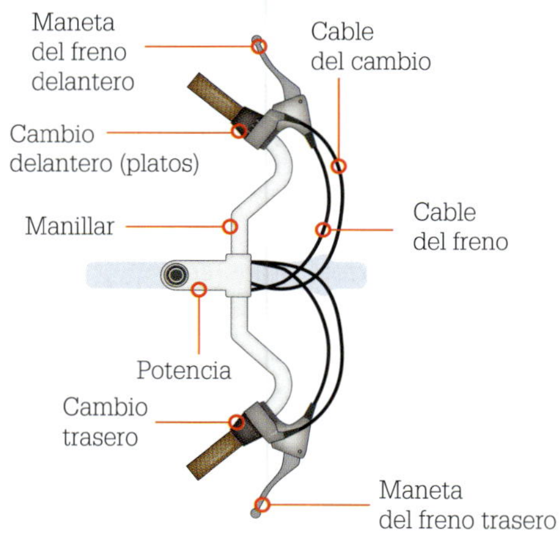

La rueda

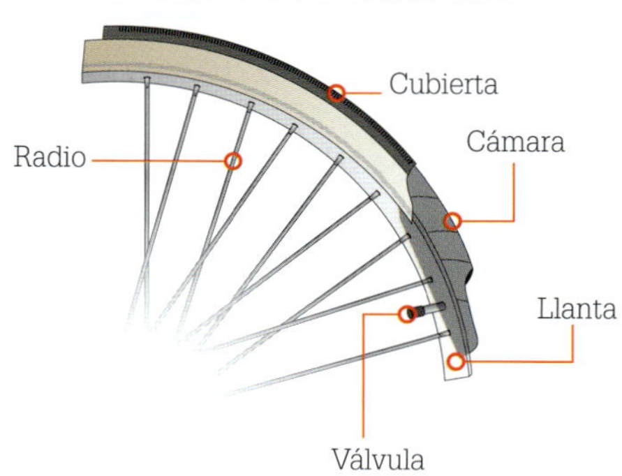

23. La bicicleta es un vehículo de transporte muy común en nuestra sociedad. Algunos la utilizan para hacer deporte, otros para desplazarse hasta el trabajo y hay hasta quien la usa con fines artísticos en el mundo del espectáculo.

a) Describe con tus palabras el funcionamiento de una bicicleta. ¿Cómo se transmite el movimiento?

b) Observa en la figura los elementos que componen la bicicleta. ¿Conocías el nombre de todos ellos?

c) Las piezas que transmiten el movimiento se denominan **elementos de transmisión.** Busca en Internet su clasificación e identifica cuáles de ellos tiene la bicicleta.

d) Ahora explica con precisión, utilizando los términos aprendidos, el sistema de transmisión del movimiento de una bicicleta

24. La bicicleta es una **máquina compuesta,** es decir, está formada por dos o más máquinas simples.

a) Organizáos por grupos y analizad con detalle la figura que muestra las partes de la bicicleta. ¿Qué máquinas simples identificáis a primera vista? Haced una lista en el cuaderno y guardadla.

b) El manillar es una palanca que al girar permite orientar la dirección de la rueda delantera. ¿De qué tipo de palanca se trata? Dibujad un esquema en el cuaderno situando la potencia, la resistencia y el punto de apoyo.

c) Las manetas de los frenos transmiten el movimiento a los frenos por medio de un cable. Ambos componentes son máquinas simples. Pensad en su funcionamiento y señalad de qué máquinas simples se trata.

d) En la bicicleta también existe un sistema de poleas, ¿cuál es? ¿Qué función tiene?

e) Poned en común en clase vuestras respuestas a los apartados b, c y d y pedid al profesor que explique cuáles son las respuestas correctas. Corregid la lista que habíais guardado en el apartado a.

f) Por último, diseñad un póster *online* en el mostréis las máquinas simples que componen la bicicleta de forma gráfica. Podéis usar cualquiera de estas herramientas:

— **Mural.ly**. **https://mural.ly/**

— **Glogster**. Debéis registraros primero: **http://edu.glogster.com/**

25. La bicicleta es un medio de transporte sostenible y sano. En la actualidad hay alrededor de ochocientos millones de bicicletas en el mundo.

a) Infórmate sobre la evolución histórica de la bicicleta. ¿Quién fue su inventor? ¿En qué año?

b) Resume los avances tecnológicos que se fueron incorporando a la bicicleta desde la Draisiana hasta nuestra bicicleta. Para ello copia esta tabla en tu cuaderno y rellénala:

Avance tecnológico	Inventor	Año

26. Investiga cuáles son los países con más usurios de la bicicleta. Si buscas el *ranking* mundial por ciudades, ¿aparece alguna ciudad española en las primeras posiciones? ¿Cuál o cuáles?

— ¿Qué opinas sobre el sistema público de bicicletas compartidas que se está instalando en algunas ciudades españolas?

Cre@ctividad: Creamos una línea de tiempo con Dipity

Te sugerimos contar la evolución del automóvil mediante una línea de tiempo, con la ayuda de la herramienta gratuita Dipity:

— Primero, busca información en Internet sobre la historia del automóvil. Guarda las imágenes, los textos, los vídeos, etc. que puedan resultar de interés para confeccionar la cronología.

— Entra en esta página web y regístrate (está en inglés):

http://www.dipity.com/

— Clica en *Create a Timeline* y rellena los campos pedidos: título, descripción, categoría, etc.

— Comienza a añadir eventos en *Add an Event.* Puedes incluir fotografías, enlaces a información, vídeos, música, etc.

¡Compártelo con tus compañeros y compañeras!

En práctica: **Comprobamos la ley de Hooke**

En el laboratorio de física realizaremos esta experiencia, que nos permitirá comprobar experimentalmente la relación matemática que constituye la ley de Hooke. Para ello nos organizamos en grupos y seguimos las etapas del método científico.

PLANTEAMIENTO DEL PROBLEMA

Como hemos estudiado, la ley de Hooke establece la relación matemática que existe entre la fuerza aplicada a un muelle elástico y el alargamiento que experimenta:

$$F = K \cdot \Delta l = K \cdot (l - l_0)$$

Donde: F = fuerza aplicada (N)
K = constante elástica del muelle (N/m)
l_0 = longitud inicial (m)
l = longitud final (m)
Δl = alargamiento (m)

FORMULACIÓN DE HIPÓTESIS

Con la información anterior redactamos nuestra hipótesis:

«La fuerza, F, aplicada sobre un muelle es directamente proporcional al alargamiento, Δl, que produce, y esta relación de proporcionalidad es la constante elástica del muelle, K».

COMPROBACIÓN DE LA HIPÓTESIS

Para poder comprobar nuestra hipótesis debemos **planificar el experimento** que vamos a realizar:

Objetivo

— Comprobar experimentalmente la ley de Hooke.

Material

— Un muelle de acero provisto de un índice.
— Una regla graduada.
— Un portapesas o un platillo para aplicar la carga.
— Pesas o discos ranurados de masa conocida.
— Soporte metálico y pinzas.

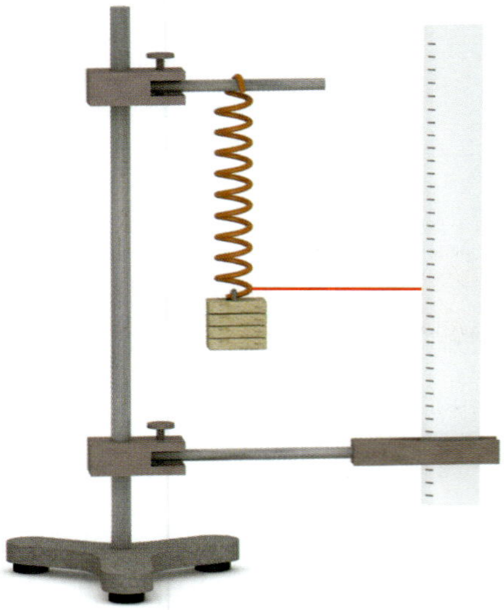

Experimentación

Seguiremos el siguiente procedimiento:

— Preparamos el montaje indicado en la imagen.
— Pesamos el portapesas o el platillo que vamos a utilizar. Anotamos el valor de su masa.
— Antes de colgar el portapesas o el platillo, ajustamos el índice del muelle al cero de la regla.
— Colgamos del muelle el portapesas o el platillo y colocamos los discos o pesas necesarios para que comience a alargarse apreciablemente el muelle.
— Añadimos regularmente pesas y anotamos en cada caso el valor de las pesas más el del portapesas y el alargamiento producido.
— Repetimos cada medida tres veces. De este modo, obtendrás tres valores del alargamiento (Δl) para cada carga.
— Calculamos la media aritmética de los tres valores del alargamiento.
— Realizamos seis medidas sucesivas con diferentes pesas.

Obtención de datos

Partiendo de las notas tomadas durante la experimentación rellenamos en el cuaderno la tabla siguiente:

Medida	Masa de las pesas más portapesas (kg)	Fuerza aplicada (N) $F_{peso} = m \cdot g$	Alargamiento (cm)			Alargamiento medio (cm), Δl
			Δl_1	Δl_2	Δl_3	
1						
2						
3						
4						
5						
6						

Análisis de datos

— Representamos en una gráfica los valores obtenidos. En el eje de ordenadas colocamos la fuerza aplicada (en N), y en el eje de abscisas el alargamiento medio (en cm).

Al unir los puntos obtenidos vemos que obtenemos una línea recta. Por tanto, la fuerza es directamente proporcional al alargamiento.

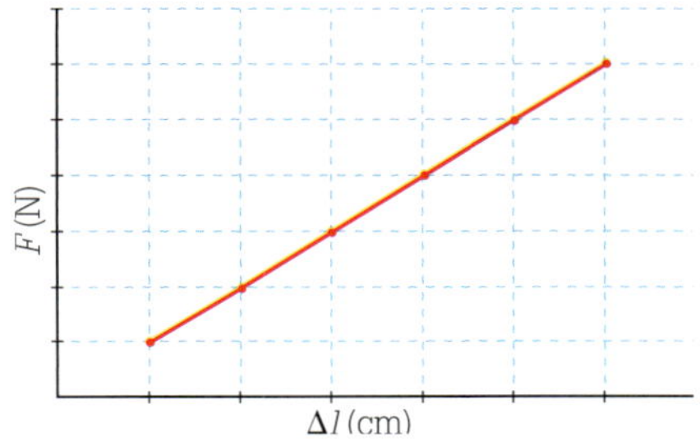

— Podemos obtener la constante elástica del muelle utilizado, *K*, de la siguiente forma:

$$F = K \cdot \Delta l \rightarrow K = \frac{F}{\Delta l}$$

Medida	1	2	3	4	5	6
$K = F / \Delta l$ (N/cm)						

Vemos que obtenemos el mismo valor de *K* para todas las medidas.

De esta forma hemos comprobado que nuestra **hipótesis es cierta:** «La fuerza, *F*, aplicada sobre un muelle es directamente proporcional al alargamiento, Δl, que produce, y esta relación de proporcionalidad es la constante elástica del muelle, *K*».

EXTRACCIÓN DE CONCLUSIONES

Después de analizar los datos y comprobar la hipótesis llegamos a las siguientes conclusiones:

— El alargamiento producido en un muelle al aplicarle una fuerza es directamente proporcional a la fuerza aplicada.

— La relación de proporcionalidad entre la fuerza, *F*, y el alargamiento, Δl, es la constante elástica del muelle, *K*.

Por tanto, hemos demostrado la ley de Hooke mediante esta experiencia.

COMUNICACIÓN DE RESULTADOS

Por último redactamos un **informe** de la práctica. El informe tiene que responder a las distintas etapas del método científico y debe ser redactado de forma exacta y rigurosa. Pondremos en común nuestro informe con el del resto de grupos de la clase.

Sigue investigando

Expresa la constante elástica obtenida para el muelle en unidades del SI (N/m) y busca en Internet en qué consiste el acero elástico.

— Investiga de qué variables depende la constante elástica de un muelle.

Las fuerzas y las máquinas

LAS FUERZAS Y SU EQUILIBRIO

Fuerza, F, es toda acción capaz de alterar el estado de reposo o de movimiento de los cuerpos o de producir en ellos alguna deformación.

Su unidad en el SI es el **newton, N.**

- Elementos de una fuerza
  - Módulo
  - Dirección
  - Sentido
  - Punto de aplicación

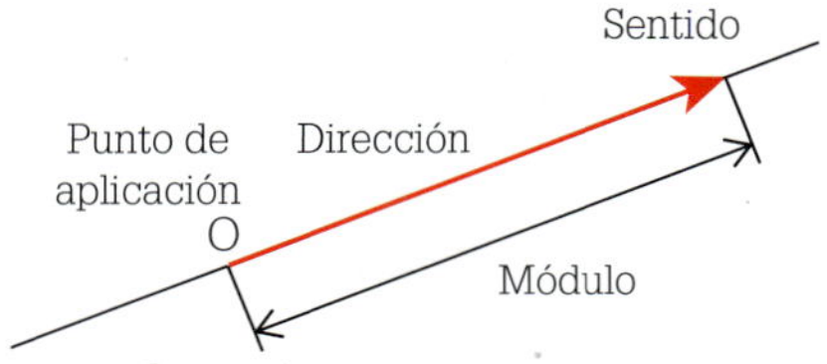

- Composición de fuerzas
  - Fuerza resultante, F_{neta} — Si $F_{neta} = 0$ — Cuerpo en equilibrio

EFECTOS DE LAS FUERZAS

- Deformación
  - Ley de Hooke: $F = K \cdot \Delta l = K \cdot (l - l_0)$ — Es el fundamento del — Dinamómetro: instrumento para medir la intensidad de las fuerzas
- Alteración del estado de movimiento
  - Dinámica — Las leyes de Newton
    - 1.ª ley de Newton: ley de la inercia
    - 2.ª ley de Newton: ley fundamental de la dinámica $F = m \cdot a$
    - 3.ª ley de Newton: ley de acción y reacción

MÁQUINAS SIMPLES Y SU FUNCIONAMIENTO

- La palanca
  - Ley de la palanca: $F \cdot d = R \cdot r$
  - Clases
    - Primer grado
    - Segundo grado
    - Tercer grado
- El plano inclinado
- La polea
  - Fija
  - Móvil
  - Polipasto

Recuerda lo que has aprendido

27. Define el concepto de fuerza y su unidad en el SI. ¿Cuáles son los elementos que definen una fuerza?

28. Explica qué efecto o efectos puede producir una fuerza sobre un cuerpo. Pon ejemplos.

29. ¿Qué es un dinamómetro y para qué sirve? Indica en qué principio se basa su funcionamiento y los elementos que lo componen.

30. Enuncia las leyes que rigen la dinámica. ¿Quién las formuló?

31. Organizaos por equipos de cuatro o cinco personas y aplicad la **técnica cooperativa** *TGT* para repasar las máquinas simples. Las preguntas del torneo versarán sobre el funcionamiento, las características y las aplicaciones de cada una de las máquinas.

1. Las fuerzas y su equilibrio

32. ★☆☆ Explica con tus palabras qué es una fuerza y pon un ejemplo.

33. ★☆☆ Describe el efecto que producen sobre los cuerpos las siguientes fuerzas:

a) Aplastar un trozo de plastilina con los dedos.

b) Empujar un coche de juguete sobre el suelo.

c) Tirar de un muelle.

d) Golpear un balón que estaba en reposo con el pie.

34. ★☆☆ ¿Qué elementos tiene una fuerza? Describe cada uno de ellos ayudándote de un dibujo.

35. ★★☆ Expresa el valor de las siguientes fuerzas en unidades del SI:

a) 6,5 kp b) 235 kp

— Define la unidad de fuerza en el SI.

36. ★★☆ Convierte a kilopondios las siguientes fuerzas expresadas en newtons:

a) 126 N b) 540 N

— Define el kilopondio.

37. ★★☆ Un chico y una chica tiran de una cuerda con fuerzas de 25 N y 30 N que tienen la misma dirección y sentido contrario. Dibuja un esquema de fuerzas y calcula la fuerza resultante.

38. ★★☆ Halla la fuerza resultante de los siguientes sistemas de fuerzas:

a)
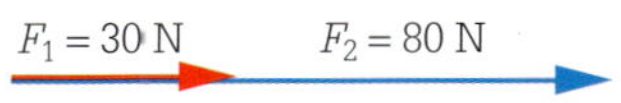

b)

c)
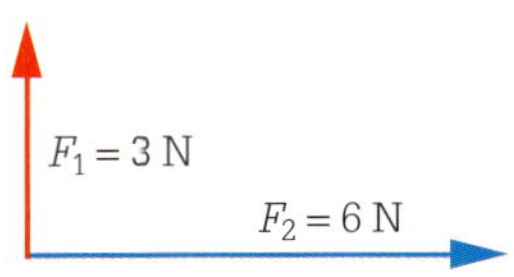

39 ★★☆ Una grúa eleva verticalmente dos bultos que están en el suelo con fuerzas de 1 550 N y 2 100 N respectivamente. Calcula la fuerza resultante (exprésala en newtons y en kilopondios).

40. ★★☆ Dibuja en tu cuaderno un sistema de fuerzas que se encuentre en equilibrio y explica por qué se caracteriza esta situación de equilibrio.

— Pon tres ejemplos cotidianos de cuerpos que se encuentren en equilibrio.

41. ★★★ Por grupos, hallad la fuerza resultante del siguiente conjunto de fuerzas, de forma numérica y gráfica:

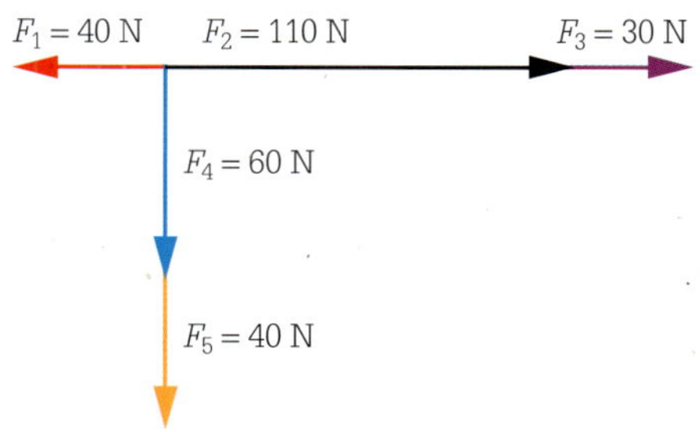

42. ★★★ La resultante de dos fuerzas aplicadas sobre una caja en ángulo recto es de 100 N. Si sabemos que el módulo de una de ellas es de 6 N, ¿cuál es el módulo de la otra fuerza?

— Elabora un esquema de fuerzas en tu cuaderno e indica en qué te has basado para realizar el cálculo numérico.

43. ★★★ Sobre una barra se están aplicando dos fuerzas de 50 N y 65 N, ambas en dirección horizontal y sentido hacia la derecha. Determina el módulo, dirección y sentido de la fuerza que debe aplicarse para que la barra esté en equilibrio.

2. Efectos de las fuerzas

44. ★☆☆ Enuncia la ley de Hooke y cita un ejemplo práctico en el que se cumpla.

45. ★☆☆ Explica con tus palabras qué es la inercia y describe tres situaciones en las que exista inercia.

46. ★★☆ Si golpeas una pelota sobre una pared, ¿se produce alguna fuerza de reacción? Razona tu respuesta.

47. @ ★★☆ Busca en Internet ejemplos de materiales elásticos, rígidos y plásticos y una aplicación de cada uno de ellos.

— Después haced una puesta en común en clase e id completando las tres listas siguientes en formato de tabla: material elástico-aplicación, material rígido-aplicación y material plástico-aplicación.

48. ★★☆ El muelle de un dinamómetro se alarga 8,5 cm al aplicar sobre él una fuerza de 22 N.

a) Calcula la constante elástica del muelle.

b) ¿Cuánto se alargará el muelle al aplicar una fuerza de 30 N?

49. ★★☆ Indica, justificando tu respuesta, si las siguientes afirmaciones son verdaderas o falsas:

a) Una fuerza de 0 N no produce alargamiento en un dinamómetro.

b) Si se ejerce una fuerza *F* en un dinamómetro y se produce un alargamiento Δl, al aplicar una fuerza $2 \cdot F$ se producirá un alargamiento $2 \cdot \Delta l$; al aplicar una fuerza $3 \cdot F$ se originará un alargamiento $3 \cdot \Delta l$, etc.

50. ★★☆ Colgamos por separado dos objetos de distinto tamaño de un dinamómetro y observamos que ambos producen el mismo alargamiento. ¿Qué podemos decir acerca de su peso? Razona tu respuesta.

51. ★★☆ ¿Verdadero o falso? Justifica tu respuesta:

a) Un niño adquiere movimiento nada más sentarse en un columpio que inicialmente estaba en reposo, sin necesidad de realizar ninguna acción sobre el columpio.

b) Un autobús que circula en línea recta por una carretera, a una velocidad constante de 100 km/h y con una fuerza resultante nula, continuará en movimiento rectilíneo uniforme.

— ¿En qué principio te has basado para responder?

52. ★★☆ Cuando un coche frena de forma brusca, se detiene automáticamente, pero ¿qué les pasa a los pasajeros? ¿Hacia dónde se mueven? ¿Por qué?

53. ★★☆ En una carrera de Fórmula 1 los pilotos deben cambiar sus neumáticos varias veces durante el recorrido. ¿Por qué? ¿Con qué fuerza está relacionado este fenómeno?

54. ★★☆ Halla la aceleración que adquiere un patinador de 50 kg de masa al aplicarle una fuerza de 120 N.

— ¿En qué ley se fundamenta el cálculo que has realizado?

55. ★★☆ Una moto de 150 kg de masa parte del reposo y adquiere una acelaración de 10 m/s^2. ¿Con qué fuerza ha arrancado el motor?

— ¿Con qué velocidad se moverá a los 10 s después de haber arrancado?

56. ★★☆ La siguiente tabla contiene los datos correspondientes a las fuerzas aplicadas sobre un cuerpo y las aceleraciones adquiridas en cada caso:

***F* (N)**	4	8	12	16
***a* (m/s^2)**	6	12	18	24

a) Utilizando una hoja de cálculo de Excel representa los valores en una gráfica *F* – *a*. (Recuerda, que debes elaborar primero una tabla, seleccionar los datos e insertar un gráfico de dispersión).

b) ¿Qué forma tiene la gráfica?

c) Determina el valor de la masa del cuerpo.

57. ★★☆ Si saltamos de una barca que está en el mar hacia la playa, la barca se mueve hacia el mar. ¿Por qué sucede esto? Razona tu respuesta y explica el principio en el que te basas.

58. ★★★ Por grupos, investigad en qué publicación de Galileo se recogen sus contribuciones a la cinemática y a la dinámica. Anotad el título y el año de la publicación.

— Informaos también sobre su biografía y situad el momento de su vida y el lugar donde finalizó Galileo la obra anterior.

59. ★★★ Describe el funcionamiento del cinturón de seguridad y valora su importancia en la seguridad vial.

— ¿Cuál piensas que es la función del airbag del coche? ¿Encuentras alguna relación entre el airbag de un coche y el cinturón de seguridad?

— Ambos dispositivos se denominan de «seguridad pasiva». Busca el significado de este término.

60. ★★★ Los televisores planos suelen estar apoyados sobre un soporte. Si sobre el monitor actúa la fuerza de su peso, ¿por qué no se caen al suelo?

a) Organizad un debate en clase con el profesor como moderador. Pedidle que os vaya dando pistas e id consultando información en Internet hasta llegar a la respuesta correcta.

b) Después redactad la respuesta a la pregunta por escrito, describiendo todas las fuerzas que intervienen en cualquier cuerpo que esté apoyado sobre una superficie.

c) ¿Tienen relación estas fuerzas con alguna de las leyes de la dinámica? Razonad vuestra respuesta.

3. Máquinas simples y su funcionamiento

61. ★☆☆ Razona si las siguientes afirmaciones son verdaderas o falsas:

a) Una máquina simple reduce el esfuerzo necesario para realizar un trabajo.

b) Llamamos resistencia a la fuerza aplicada sobre la máquina simple.

c) Hay máquinas simples que ejecutan el trabajo en un paso y otras que lo hacen en dos o más pasos.

d) La máquina simple más antigua es la palanca.

62. ★☆☆ Copia las siguientes frases en tu cuaderno y complétalas:

a) Una polea .... es una sola polea, en la que la fuerza mínima para elevar un objeto es igual al .... del objeto.

b) En una polea móvil se cumple que $F = \frac{R}{\dots\dots}$.

c) Un .... consiste en un conjunto de poleas .... y móviles.

63. ★★☆ Clasifica los siguientes objetos en palancas de primera, de segunda o de tercera clase. Haz un dibujo de cada uno en tu cuaderno y sitúa la potencia, la resistencia y el fulcro.

64. ★★☆ Con la carretilla de la siguiente figura queremos transportar un saco de arena que opone una resistencia de 300 N.

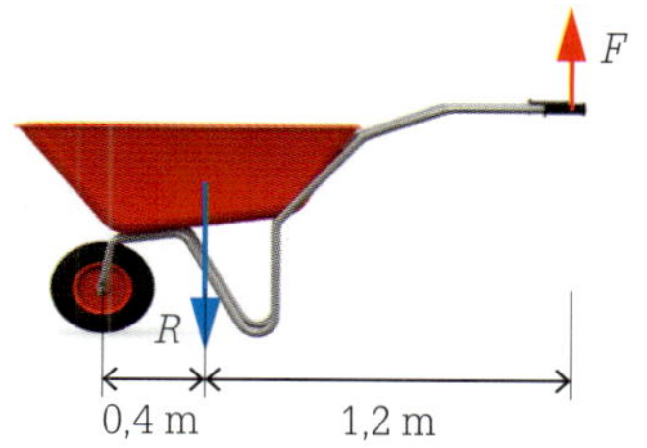

a) ¿Qué tipo de palanca debemos emplear?

b) ¿Qué fuerza debemos aplicar?

c) Halla la ventaja mecánica de esta palanca.

65. ★★☆ En una caña de pescar el punto de apoyo está situado a 2 m de la resistencia. Si la distancia entre el apunto de apoyo y la fuerza por aplicar es de 0,8 m y hemos conseguido vencer una resistencia de 20 N, ¿qué fuerza hemos tenido que aplicar?

66. ★★☆ Entre dos planos inclinados de igual longitud, ¿con cuál se reduce más el esfuerzo, con el más o el menos inclinado? Justifica matemáticamente tu respuesta.

67. ★★☆ Calcula la fuerza necesaria para elevar una caja que opone una resistencia de 500 N con la ayuda de un plano inclinado de 0,40 m de altura y 4 m de longitud.

68. ★★☆ Halla la fuerza que debemos ejercer para elevar un bulto de 60 N con estas máquinas:

a) Con una polea fija.

b) Con una polea móvil.

c) Con un polipasto de cuatro poleas: dos fijas y dos móviles.

— ¿Con cuál se consigue mayor ventaja mecánica?

69. ★★☆ Por grupos, pensad en vuestro día a día. ¿Cuántas máquinas simples utilizáis? Haced una lista clasificándolas en palancas, planos inclinados o poleas, y valorad de qué forma os son de utilidad.

70. ★★★ Busca la biografía de Arquímedes e infórmate sobre sus inventos más importantes.

a) Elabora una lista de inventos de Arquímedes.

b) ¿Cuál piensas que fue su invento más destacado? Razona tu respuesta y describe sus características.

71. ★★★ Estudia el funcionamiento de las máquinas simples jugando en:

http://links.edebe.com/mb7s3

Pon a prueba tus competencias

Este fin de semana Jorge se va de viaje con su familia. Entre las actividades que tienen previstas visitarán el Museo de las Ciencias.

72. Durante la visita por el museo ven a un grupo de niños y niñas en un taller. Se acercan y Jorge se percata de que están realizando un experimento con un dinamómetro. Su hermana, que es más pequeña que Jorge, le pregunta para qué sirve este instrumento.

a) ¿Qué explicación le debe dar Jorge?

b) ¿En qué principio teórico se basa el dinamómetro? Descríbelo.

c) Los alumnos del taller están colocando pesas de distinto tamaño en el muelle del dinamómetro. La coordinadora les pide que anoten los resultados en una tabla y los analicen. ¿Qué relación cabe esperar entre las masas de las pesas y el alargamiento? ¿Qué forma tendrá la gráfica $F - \Delta l$? Justifica tu respuesta.

d) Uno de los niños quiere conocer el peso de su reloj. ¿Cómo puede obtener el valor en este taller?

73. A la vista del taller anterior, la hermana de Jorge afirma lo siguiente:

«El efecto que produce una fuerza sobre un cuerpo siempre es una deformación».

— Razona si la hermana de Jorge está o no en lo cierto. En el caso de que esté equivocada, ayúdale a comprender tu razonamiento mediante un ejemplo cotidiano.

74. En el patio del museo están organizando juegos para niños. En el momento en el que llega Jorge dos equipos están a punto de disputar el juego de la soga:

Comienza el juego y cada equipo tira de un extemo de la cuerda para intentar arrastrar al otro. Durante los primeros cinco segundos la cuerda no se mueve.

— ¿Por qué? Explica tu respuesta y dibuja en tu cuaderno un esquema del sistema de fuerzas.

De repente uno de los equipos consigue arrastrar al otro y se proclama ganador.

— Si el equipo contrario estaba tirando con una fuerza de 6,5 kp y el ganador con una fuerza de 80 N, ¿cuál era la fuerza resultante? Expresa su valor en unidades del SI y apoya el cálculo dibujando un esquema de fuerzas en tu cuaderno.

75. @ En el museo, Jorge y su familia se encuentran con la Máquina del Tiempo. A Jorge le impresiona la máquina, es muy grande y está compuesta de diferentes piezas fijas y móviles.

— Accede en este enlace a la visita virtual de la máquina del tiempo que está viendo Jorge:

@ **http://links.edebe.com/yez**

Obsérvala atentamente, ¿cómo crees que funciona? ¿Se transmitirá el movimiento? Organizad un coloquio en clase a partir de vuestras suposiciones, razonando cada una.

76. Frente a la gran máquina hay unos dispositivos interactivos. Entre ellos, Jorge identifica una gran palanca.

a) Explica qué es una palanca y su funcionamiento.

b) Jorge ve una pesa de 1 000 N. ¿Podrá elevarla Jorge si el peso que ejerce sobre el suelo su cuerpo es de 450 N? Indica si tienes datos suficientes para responder a esta pregunta o si, por el contrario, necesitas saber las características de la palanca.

c) Si la palanca tiene un brazo de 3 m y el punto de apoyo está situado a 0,5 m del extremo en el que está colocada la pesa de 1 000 N, ¿qué fuerza debe ejercer Jorge para levantarla?

d) Señala de qué clase es la palanca anterior y halla su ventaja mecánica.

77. Cerca de la palanca está el dispositivo del lateral de esta página. Por grupos, contestad a estas preguntas:

a) ¿Qué es? ¿En qué máquina simple está basado? Poned en común vuestra respuesta con el resto de grupos.

b) Buscad sus aplicaciones y redactad un breve informe sobre estas.

78. Durante el viaje de vuelta, el coche ha tenido que frenar bruscamente ante un vehículo detenido en la calzada. A causa de ello, Jorge se ha agarrado bien, pues sentía cómo de repente era desplazado hacia delante. ¿Por qué Jorge ha tendido a desplazarse hacia delante en esta situación? Selecciona la respuesta correcta.

a) Porque no estaba sentado correctamente.

b) Por efecto de la inercia.

c) Porque varían las fuerzas de rozamiento.

d) Porque pesa poco.

79. Después del frenazo anterior, Jorge y su familia reanudan la marcha. Si el coche de los padres de Jorge tiene una masa de 2 640 kg, y al arrancar ha ejercido una fuerza de 5 500 N, ¿qué aceleración ha adquirido el vehículo? Razona tu respuesta y enuncia el principio en el que te has basado.

80. Ya en casa, Jorge lee uno de los folletos que ha cogido en el museo. En él aparecen personajes históricos y entre ellos está Newton. ¿Qué dice su famosa ley de acción y reacción? Enúnciala y aplícala a una situación real.

Diario de aprendizaje

Reflexiona

— ¿Qué parte de la unidad te ha resultado más interesante? ¿Por qué?

— ¿Has sido capaz de aprender conceptos nuevos mediante experiencias prácticas?

— ¿De qué forma piensas que te servirán los conocimientos adquiridos sobre las máquinas simples en tu vida cotidiana?

8 Las fuerzas en la naturaleza

» CONTENIDOS

1. Tipos de fuerza en la naturaleza
2. La fuerza gravitatoria
3. La fuerza de rozamiento
4. La fuerza eléctrica
5. La fuerza magnética

Visión 360°
¡Peligro: basura espacial!

Cre@ctividad
La predicción del tiempo

Ciencia a tu alcance
Reproducimos el experimento de Faraday

Rutina de pensamiento

MIRAR: 10 VECES 2

— Observa la imagen en silencio durante treinta segundos.

— Elabora una lista de 10 palabras u oraciones sobre la imagen.

— Ponedlas en común en clase. Podéis apuntarlas en la pizarra.

— Repetid los dos primeros pasos de la rutina y tratad de añadir 10 palabras u oraciones más a la lista. ¿Cuántas palabras tenéis en total? ¿Y cuántas oraciones?

1. Tipos de fuerza en la naturaleza

La siguiente simulación establece una clasificación de los distintos tipos de fuerza:

http://links.edebe.com/bw7

» **¿Qué son las fuerzas a distancia? ¿Y las de contacto?**

» **Elabora un esquema en tu cuaderno.**

En la unidad anterior, hemos estudiado las fuerzas y sus efectos sobre los cuerpos. Pero ¿cuántos tipos diferentes de fuerza existen?

Observemos las siguientes imágenes:

¿Identificáis distintos tipos de fuerza? ¿Cuáles?

En la naturaleza, se pueden presentar fuerzas de diversas clases:

— **Fuerza de rozamiento,** que aparece cuando dos superficies entran en contacto y se opone al movimiento entre ambas.

— **Fuerza gravitatoria,** como la fuerza con la que la Tierra atrae los cuerpos situados a su alrededor.

— **Fuerza eléctrica,** que se manifiesta entre cuerpos que tienen cargas eléctricas.

— **Fuerza magnética,** como la que ejerce un imán sobre los objetos de hierro.

— **Fuerza nuclear,** que mantiene unidos los protones y los neutrones en el interior del núcleo atómico.

Ágora

¿Cuáles son las fuerzas fundamentales del universo?

Descúbrelo en este enlace:

http://links.edebe.com/qpf7xs

» **Infórmate sobre la teoría del todo y sus antecedentes históricos.**

Ejemplo 1

Clasifica las fuerzas que intervienen en las siguientes situaciones:

a) Una mujer levanta una silla.

b) Un niño rueda un coche de juguete sobre una alfombra.

c) El funcionamiento de una brújula.

d) La interacción entre un protón y un electrón dentro de un átomo de hierro.

e) La interacción entre un protón y un neutrón en el núcleo de un átomo de hidrógeno.

Analizaremos cada situación teniendo en cuenta las fuerzas que hemos visto:

a) La mujer debe vencer la fuerza gravitatoria que actúa sobre la silla.

b) Al entrar en contacto las ruedas del coche con la superficie de la alfombra, aparece una fuerza de rozamiento entre ambas que dificulta el movimiento.

c) El funcionamiento de la brújula se basa en sus agujas imantadas. Por tanto, se trata de una fuerza magnética.

d) Como el protón tiene carga positiva y el electrón tiene carga negativa, se establecerá una fuerza eléctrica entre ellos.

e) Se trata de una fuerza nuclear, ya que tiene lugar en el núcleo del átomo. Es la responsable de mantener la estabilidad del núcleo. (Además, fíjate en que, aunque los protones tienen carga, los neutrones no y, por tanto, no se puede dar una fuerza eléctrica entre ellos).

Actividades

1. Pon ejemplos de fenómenos cotidianos en los que intervengan fuerzas y clasifica la fuerza correspondiente.

— Después, haced una puesta en común en clase.

2. La fuerza gravitatoria

¿Por qué los cuerpos se caen al suelo? ¿Qué mantiene a los planetas girando en órbitas alrededor del Sol? En este apartado veremos la fuerza gravitatoria, que es la responsable del peso de los cuerpos y del movimiento de los cuerpos celestes.

No debes confundir la masa de un cuerpo con su peso:

Masa

Cantidad de materia que posee un cuerpo. Se mide con una balanza y en el SI se expresa en kg.

Peso

Fuerza con la que la Tierra atrae al cuerpo. Se mide con un dinamómetro y en el SI se expresa en N.

2.1. El peso

Todos los cuerpos que están sobre la superficie terrestre están sometidos a una fuerza de atracción que ejerce la Tierra sobre ellos.

> Se denomina **peso, *P*,** de un cuerpo a la fuerza de atracción gravitatoria que la Tierra ejerce sobre él.

Como toda fuerza, el peso se expresa en newtons (N) y es directamente proporcional a la masa del cuerpo y a la **aceleración de la gravedad, g:**

$$P = m \cdot g$$

Donde: P es el peso (N).

m es la masa del cuerpo (kg).

g es la aceleración de la gravedad, que a pequeñas distancias de la superficie terrestre tiene un valor constante de **9,8 m/s²**.

El centro de gravedad

El peso es un vector que siempre se dirige verticalmente hacia el centro de la Tierra. Como podemos observar en la imagen, se aplica sobre un punto imaginario llamado **centro de gravedad.** Si el cuerpo es homogéneo, su centro de gravedad coincide con el centro geométrico. En caso contrario, se sitúa próximo a las partes más pesadas del cuerpo.

Ejemplo 2

¿Cuánto pesa en la Tierra un esquiador si tiene una masa de 55 kg?

COMPRENSIÓN. Conocemos la masa y tenemos que hallar el peso.

DATOS. $m = 55$ kg

RESOLUCIÓN. Como la aceleración de la gravedad en la Tierra es una constante (9,8 m/s²), tenemos todos los datos para calcular el peso:

$$P = m \cdot g = 55\ \text{kg} \cdot 9{,}8\,\frac{\text{m}}{\text{s}^2} = 539\ \text{N}$$

El esquiador pesa 539 N.

COMPROBACIÓN. Verificamos que el resultado es correcto y que hemos obtenido las unidades deseadas.

Ejemplo 3

Una persona tiene una masa de 70 kg y pesa 260 N en Marte. ¿Cuál es la aceleración de la gravedad en Marte?

COMPRENSIÓN. Conocemos la masa y el peso. Debemos calcular la aceleración de la gravedad.

DATOS. $m = 70$ kg; $P = 260$ N

RESOLUCIÓN. Despejamos g de la expresión del peso y hallamos su valor a partir de los datos anteriores:

$$P = m \cdot g;\ g = \frac{P}{m} = \frac{260\ \text{N}}{70\ \text{kg}} = 3{,}71\,\frac{\text{m}}{\text{s}^2}$$

La gravedad en Marte es de 3,71 m/s².

COMPROBACIÓN. Verificamos que el resultado es correcto y que hemos obtenido las unidades deseadas.

Actividades

2. Sabiendo que la aceleración de la gravedad en la Luna tiene un valor de 1,6 m/s², halla el peso del esquiador del ejemplo 2 en la Luna.

   — ¿Pesa más o menos que en la Tierra?

3. Busca el valor de la aceleración de la gravedad del resto de los planetas del sistema solar.

   a) Ordénalos de menor a mayor gravedad.

   b) ¿De qué crees que depende la aceleración de la gravedad de un planeta? Razona tu respuesta.

Ágora

La síntesis de Newton

Según la leyenda, Newton pensó que había una relación entre la fuerza que hace caer a una manzana del árbol y la que hace orbitar a la Luna en torno a la Tierra. Su gran acierto fue considerar las mismas leyes para el movimiento de los cuerpos celestes y la caída de los cuerpos en la Tierra.

» **¿Qué importancia crees que tuvo la obra de Newton en los estudios posteriores de astronomía?**

Henry Cavendish (1731-1810) realizó un experimento para determinar la densidad de la Tierra. Utilizando una **balanza de torsión,** midió la fuerza de atracción entre dos bolas de plomo.

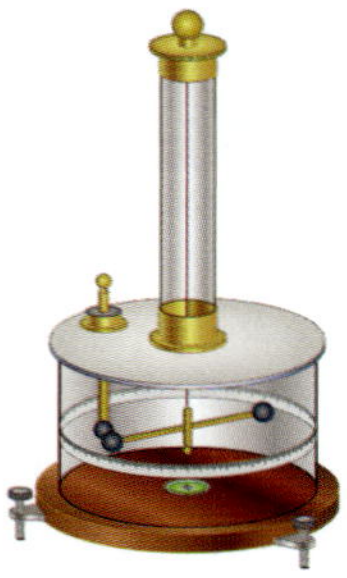

Posteriormente, los resultados de este experimento sirvieron para estimar el **valor** de **G.**

2.2. La ley de gravitación universal

Partiendo de los trabajos de científicos como Copérnico, Kepler y Galileo, el físico inglés Isaac Newton postuló la existencia de una fuerza universal que actúa entre dos masas cualesquiera.

Así, Newton enunció la **ley de gravitación universal** en el año 1687:

Dos cuerpos cualesquiera se **atraen** mutuamente con una **fuerza directamente proporcional** al producto de sus **masas** e **inversamente proporcional** al cuadrado de la **distancia** que los separa.

$$F = \text{G} \cdot \frac{m_1 \cdot m_2}{d^2}$$

Donde:

- F es la intensidad de la fuerza gravitatoria (N).
- G es la **constante de gravitación universal,** cuyo valor es de $6{,}67 \cdot 10^{-11}$ N · m^2 · kg^{-2}.
- m_1 y m_2 son las masas respectivas de los cuerpos (kg).
- d es la distancia que separa ambos cuerpos (m).

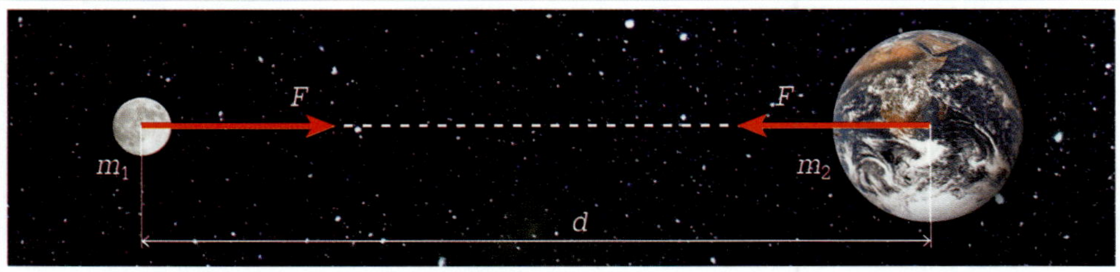

Como podemos ver en la imagen, las fuerzas que ejercen entre sí la Tierra y la Luna tienen el mismo módulo, la misma dirección y sentidos contrarios. Ambas están aplicadas en el centro de gravedad de cada cuerpo y las separa la distancia entre ambos centros.

Podemos resumir las características de las fuerzas gravitatorias:

— Son siempre **atractivas** y se presentan de dos en dos (a pares).

— Todos los cuerpos con masa están sometidos a ellas.

— Su dirección está determinada por la recta que une los centros de gravedad de los dos cuerpos.

— Su intensidad (módulo) se calcula mediante la ley de gravitación universal. Excepto en cuerpos de gran masa, las fuerzas gravitatorias son débiles.

Ejemplo 4

Determina la fuerza de atracción entre la Tierra y la Luna, sabiendo que sus masas tienen un valor de $5{,}98 \cdot 10^{24}$ kg y $7{,}35 \cdot 10^{22}$ kg, respectivamente; y que sus centros están a $3{,}84 \cdot 10^8$ m de distancia.

COMPRENSIÓN. Hallaremos la fuerza gravitatoria entre la Tierra y la Luna aplicando la expresión de la ley de gravitación universal. Para ello, suponemos que la Tierra y la Luna son esferas homogéneas y que sus dimensiones son despreciables comparadas con la distancia entre ellas.

DATOS. $m_T = 5{,}98 \cdot 10^{24}$ kg; $m_L = 7{,}35 \cdot 10^{22}$ kg;
$d = 3{,}84 \cdot 10^8$ m

RESOLUCIÓN. La fuerza de atracción será:

$$F = \text{G} \cdot \frac{m_T \cdot m_L}{d^2}$$

$$F = 6{,}67 \cdot 10^{-11}\ \frac{\text{N} \cdot \cancel{\text{m}^2}}{\cancel{\text{kg}^2}} \cdot \frac{5{,}98 \cdot 10^{24}\ \cancel{\text{kg}} \cdot 7{,}35 \cdot 10^{22}\ \cancel{\text{kg}}}{(3{,}84 \cdot 10^8\ \cancel{\text{m}})^2} =$$

$$= 1{,}99 \cdot 10^{20}\ \text{N}$$

COMPROBACIÓN. Revisamos los cálculos y verificamos que entre dos cuerpos de gran masa la fuerza gravitatoria es muy intensa.

Movimiento de planetas y satélites

A partir de las tres leyes de la dinámica y la ley de gravitación universal, Newton consiguió demostrar el **movimiento elíptico** de los planetas alrededor del Sol y, en general, el de cualquier cuerpo que orbita en torno a otro (cometas, satélites, etc.).

De esta forma, atribuyó un significado matemático y físico a las tres leyes de **Kepler** del movimiento planetario.

Imaginemos, por ejemplo, un satélite de masa *m* que orbita alrededor de un planeta de masa *M*.

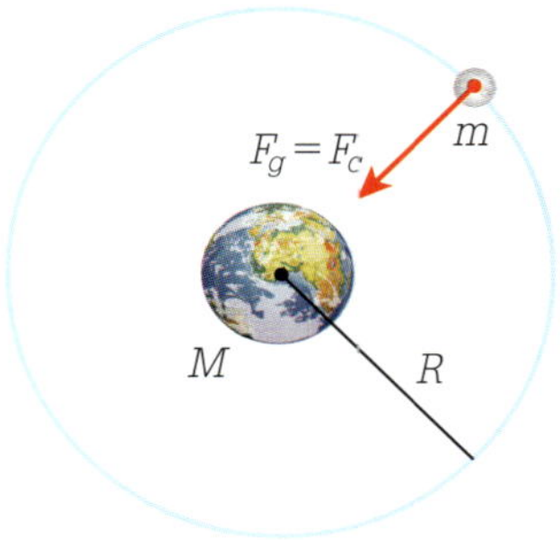

El satélite está sometido a la fuerza de atracción gravitatoria que actúa como fuerza centrípeta que mantiene el satélite en una trayectoria circular de radio *R*.

Así, para que el satélite se mantenga en órbita, debe cumplirse:

$$F_g = F_c;\quad G \cdot \frac{\cancel{m} \cdot M}{R^{\cancel{2}}} = \cancel{m} \cdot \frac{v^2}{\cancel{R}}$$

Si despejamos *v* de esta igualdad, podemos calcular la **velocidad orbital** del satélite, que solo depende de la masa del planeta que lo atrae y del radio de la órbita:

$$v = \sqrt{G \cdot \frac{M}{R}}$$

Las mareas

Gracias a la ley de gravitación universal, también se explica el fenómeno de las mareas. Las subidas y bajadas del nivel del mar se deben a las fuerzas gravitatorias que ejercen el Sol y la Luna (principalmente) sobre la masa de agua.

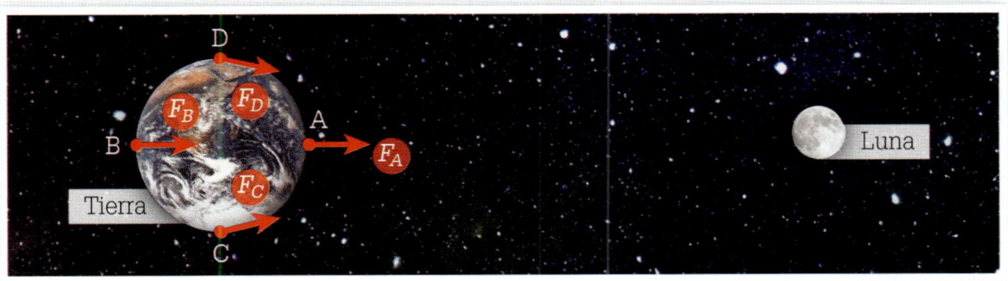

En A, la fuerza gravitatoria de la Luna es mayor que la media y se produce **marea alta.** En B, la atracción de la Luna es menor que la media, por lo que el agua del mar queda rezagada en sentido opuesto a la atracción y se «amontona», también hay **marea alta.** En C y D, en cambio, hay **marea baja.**

El peso de los cuerpos

Sabemos que el peso de un cuerpo es la fuerza con que la Tierra lo atrae. Por tanto, según la ley de gravitación universal, el peso y la fuerza gravitatoria son la misma fuerza:

$$P = F$$

$$\cancel{m} \cdot g = G \cdot \frac{\cancel{m} \cdot m_T}{R_T{}^2}$$

$$g = G \cdot \frac{m_T}{R_T{}^2}$$

$$g = 6{,}67 \cdot 10^{-11} \frac{N \cdot \cancel{m^2}}{kg^{\cancel{2}}} \cdot \frac{5{,}98 \cdot 10^{24}\ \cancel{kg}}{(6{,}378 \cdot 10^6\ \cancel{m})^2} =$$

$$= 9{,}8\ \frac{N}{kg} = 9{,}8\ \frac{\cancel{kg} \cdot m \cdot s^{-2}}{\cancel{kg}}$$

Por tanto, conociendo la masa y el radio de un planeta, se puede obtener el valor de la gravedad en su superficie.

Observa el efecto de la Luna y el Sol sobre el agua con esta animación:

http://links.edebe.com/4qhiep

Actividades

4. Calcula la fuerza de atracción gravitatoria entre dos cuerpos de 10 kg y 20 kg separados 30 cm.

5. Busca la masa y el radio de los planetas del sistema solar y halla el valor de la gravedad de cada uno empleando esta expresión:

$$g = G \cdot (m/R^2)$$

Compara los resultados con los de la actividad 3.

6. Por grupos, informaos sobre los satélites artificiales. Redactad un informe enumerando los distintos tipos y sus aplicaciones.

7. ¿Cuántas mareas altas y bajas hay al día? Razona tu respuesta.

— ¿En qué consisten las denominadas mareas vivas y mareas muertas?

3. La fuerza de rozamiento

Según la *primera ley de Newton* que estudiamos en la unidad anterior, un cuerpo permanece en su estado de reposo o de movimiento rectilíneo uniforme (MRU) si no actúa ninguna fuerza sobre él, o bien si la resultante de las fuerzas que actúan es nula.

Como comprobamos aplicando este principio al deslizamiento de un disco, este no se mantiene en movimiento indefinidamente. El motivo es que aparece una fuerza que se opone al movimiento y frena al disco: la *fuerza de rozamiento.*

> La **fuerza de rozamiento, F_r,** es aquella fuerza que se opone al movimiento y que aparece en la superficie de contacto entre dos cuerpos.

La fuerza de rozamiento es un vector con las siguientes características:

— Siempre es paralela a la superficie de contacto y tiene sentido contrario al movimiento que efectúa el cuerpo.

— Depende de la naturaleza y del estado de las superficies de los cuerpos, pero no del área de contacto. Cuanto más lisas sean estas superficies, menor será la fuerza de rozamiento.

— La fuerza de rozamiento que se opone al inicio de un movimiento es mayor que la fuerza que existe cuando el cuerpo ya está en movimiento.

Experimenta

Caminando sobre hielo

Intenta caminar sobre una superficie muy pulida, por ejemplo, una pista de hielo.

— ¿Qué sucede? ¿Qué papel juega la fuerza de rozamiento en esta situación?

— ¿Qué implicaciones tendría en nuestra vida diaria que no existiese la fuerza de rozamiento? Poned en común vuestras respuestas en clase.

3.1. Cálculo de la fuerza de rozamiento

En el caso de un cuerpo en movimiento, la fuerza de rozamiento se calcula mediante la siguiente expresión:

$$F_r = \mu \cdot N$$

Donde:

F_r es la fuerza de rozamiento (medida en N).

μ es una constante que depende de la naturaleza de las superficies de contacto y recibe el nombre de **coeficiente de rozamiento.** (No tiene unidades).

N es la fuerza que ejerce la superficie de apoyo de un cuerpo sobre este. Se denomina **fuerza normal** (medida en N) y, en el caso de un movimiento en el plano horizontal, su valor coincide con el del peso del cuerpo: $N = P = m \cdot g$

Ejemplo 5

Una caja de 5,5 kg permanece en reposo sobre una superficie horizontal. Si el coeficiente de rozamiento tiene un valor de 0,5, calcula la fuerza de rozamiento que actuará sobre el cuerpo cuando esté en movimiento.

COMPRENSIÓN.

Representamos las fuerzas que actúan sobre el cuerpo cuando esté en movimiento:

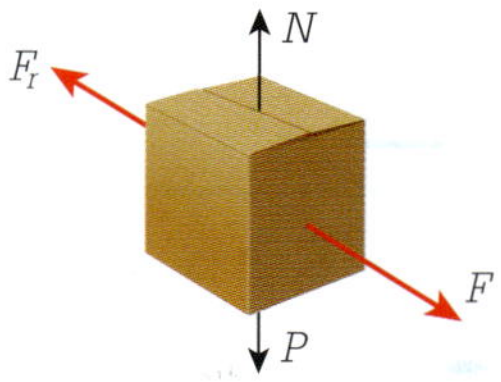

DATOS. $m = 5{,}5$ kg; $\mu = 0{,}5$

RESOLUCIÓN.

— Para calcular la fuerza de rozamiento, primero debemos hallar la fuerza normal:

$$N = P = m \cdot g = 5{,}5 \text{ kg} \cdot 9{,}8 \frac{\text{m}}{\text{s}^2} = 54 \text{ N}$$

— A continuación, calculamos la fuerza de rozamiento:

$$F_r = \mu \cdot N = 0{,}5 \cdot 54 \text{ N} = 27 \text{ N}$$

COMPROBACIÓN. Verificamos que el resultado es correcto y que hemos obtenido las unidades deseadas. De lo contrario, revisamos los cálculos.

Actividades

8. Razona si la fuerza de rozamiento es siempre una fuerza de frenado. Describe algunos ejemplos prácticos y sus aplicaciones.

4. La fuerza eléctrica

La electricidad está presente en nuestra vida cotidiana. Muchos aparatos o dispositivos eléctricos se han convertido en imprescindibles y no podemos imaginar nuestro día a día sin ellos. Pensemos por un momento qué sucedería si hubiera un apagón eléctrico de una semana.

4.1. Electrización

La importancia de la electricidad nos obliga a estudiar su fundamento y a comprender los numerosos fenómenos eléctricos en los que se manifiesta.

Experimenta

La electrización

— Coge una hoja de papel y rómpela en trocitos pequeños. Extiéndelos sobre la mesa.

— Frota un bolígrafo de plástico sobre una prenda de lana y acércalo a los trocitos de papel.

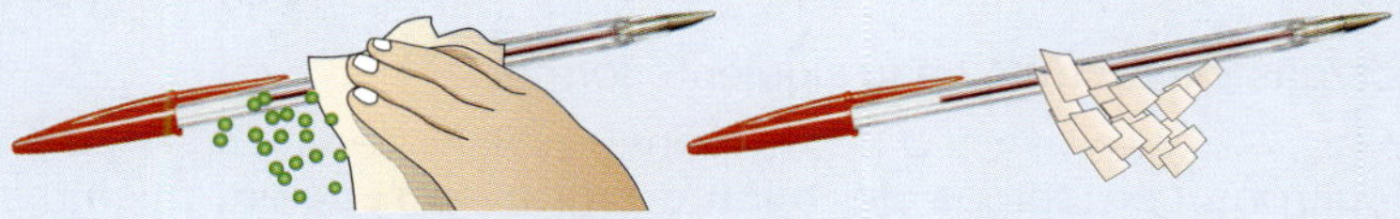

¿Qué sucede? ¿Cómo explicas este fenómeno?

Como resultado de este experimento, la varilla de plástico queda cargada eléctricamente. Este fenómeno se denomina electrización.

La **electrización** es el fenómeno por el cual los cuerpos adquieren **carga eléctrica.**

Métodos de electrización

¿Cómo hemos electrizado la materia en el experimento anterior? Existen tres formas de electrizar la materia:

— **Por frotamiento.** Al ser frotados con lana o seda, los plásticos y los vidrios se electrizan y son capaces de atraer pequeños objetos.

— **Por contacto.** Si un cuerpo electrizado se pone en contacto con otro que no lo está, se produce un reparto de cargas quedando ambos cuerpos cargados.

— **Por inducción.** Un cuerpo neutro se carga cuando se le aproxima otro cargado sin llegar a tocarlo.

Una de las aplicaciones de la electrización por contacto es el **electroscopio,** un aparato que detecta si un cuerpo está cargado eléctricamente.

Actividades

9. Repite el «Experimenta» de esta página con una barra de vidrio frotada con seda.

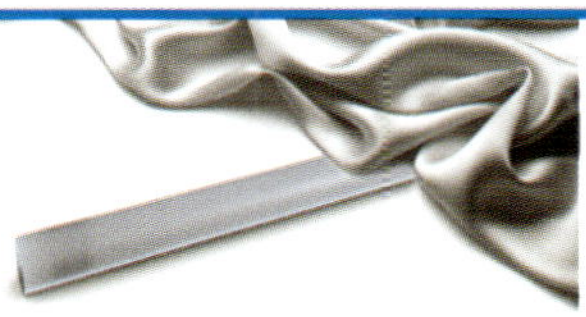

a) ¿Qué ocurre? Analiza los resultados.

b) ¿Qué método de electrización tiene lugar? Justifica tu respuesta.

c) Cuelga la barra de vidrio frotada con seda de un hilo de forma que pueda girar, y acércale una segunda varilla de plástico frotada ahora con lana. ¿Qué sucede ahora?

d) Extraed conclusiones entre todos en clase.

10. Pon ejemplos de fenómenos electrostáticos que se den en la vida cotidiana.

Experimenta

Las cargas eléctricas

— Infla dos globos y cuélgalos del techo con un hilo.

— Frota uno de ellos con un paño de lana. ¿Qué sucede?

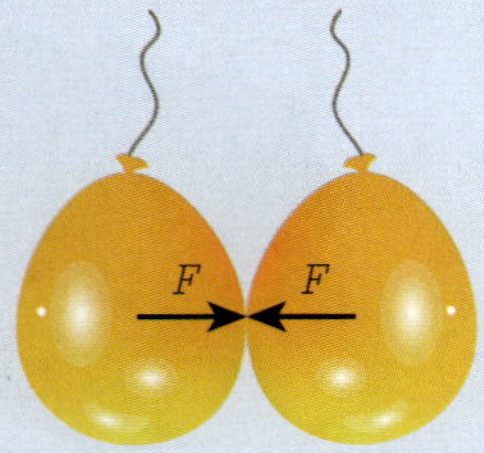

— Frota ahora los dos globos con el paño. ¿Qué ocurre?

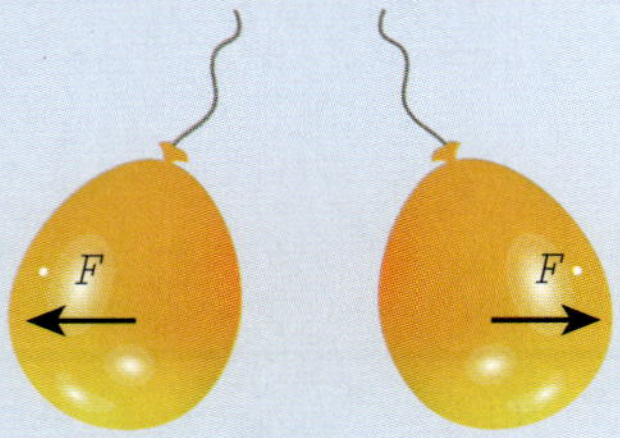

+ Como veremos en la próxima unidad, existen materiales **conductores**, que permiten el libre desplazamiento de las cargas eléctricas en su interior, y otros **aislantes**, que no lo permiten.

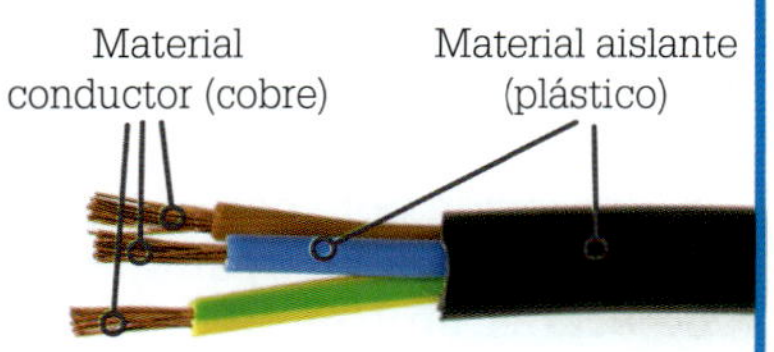

4.2. Tipos de carga eléctrica

Como estudiamos anteriormente, la materia está formada por átomos. Precisamente de ellos provienen las cargas eléctricas:

— El núcleo del átomo está formado por **protones,** que son partículas con **carga eléctrica positiva,** y por neutrones, que son partículas sin carga eléctrica.

— La corteza del átomo se compone de **electrones,** que son partículas con **carga eléctrica negativa.**

La carga eléctrica de un protón es igual a la de un electrón, pero de signo opuesto. Dado que el número de protones de un átomo es igual al número de electrones, el átomo es neutro. Ahora bien, un átomo puede ganar o perder electrones, con lo que queda cargado eléctricamente.

> La electrización se debe a la **transferencia de electrones** de un cuerpo a otro.

Por tanto, existen dos clases de cargas eléctricas:

— **Positiva,** como la que adquiere una varilla de vidrio frotada con seda.

— **Negativa,** como la de una varilla de plástico frotada con lana.

Ambas cargas interactúan de la siguiente forma:

> Los cuerpos con cargas del **mismo signo se repelen,** mientras que los cuerpos con cargas de **signo contrario se atraen.**

En todo proceso de electrización, los electrones que gana un cuerpo son perdidos por otro, pero no se crean electrones nuevos.

> El **principio de conservación de la carga** establece que en un sistema aislado la **carga eléctrica se conserva.**

4.3. Medida de la carga eléctrica

¿Recuerdas cuál es el valor de la carga de un electrón? Como vimos, tiene un valor de $-1{,}602 \cdot 10^{-19}$ C.

> La magnitud de **carga eléctrica** se simboliza con la letra ***Q*** y su unidad en el SI es el **culombio (C).**

Un culombio equivale, en valor absoluto, a la cantidad de carga eléctrica de $6{,}24 \cdot 10^{18}$ electrones.

Sin embargo, la carga de un culombio es extremadamente grande para los fenómenos electrostáticos habituales. Por esta razón, frecuentemente se utilizan unidades de carga más pequeñas:

— Miliculombio (mC): 1 mC = 10^{-3} C.

— Microculombio (μC): 1 μC = 10^{-6} C.

— Nanoculombio (nC): 1 nC = 10^{-9} C.

— Picoculombio (pC): 1 pC = 10^{-12} C.

Actividades

11. Expresa en culombios los siguientes valores de carga eléctrica: +0,34 mC, –20 pC, +100 μC y $-2{,}7 \cdot 10^{-3}$ kC.

— ¿Cuáles de estas cargas se atraen entre sí? ¿Y cuáles se repelen?

4.4. Fuerzas entre cargas eléctricas

Hemos visto que dos cuerpos cargados se atraen si sus cargas son de signo contrario y se repelen si son del mismo signo. Las causas de estas atracciones o repulsiones son las **fuerzas eléctricas:**

> Las **fuerzas eléctricas o electrostáticas** son las fuerzas atractivas o repulsivas que aparecen entre los cuerpos con cargas eléctricas.

Fuerzas atractivas — Fuerzas repulsivas — Fuerzas repulsivas

La dirección de las fuerzas eléctricas es la de la recta que pasa por las cargas y su sentido depende del signo de las cargas.

Diferencias entre las fuerzas gravitatorias y eléctricas:

— Las fuerzas gravitatorias son siempre atractivas. Las fuerzas eléctricas pueden ser atractivas o repulsivas.

— La constante G no depende del medio, mientras que la constante K sí que depende del medio.

Ley de Coulomb

El físico francés Charles Coulomb (1736-1806) estudió cuantitativamente los fenómenos de atracción y repulsión entre cargas eléctricas. Enunció la ley que relaciona la fuerza electrostática con las magnitudes de las que depende y que lleva su nombre, la **ley de Coulomb:**

> La **intensidad** de la **fuerza** de atracción o de repulsión entre dos cargas puntuales es **directamente proporcional** al **producto de las cargas** e **inversamente proporcional** al **cuadrado de la distancia que las separa.**

$$F = K \cdot \frac{Q_1 \cdot Q_2}{d^2}$$

Donde: F es la intensidad de la fuerza eléctrica (N).

K es la constante de Coulomb. Depende del medio, y su valor en el vacío es de $9 \cdot 10^9$ N · m² · C⁻².

Q_1 y Q_2 son las cargas eléctricas en valor absoluto (C).

d es la distancia que separa ambas cargas (m).

MEDIO	K (N · m² · C⁻²)
Aire	$8{,}99 \cdot 10^9$
Hielo	$3{,}1 \cdot 10^9$
Azufre	$2{,}25 \cdot 10^9$
Vidrio	$1{,}29 \cdot 10^9$
Glicerina	$1{,}61 \cdot 10^8$
Agua líquida	$1{,}11 \cdot 10^8$

Valores de la constante K en distintos medios.

Ejemplo 6

Dos cargas de +3 μC y –4 μC están situadas en el vacío a una distancia de 2 m una de otra. Representa las cargas eléctricas y calcula la intensidad de las fuerzas eléctricas que actúan sobre ellas.

COMPRENSIÓN. Dibujaremos un diagrama con las cargas, que al tener signos contrarios darán lugar a fuerzas atractivas. Después, determinaremos la intensidad de esta fuerza eléctrica mediante la ley de Coulomb.

DATOS. $Q_1 = 3\ \mu C = 3 \cdot 10^{-6}$ C; $Q_2 = -4\ \mu C = -4 \cdot 10^{-6}$ C; $d = 2$ m

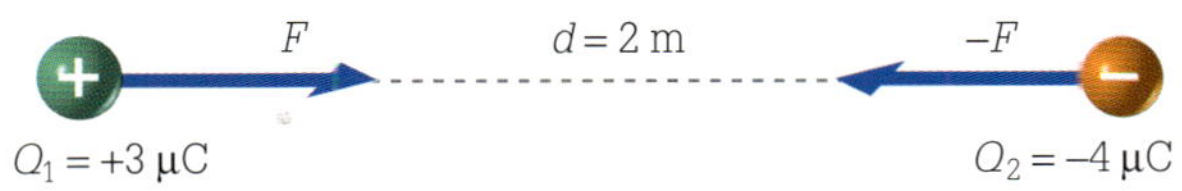

RESOLUCIÓN. Hallamos la fuerza eléctrica aplicando la expresión matemática de la ley de Coulomb. Observa que introducimos los valores de las cargas en valor absoluto:

$$F = K \cdot \frac{Q_1 \cdot Q_2}{d^2}$$

$$F = 9 \cdot 10^9\ \frac{N \cdot \cancel{m^2}}{\cancel{C^2}} \cdot \frac{3 \cdot 10^{-6}\ \cancel{C} \cdot -4 \cdot 10^{-6}\ \cancel{C}}{(2\ \cancel{m})^2} = 2{,}7 \cdot 10^{-2}\ N$$

COMPROBACIÓN. Verificamos que el resultado es correcto y que hemos obtenido las unidades deseadas. De lo contrario, revisamos los cálculos.

Actividades

12. Si aumenta la distancia entre dos cuerpos cargados eléctricamente con carga positiva, razona si aumenta o disminuye la fuerza eléctrica de repulsión.

13. Dos cargas de +2,5 μC y +5,5 μC están situadas en el vacío a 25 cm de distancia. Calcula la intensidad de las fuerzas eléctricas que intervienen y dibuja en tu cuaderno un esquema con las fuerzas correspondientes.

4.5. Campo eléctrico

Carga puntual

Carga hipotética que contiene toda su carga concentrada en un punto.

Este concepto resulta muy práctico, ya que, en ocasiones, los cuerpos cargados eléctricamente tienen un tamaño tan pequeño que puede ser despreciado en los cálculos.

Hemos visto que la presencia de una carga eléctrica Q_1 modifica el espacio que la rodea, de manera que si en otro punto del espacio se coloca una nueva carga Q_2, esta siempre se verá sometida a la fuerza atractiva o repulsiva causada por la primera. Así, cargas del mismo signo se repelen y de signo contrario se atraen.

> Llamamos **campo eléctrico** a la perturbación que un cuerpo produce en el espacio que lo rodea por el hecho de tener carga eléctrica, y a causa de la cual se manifiestan fuerzas eléctricas sobre otro cuerpo cargado situado en dicho espacio.

Líneas de fuerza

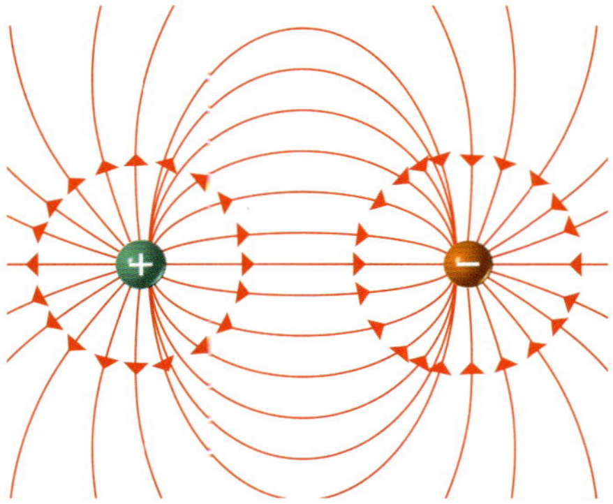

Para representar gráficamente el campo eléctrico, utilizamos líneas de fuerza del campo:

— Las líneas de fuerza del campo eléctrico creado por una **carga positiva** salen de la carga en dirección radial.

— Las líneas de fuerza del campo eléctrico creado por una **carga negativa** entran en la carga en dirección radial.

Intensidad del campo eléctrico

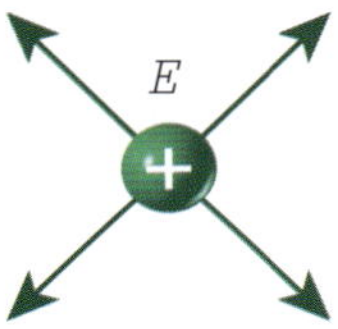

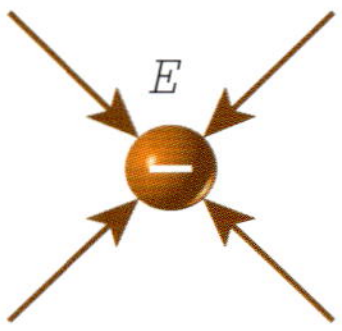

La magnitud que cuantifica un campo eléctrico es su intensidad, E:

> La **intensidad del campo eléctrico, *E*,** en un punto del espacio es la fuerza que experimenta la unidad de carga positiva colocada en ese punto.
>
> $$E = \frac{F}{Q}$$
>
> Donde:
>
> E es la intensidad del campo eléctrico (N/C).
>
> F es la fuerza eléctrica que actúa sobre la carga (N).
>
> Q es el valor de la carga en valor absoluto (C).

Ejemplo 7

Una carga puntual de 2,5 μC experimenta una fuerza de 0,52 N en un determinado punto del espacio.

— ¿Cuánto vale la intensidad del campo eléctrico en dicho punto?

COMPRENSIÓN. Tenemos el valor de la carga y el de la fuerza electrostática.

DATOS. $Q_1 = 2{,}5\ \mu C = 2{,}5 \cdot 10^{-6}$ C; $F = 0{,}52$ N

RESOLUCIÓN. Aplicamos la expresión de la intensidad del campo eléctrico:

$$E = \frac{F}{Q} = \frac{0{,}52\ \text{N}}{2{,}5 \cdot 10^{-6}\ \text{C}} = 2{,}1 \cdot 10^5\ \text{N/C}$$

La intensidad del campo eléctrico es de $2{,}1 \cdot 10^5$ N/C.

COMPROBACIÓN. Verificamos que el resultado es correcto y que hemos obtenido las unidades deseadas. De lo contrario, revisamos los cálculos.

Actividades

14. Calcula la intensidad del campo eléctrico causado por una carga de 3200 nC que experimenta una fuerza de 2,4 N.

4.6. Fenómenos electrostáticos en la atmósfera

El aire que forma la atmósfera terrestre (compuesto fundamentalmente por nitrógeno y oxígeno) constituye un aislante eléctrico, es decir, no conduce la electricidad. Pese a esta característica, todos somos conscientes de la presencia de ciertos fenómenos atmosféricos, como los rayos que vemos durante una tormenta, cuya naturaleza es electrostática.

A continuación, estudiaremos el fundamento de algunos de estos fenómenos electrostáticos que ocurren en la atmósfera y veremos medidas para prevenir sus efectos negativos.

Ionosfera.

Descargas eléctricas: los rayos

El fenómeno natural popularmente conocido como **rayos** ha sido observado y temido por el ser humano a lo largo de la historia.

> Los **rayos** consisten en **descargas eléctricas** que tienen lugar en la atmósfera, bien entre dos nubes o entre las nubes y la tierra.

Los rayos que presentan una amenaza para nosotros son los rayos entre una nube y la tierra, puesto que impactan sobre la superficie terrestre. Veamos en qué consisten estos rayos y cómo se producen:

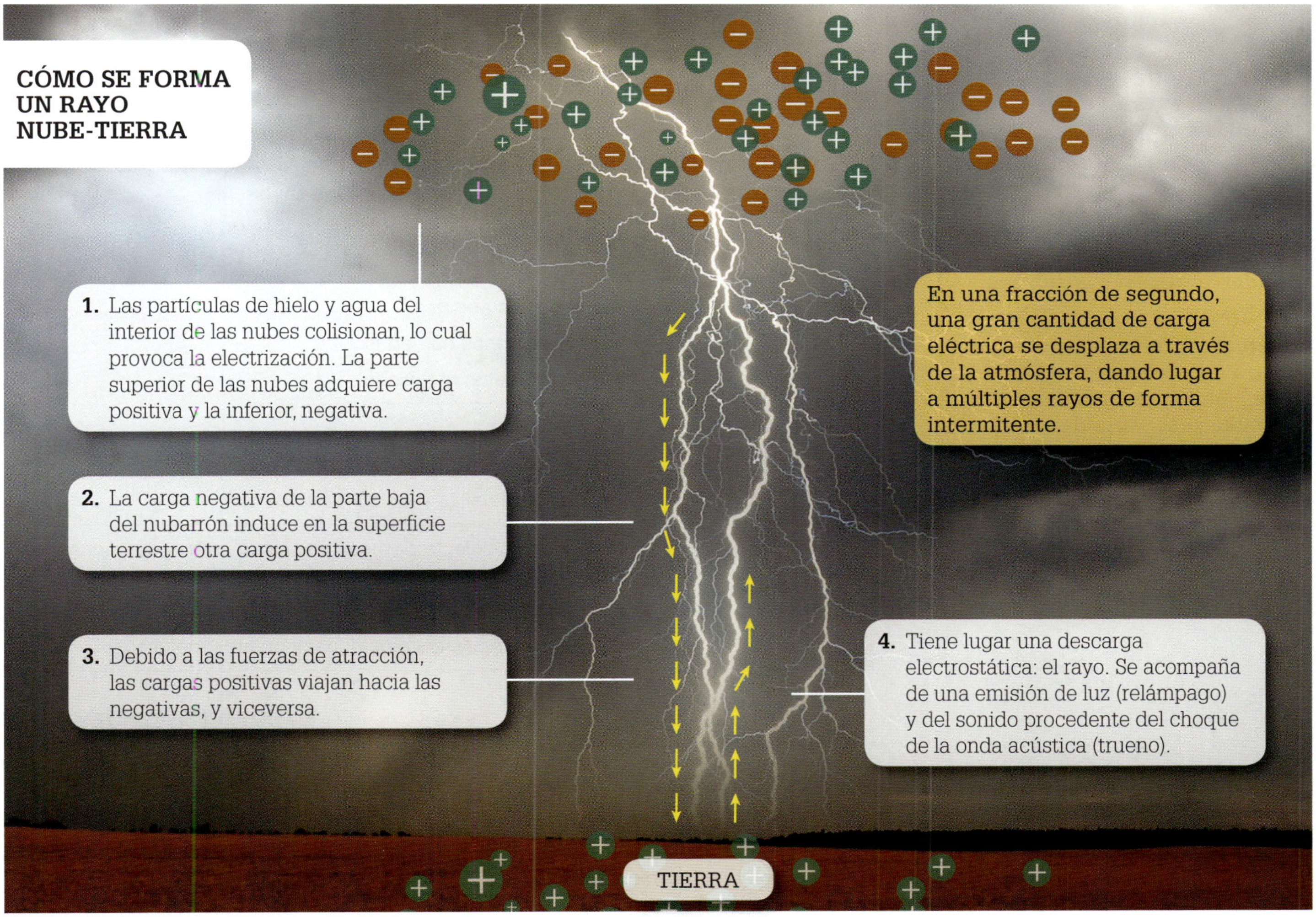

Ionización del aire

Los iones están presentes en la atmósfera y se distribuyen de forma heterogénea por ella. En las capas altas existe una zona que posee la máxima concentración iónica y, por tanto, la máxima conductividad: la **ionosfera.**

La ionosfera es de gran importancia para las telecomunicaciones.

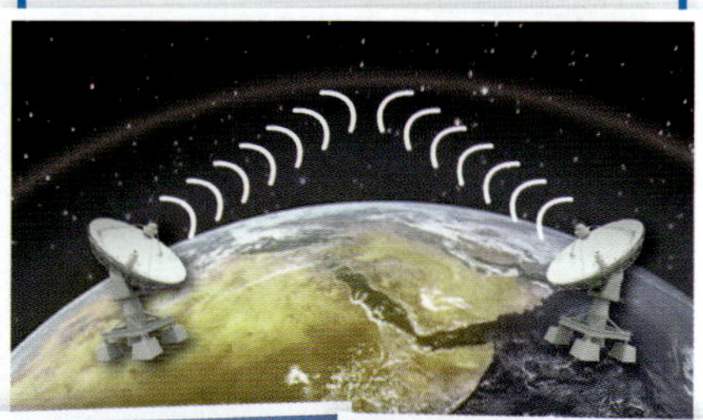

El primer **pararrayos** (izquierda) fue inventado por **Benjamin Franklin** en 1752. La punta metálica absorbe el rayo y lo descarga a tierra con seguridad.

Actualmente, los llamados **pararrayos desionizadores** (derecha) ionizan el aire con átomos y moléculas cargadas eléctricamente para atraer el rayo. Así, se anula el campo eléctrico y se evita la descarga y sus posibles efectos.

La ionización del aire que respiramos se produce de forma natural como consecuencia de la acción de la radiación procedente del sol, la radiactividad de la corteza terrestre, los rayos cósmicos, la fricción de las gotas de agua de una cascada o las olas del mar con el aire circundante, o bien el roce de los vientos sobre el suelo.

El resultado de este proceso es la formación de iones (cationes y aniones) entre los gases que componen la atmósfera debido a la pérdida o ganancia de electrones.

En una atmósfera equilibrada, bajo ciertas condiciones, podemos encontrar estos iones en una concentración de 2 000 - 4 000 iones/cm^3.

Cuando en el aire que respiramos se rompe este equilibrio, pueden darse dos casos:

— Si hay un **exceso de iones positivos** respecto de los negativos, se considera que el aire es **perjudicial** para la salud.

— Por el contrario, si existe un **exceso de iones negativos** respecto de los positivos, el aire tiene **efectos beneficiosos** para la salud.

Así, en las ciudades hay un exceso de iones positivos (debido principalmente a la contaminación atmosférica), mientras que en el campo predominan los negativos.

Medidas preventivas de los efectos de los rayos

Las descargas eléctricas pueden causar graves efectos sobre la salud de las personas (quemaduras, golpes, electrocución, etc.) y también sobre el medio ambiente (incendios, daños en los árboles, etc).

Ante una tormenta eléctrica, debemos adoptar una serie de medidas que nos ayudarán a protegernos del peligro que suponen los rayos:

Qué debes hacer si estás...	
En la calle	— Evita espacios abiertos. — Apártate de zonas húmedas. — Aléjate de objetos metálicos.
En el coche	— Para el motor. — Quita la antena de la radio y desconéctala. — Cierra las ventanillas y las entradas de aire.
En un edificio	— Desconecta los electrodomésticos, los aparatos eléctricos y las tomas de antena de la televisión. — Cierra las puertas y las ventanas para evitar corrientes de aire. — No toques dispositivos eléctricos ni objetos metálicos.

Actividades

@ **15.** Busca información sobre los distintos tipos de rayos. ¿Cuáles son los más frecuentes?

16. ¿Qué harías si te sorprende una tormenta en el campo? Desarrollad una puesta en común en clase.

5. La fuerza magnética

En la naturaleza existe un mineral denominado **magnetita** que ejerce fuerzas atractivas sobre los objetos de hierro. Los materiales como la magnetita tienen propiedades magnéticas o, lo que es lo mismo, **magnetismo,** y son los llamados **imanes.**

Por otro lado, la corriente eléctrica también interacciona con los imanes.

Las **fuerzas magnéticas** son las fuerzas que ejercen los imanes o las corrientes eléctricas.

5.1. Los imanes

Existen dos tipos de imanes, según su procedencia:

— **Imanes naturales.** Son todos aquellos materiales que presentan magnetismo de forma natural, como la magnetita.

— **Imanes artificiales.** Son los que poseen magnetismo porque han sido magnetizados mediante un proceso de **imantación,** que se puede realizar por frotamiento, por contacto o mediante una corriente eléctrica.

Experimenta

El comportamiento de los imanes

— Coge un imán y acércale un clavo de hierro y otro de acero. ¿Qué ocurre? ¿Se magnetizan?

— Aleja ambos clavos del imán y comprueba si se comportan ahora como imanes.

— Acerca una brújula al imán. ¿Qué le sucede a la brújula?

Comprobamos que tanto el hierro como el acero imantados son imanes artificiales. En el primer caso, se transforma en un **imán temporal,** mientras que en el segundo se convierte en un **imán permanente.**

Por otra parte, si se aproxima un imán a la brújula, esta pierde su orientación y se orienta según el campo magnético del imán.

La Tierra se comporta como un imán gigante cuyos polos norte y sur magnéticos están próximos a los polos norte y sur geográficos, pero no coinciden con ellos.

Las direcciones Norte-Sur geográfica y magnética no coinciden exactamente. El ángulo que forman se denomina **ángulo de declinación magnética** y es de unos 11°.

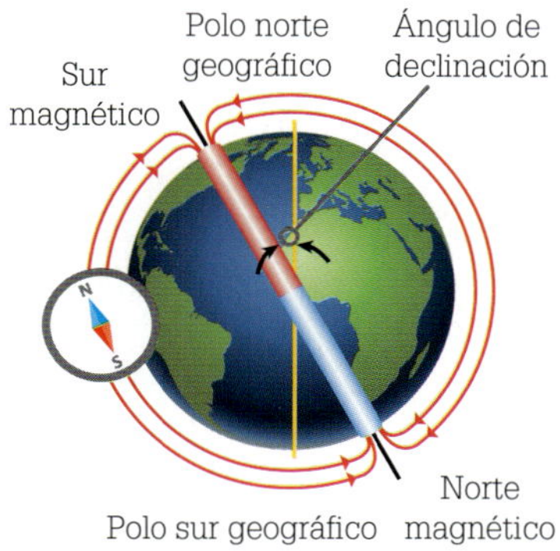

Este comportamiento de la Tierra es la base del funcionamiento de las brújulas. La brújula es una aguja imantada que puede girar libremente y que se orienta siguiendo las líneas de fuerza del campo magnético terrestre.

Los imanes tienen unas propiedades comunes a todos ellos:

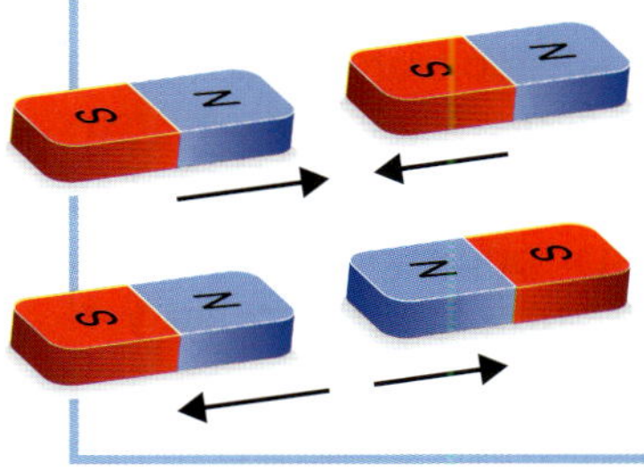

— Atraen a los materiales denominados **materiales ferromagnéticos.** Entre ellos destacan el hierro, el cobalto y el níquel, y sus aleaciones.

— Tienen dos polos: norte (N) y sur (S).

— Cuando se aproximan dos imanes, los polos iguales se repelen y los distintos se atraen. Por tanto, las **fuerzas magnéticas** pueden ser **atractivas** o **repulsivas.**

— Los polos norte y sur de un imán no se pueden separar en ningún caso. Cuando un imán se rompe, cada trozo se convierte en un nuevo imán con sus respectivos polos norte y sur.

Actividades

17. Busca en Internet aplicaciones de los imanes en nuestra vida cotidiana.

18. **Experimenta:** Por grupos, utilizad una brújula para justificar que el norte magnético está situado en el polo sur geográfico y que el sur magnético está en el polo norte geográfico. ¿Qué procedimiento habéis seguido? Redactad un informe sobre vuestra investigación que cuente con los siguientes apartados: objetivos, procedimiento, experimentación y conclusiones.

Experimenta

Visualizamos las líneas de campo

Esparce limaduras de hierro en un papel y pon un imán debajo. ¿Cómo se sitúan las limaduras de hierro?

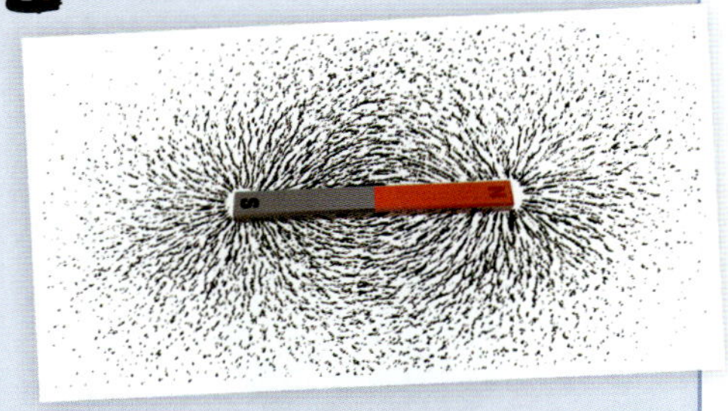

Comprobamos que las limaduras de hierro se orientan siguiendo las líneas de fuerza del campo magnético del imán.

5.2. Campo magnético

La fuerza magnética actúa a distancia, sin necesidad de que haya un contacto directo entre los imanes y los materiales magnéticos. Esto se debe a que los imanes crean una perturbación a su alrededor llamada campo magnético.

> El **campo magnético** es la perturbación que un imán crea en el espacio que lo rodea, a causa de la cual se ponen de manifiesto fuerzas magnéticas sobre otros cuerpos.

El campo magnético se representa mediante **líneas de fuerza:** unas líneas imaginarias cerradas que van del polo sur al norte por el interior del imán, y del norte al sur por el exterior.

Las líneas están más juntas cerca de los polos, porque la intensidad del campo es mayor en esta zona que en la parte central del imán.

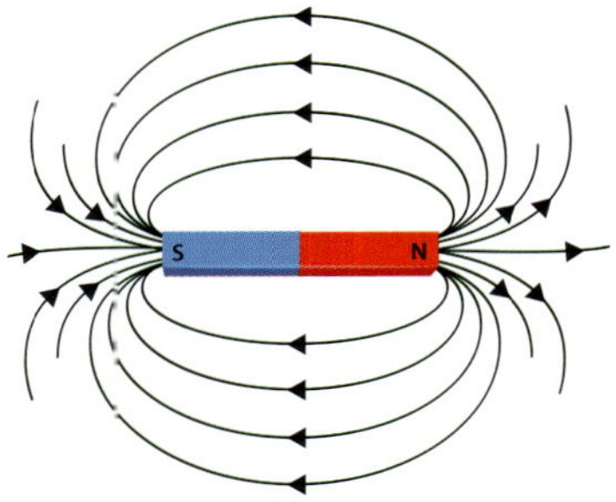

5.3. Electromagnetismo

Hasta 1820 los fenómenos eléctricos y magnéticos eran considerados independientes. Fue en ese año cuando el científico danés Oersted descubrió la relación entre ambos.

El experimento de Oersted

En 1820, **Hans Christian Oersted** (1777-1851) observó que, al aproximar una brújula a un circuito por el que circulaba una corriente eléctrica, la aguja de la brújula se desviaba, y que volvía a la posición original cuando dejaba de circular la corriente por el circuito.

También comprobó que, al cambiar el sentido de la corriente, cambiaba el sentido en que se desviaba la aguja.

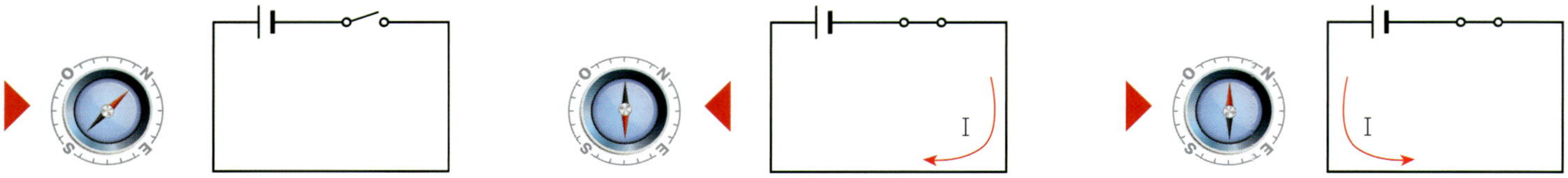

Estas experiencias sugerían que la electricidad y el magnetismo eran manifestaciones de un mismo fenómeno. Así, Oersted dedujo que las corrientes eléctricas creaban un campo magnético a su alrededor, es decir, se comportaban como imanes.

Por tanto, las fuerzas magnéticas también pueden estar originadas por cargas eléctricas en movimiento. Surgió entonces la relación entre la electricidad y el magnetismo, dando lugar al inicio del llamado **electromagnetismo.**

> El **electromagnetismo** es la parte de la electricidad que estudia la relación entre los fenómenos eléctricos y los fenómenos magnéticos.

El **galvanómetro** es un instrumento utilizado para detectar y medir la corriente eléctrica.

Actividades

19. Investiga cómo y dónde tuvo lugar el experimento de Oersted.

— ¿Piensas que este descubrimiento fue fruto del azar? Justifica tu respuesta.

Experimenta

Construimos un electroimán

Una de las aplicaciones del descubrimiento de Oersted es el electroimán, que se emplea en la fabricación de timbres, teléfonos, motores o grúas magnéticas. Por grupos, recopilad el siguiente material: una pinza para pelar cables, una pila, un clavo de hierro, cable de cobre aislado, cinta adhesiva y clips o chinchetas. Seguid estos pasos:

— Con la pinza, quitad un par de centímetros del aislamiento en ambos extremos del cable.

— Enrollad el cable de cobre alrededor del clavo de hierro, de forma que en cada extremo del cable queden unos 5 cm libres. (Fijaos en la primera figura).

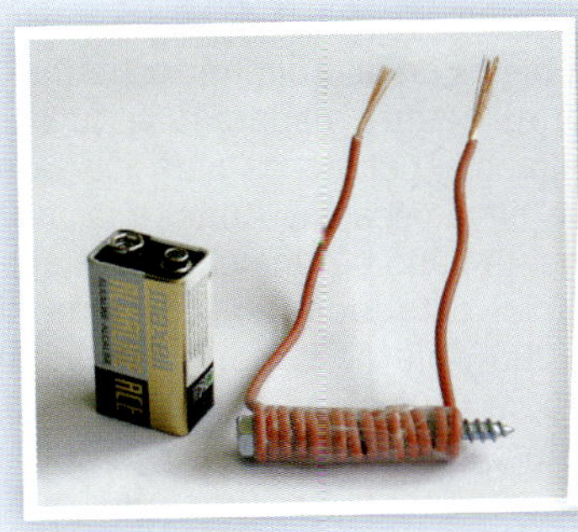

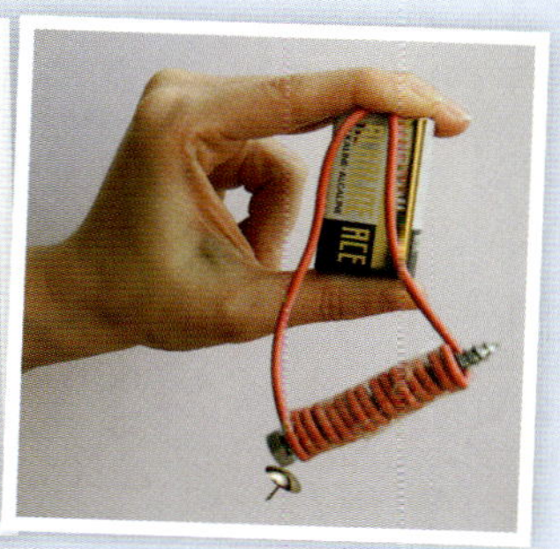

— Una vez cubierto el clavo, sujetad los extremos con cinta adhesiva para que no se desenrolle.

— Conectad los dos cables a los polos de la pila.

— Ahora utilizad el clavo para levantar clips o chinchetas, ¿qué ocurre?

— Desconectad los cables de la pila y volved a intentarlo, ¿qué sucede ahora?

Explicación teórica:

Al enrollar el hilo de cobre al clavo, hemos fabricado un **solenoide o bobina,** que es un conductor en forma de espiral.

Al pasar la corriente eléctrica por el solenoide, este queda imantado y actúa como un imán temporal. Cuando se desconecta de la corriente, el campo magnético creado desaparece, pero el clavo permanece ligeramente imantado. Por tanto, un conductor eléctrico crea a su alrededor un campo magnético cuando circula la corriente a través de él.

En esta experiencia, hemos construido un **electroimán** que nos ha permitido comprobar que el **magnetismo depende del paso de la corriente.**

El experimento de Faraday

Tras el descubrimiento de Oersted, en 1830, **Michael Faraday** (1791-1867) descubrió que, del mismo modo que un campo magnético es generado por una corriente eléctrica, un campo magnético situado en las proximidades de un conductor es capaz de generar una corriente eléctrica en dicho conductor.

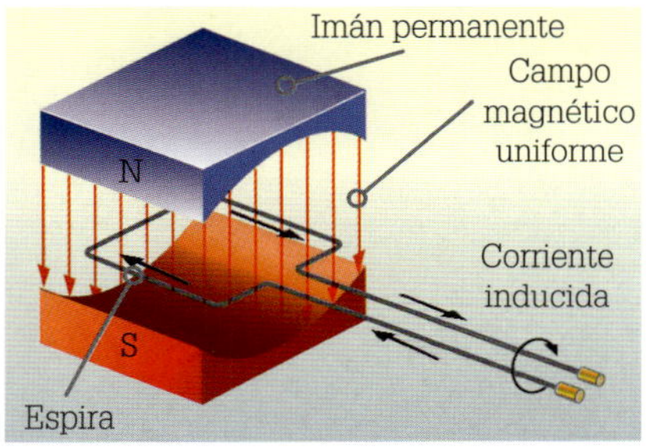

Faraday hizo pasar un imán por el interior de una bobina de un circuito eléctrico y observó que, al meter y sacar el imán en la bobina, se generaba una corriente eléctrica en el circuito. Esta corriente, a la que denominó **corriente inducida,** cambiaba de sentido según se introdujese el imán en la bobina o se sacase de ella, y su intensidad aumentaba al incrementar la velocidad del movimiento del imán.

Este fenómeno recibe el nombre de **inducción electromagnética:**

> La **inducción electromagnética** es el fenómeno por el que un campo magnético variable origina una corriente eléctrica inducida en un circuito.

La corriente eléctrica inducida solo existe mientras varía el campo magnético y su intensidad es mayor cuanto más rápido se mueva el imán o la bobina.

Actividades

20. Indica si la siguiente afirmación es verdadera o falsa: «Todo campo magnético crea una corriente eléctrica, y viceversa». Razona tu respuesta.

@ **21.** Busca en Internet en qué consisten y cómo funcionan una dinamo y un alternador.

— ¿Qué relación tienen con el descubrimiento de Faraday? Cita alguna aplicación de cada uno.

@ **22.** Practica en el «Laboratorio virtual de Faraday»:

@ **http://links.edebe.com/b7xe**

— Descarga e instala la aplicación en tu ordenador.

— Experimenta con la barra imantada, la bobina inducida, el electroimán, el transformador y el generador.

— ¿Qué conclusiones extraes?

¡Peligro: basura espacial!

Hasta una distancia de 2 000 km sobre la superficie terrestre, se encuentra flotando la llamada «basura espacial»: satélites fuera de servicio, depósitos de combustible y partes desechadas de lanzamientos o misiones espaciales, fragmentos de colisiones, restos de pintura de vehículos espaciales...

La basura espacial impide a astronautas corregir la órbita de la EEI

CNN México, 16-1-2014.

Basura espacial.

La maniobra que se realizaría este jueves se aplazó al lunes, pues las condiciones eran peligrosas, según anunció la agencia espacial rusa.

Una maniobra de corrección de la órbita de la Estación Espacial Internacional (EEI) que se realizaría este jueves fue aplazada hasta el próximo lunes, debido a la proximidad peligrosa de basura espacial.

El Centro de Control de Vuelos Espaciales (CCVE) de Rusia elevaría este jueves en dos kilómetros la altura de la órbita de la EEI, con ayuda de los propulsores del carguero ruso *Progress M-21M,* adosado a la plataforma. Según el CCVE, el objetivo de ajustar la órbita es que un carguero ruso, que será lanzado el 5 de febrero, pueda acoplarse sin problema.

Además, las correcciones de órbita de la plataforma espacial se efectúan de manera periódica, ya que la EEI pierde diariamente entre 100 y 150 metros de altura debido a la gravitación terrestre, la actividad solar y otros factores.

En un reporte sobre la basura espacial, la NASA calculó que existen cerca de 500 000 objetos en la órbita terrestre que se consideran basura espacial y que son potencialmente peligrosos para los satélites o una nave espacial. Aunque la mayoría son del tamaño de una canica, la agencia espacial estadounidense afirma que unos 20 000 objetos superan el tamaño de una bola de béisbol y viajan a unos 28 000 kilómetros por hora, por lo que un impacto con ellos puede dejar daños considerables.

Imagen de la Estación Espacial Internacional (EEI).

@ **http://links.edebe.com/xyc5**

Actividades

23. Después de leer la noticia, responde a las siguientes cuestiones:

a) ¿Por qué hay que corregir la órbita de la EEI?

b) ¿Qué implicaciones crees que tiene la basura espacial? Organizad una discusión en clase.

c) ¿Cuáles son las funciones de la EEI? ¿A qué altura sobre la Tierra se encuentra? ¿A qué velocidad se desplaza en su órbita? ¿Para cuántos astronautas tiene capacidad? Infórmate en la siguiente página y apunta en tu cuaderno los datos más significativos:

@ **http://links.edebe.com/hx6e4**

d) Visita la EEI de forma virtual y observa su interior:

@ **http://links.edebe.com/2fc4**

¿Cómo limpiar la basura espacial?

Aquí tienes algunas de las propuestas presentadas por los científicos hasta ahora:

Cable electrodinámico. El cable aprovecha el magnetismo terrestre para arrastrar los trozos de basura espacial y reducir su velocidad. De esta manera, los restos «desorbitarían» para llegar a la atmósfera terrestre, donde se desintegrarían.

Simulador para amarras electrodinámicas. Amarra para acoplarla a los satélites. Se trataría de enrollarla como un carrete, y cuando el satélite dejara de estar en uso, se desplegaría de forma pasiva sin usar combustible. De esta manera, se conseguiría su desorbitado y su desintegración final en la atmósfera.

Láser. Láser que podría dispararse desde la Tierra para acabar con los trozos de entre 1 y 20 centímetros, que comenzarían a perder altitud hasta ser absorbidos por la atmósfera.

Arpones. Instrumento en forma de arpón para capturar los escombros y dirigirlos a la atmósfera con el objetivo de desintegrarlos.

Vehículos recolectores. Vehículo espacial que recogería la chatarra y la llevaría después a la estación base.

Gel aéreo. Gel que se solidifica y mantiene con él lo que toca.

Fuente: http://links.edebe.com/tkx7

Actividades

@ **24.** Por equipos de cuatro componentes, elegid uno de los métodos para la limpieza de la basura espacial y realizad un trabajo de investigación. Buscad el fundamento del proyecto, sus promotores, ventajas, etc., y elaborad una presentación en formato digital.

— En clase exponed y defended vuestra alternativa, respondiendo a las posibles preguntas de vuestros compañeros mediante la **técnica cooperativa** *Estructura 1, 2 y 4.* Para ello, debéis pensar en las respuestas primero de forma individual y después por parejas dentro del equipo, y por último, entre los cuatro decidid la respuesta final.

Cre@ctividad: La predicción del tiempo

La Agencia Espacial Europea (ESA) dispone de varios **satélites meteorológicos:** satélites artificiales que observan la atmósfera y predicen el tiempo.

— EUMETSAT es la organización encargada de lanzar, mantener y operar estos satélites. Entra en su página web (en inglés):

@ **http://links.edebe.com/mipw**

— Haz clic en la pestaña «SATELLITES-CURRENT SATELLITES» e infórmate sobre los satélites operativos que hay en la actualidad.

— El representante en España de EUMETSAT es la Agencia Estatal de Meteorología (AEMET). Entra en su web y observa las imágenes del satélite por horas:

@ **http://links.edebe.com/3x28fi**

Satélite *Meteosat.*

— En este enlace puedes introducir tu localización y ver imágenes en tiempo real:

@ **http://links.edebe.com/iu5x**

¿Qué tiempo hace hoy? ¿Hay masas de aire sobre la Península? ¿Se han movido en las últimas horas?

¡Intenta hacer una predicción del tiempo!

CIENCIA A TU ALCANCE

En práctica: **Reproducimos el experimento de Faraday**

Hoy llevaremos a cabo el experimento de Faraday en el laboratorio. Para ello, construiremos primero un **galvanómetro** que utilizaremos después en el experimento. Un galvanómetro es un instrumento que se usa para detectar y medir la corriente eléctrica. Nos organizamos en grupos y seguimos las etapas del método científico.

PLANTEAMIENTO DEL PROBLEMA

Al igual que Faraday, nos preguntamos si un campo magnético que pasa a través de una bobina generará una corriente eléctrica.

FORMULACIÓN DE LA HIPÓTESIS

Basándonos en el experimento de Faraday que hemos estudiado en la unidad, redactamos nuestra hipótesis:

«Al mover un imán en el interior de una bobina, se genera una corriente eléctrica inducida en el circuito».

COMPROBACIÓN DE LA HIPÓTESIS

Para poder comprobar la hipótesis, debemos **planificar el experimento** que vamos a realizar:

Objetivo

— Demostrar que un campo magnético variable genera una corriente inducida en el circuito. Es decir, demostrar el fenómeno de inducción electromagnética.

Material

— Una brújula.

— Cable de cobre aislado.

— Pinza para pelar cables.

— Un imán.

— Una pila.

— Una bobina.

Experimentación

1.º. Identificamos los polos del imán:

— Acercamos el imán a la brújula: el polo norte de la brújula se sentirá atraído hacia el polo sur del imán.

— Marcamos los dos polos en el imán con un rotulador permanente.

2.º. Construiremos el galvanómetro:

— Con la pinza, quitamos un par de centímetros del aislamiento en ambos extremos del cable.

— Enrollamos el cable de cobre alrededor de la brújula, de forma que las vueltas vayan en paralelo con la aguja. Debemos dejar aproximadamente 30 cm libres en cada extremo del cable de cobre.

— Conectamos los dos extremos de cable a los polos de la pila. Si el montaje es correcto, la aguja magnética de la brújula se desviará con el paso de la corriente.

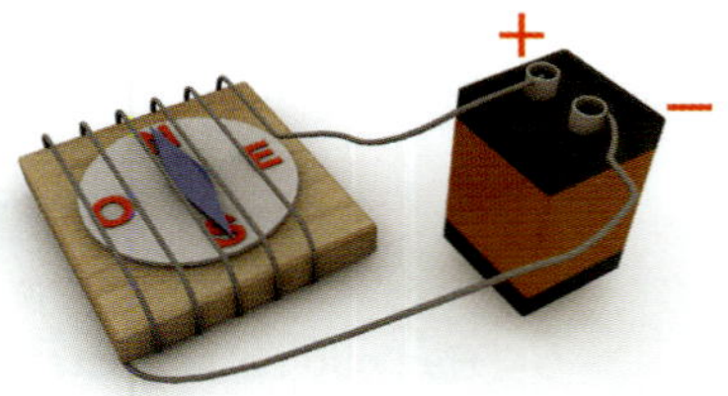

3.º. Una vez comprobado que nuestro galvanómetro funciona, realizamos el experimento de Faraday:

— Conectamos los extremos libres de la bobina a los del galvanómetro.

— Introducimos el imán en la bobina por el polo norte, lo dejamos quieto y lo sacamos.

— Introducimos el imán en la bobina por el polo sur, lo dejamos quieto y lo sacamos.

— Repetimos los dos últimos pasos varias veces moviendo el imán a distintas velocidades.

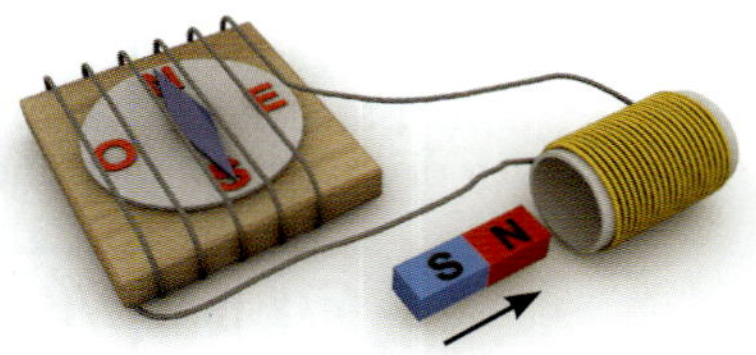

Obtención de datos (Responde en tu cuaderno)

Una vez realizada la experimentación, respondemos a las siguientes cuestiones:

¿Cómo se desvía la aguja magnética de la brújula al introducir el imán en la bobina? ¿Y al extraerlo?

¿Qué ocurre si el imán no se mueve dentro de la bobina?

¿Varía el sentido de giro de la aguja al acercar el imán por un polo o el otro? Completad la siguiente tabla:

Orientación del imán al acercarlo a la bobina	Sentido de giro de la aguja
Polo norte	
Polo sur	

¿Qué relación observáis entre la velocidad del imán y la velocidad de giro de la aguja? Rellenad la siguiente tabla:

Velocidad del imán	Velocidad de giro de la aguja
+	
–	

Análisis de datos

Al mover el imán dentro de la bobina se produce una corriente eléctrica inducida, ya que observamos cómo se desvía la aguja magnética de la brújula. Sin embargo, ¿existe corriente inducida cuando el imán permanece quieto?

Si se invierte la polaridad del imán, ¿qué sucede con el sentido de la corriente?

Al aumentar la velocidad con la que se mueve el imán la aguja magnética gira más rápido. ¿Qué indica esto?

Por tanto, ¿hemos comprobado que nuestra hipótesis es cierta? «Al mover un imán en el interior de una bobina se genera una corriente eléctrica inducida en el circuito».

EXTRACCIÓN DE CONCLUSIONES

Después de analizar los datos y comprobar la hipótesis llegamos a las siguientes conclusiones:

— Para generar una corriente eléctrica inducida es necesario un ____________________.

— La corriente inducida solo existe mientras haya ________________ del campo magnético.

— La intensidad de la corriente inducida aumenta cuanto ________________ se mueva el imán.

COMUNICACIÓN DE RESULTADOS

Por último, redactamos un **informe** de la práctica. El informe tiene que responder a las distintas etapas del método científico y debe ser redactado con rigor y exactitud.

Sigue investigando

Repetid el experimento dejando fijo el imán y moviendo ahora la bobina.

— ¿Qué resultados obtenéis? ¿Son los mismos que en el experimento anterior?

SÍNTESIS

Las fuerzas en la naturaleza

- **FUERZA GRAVITATORIA**
  - Peso de los cuerpos. $P = m \cdot g$
    - Centro de gravedad
  - La ley de gravitación universal. $F = G \cdot \dfrac{m_1 \cdot m_2}{d^2}$
    - Aplicaciones
      - Movimiento de planetas y satélites
      - Mareas
- **FUERZA DE ROZAMIENTO**
  - Se opone al movimiento y aparece en la superficie de contacto entre dos cuerpos. $F_r = \mu \cdot N$
    - Si el movimiento es en el plano horizontal: $N = P = m \cdot g$
- **FUERZA ELÉCTRICA**
  - La carga eléctrica se simboliza con la letra Q y su unidad en el SI es el culombio (C).
    - Tipos
      - Positiva
      - Negativa
  - Aparece entre los cuerpos que poseen cargas eléctricas.
    - Atractivas
    - Repulsivas
    - Su intensidad se calcula con
      - La ley de Coulomb. $F = K \cdot \dfrac{Q_1 \cdot Q_2}{d^2}$
  - Campo eléctrico (E). $E = \dfrac{F}{Q}$
    - Líneas de fuerza
  - Fenómenos electrostáticos en la atmósfera
    - Descargas eléctricas: rayos
      - Medidas preventivas de sus efectos
    - Ionización del aire

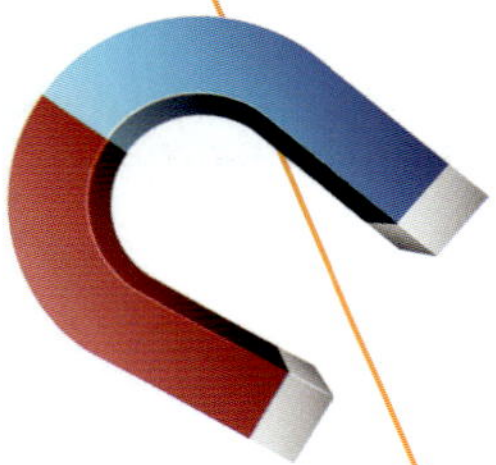

- **FUERZA MAGNÉTICA**
  - En imanes
    - Campo magnético
      - Líneas de fuerza
  - En corrientes eléctricas
    - Electromagnetismo
      - Experimento de Oersted
      - Experimento de Faraday
        - Inducción electromagnética

Recuerda lo que has aprendido

25. Elabora un **mapa mental** de las fuerzas en la naturaleza. Dibuja esquemas que representen tus ideas. Debes interrelacionar los conceptos entre sí por medio de flechas.

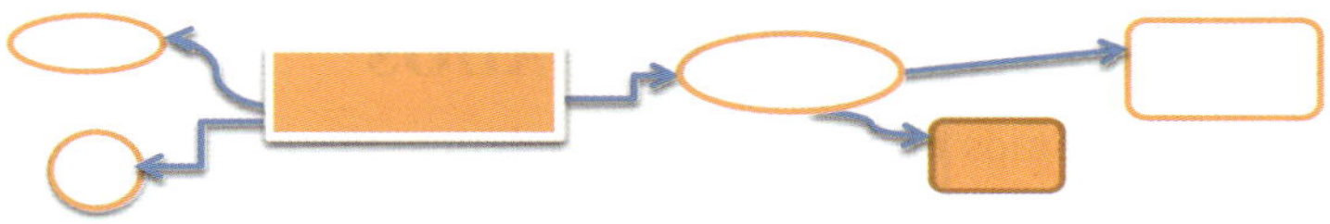

26. ¿Qué dice la ley de gravitación universal? ¿Cuáles son sus aplicaciones?

27. Explica los efectos de la fuerza de rozamiento sobre el desplazamiento de los objetos y de los seres vivos.

28. Describe cómo se puede electrizar un cuerpo. ¿Cuáles son los tipos de carga eléctrica? ¿Qué relación hay entre dos cuerpos cargados eléctricamente y la distancia que los separa?

29. ¿Qué es el electromagnetismo? Explica los experimentos de Oersted y de Faraday.

Actividades finales

1. Tipos de fuerza en la naturaleza

30. ★☆☆ Indica la clase de fuerza que interviene en las siguientes acciones:

a) Arrastramos una caja por el suelo.

b) Frotamos un globo con ropa de lana y lo acercamos a nuestro pelo.

c) La Luna gira alrededor de la Tierra en órbita.

d) Ponemos un imán en la puerta del frigorífico.

e) La unión de un protón y un neutrón dentro del núcleo de un átomo de hierro.

31. ★★☆ Responde, justificando tu respuesta, a las siguientes cuestiones:

a) ¿La fuerza de rozamiento es una fuerza de contacto o a distancia? ¿Y la fuerza magnética?

b) ¿Qué similitudes encuentras entre las fuerzas gravitatorias y las electrostáticas?

32. ★★★ En clase, visionad el siguiente documental explicativo sobre las fuerzas de la naturaleza:

@ http://links.edebe.com/k6

— Toma nota en tu cuaderno de los datos y aspectos que llamen tu interés.

— ¿Qué has aprendido de nuevo sobre cada fuerza fundamental?

— Al finalizar la unidad, vuelve a ver el documental y retoma tus notas. ¿Estás más familiarizado con el tema? ¿Qué conocimientos adquiridos te han ayudado a comprenderlo mejor?

2. La fuerza gravitatoria

33. ★☆☆ Define con tus palabras lo que entiendes por peso de un cuerpo y escribe en tu cuaderno su fórmula matemática. ¿Qué variables intervienen?

34. ★☆☆ Un niño sostiene un balón en sus manos. Haz un dibujo en tu cuaderno que represente el peso del balón.

a) ¿Qué dirección y sentido tiene el vector que has dibujado?

b) Indica cuál es el centro de gravedad del balón.

35. ★☆☆ Enuncia la ley de gravitación universal, escribe su expresión matemática y razona las siguientes cuestiones:

a) Si aumenta la distancia que separa dos objetos, ¿aumentará o disminuirá la fuerza de atracción entre ellos?

b) ¿Y si se mantiene la distancia entre ellos, pero se dobla el valor de la masa de cada uno?

36. ★☆☆ Señala cuáles de los siguientes fenómenos se han conseguido explicar gracias a la ley de gravitación universal:

a) La caída libre de los cuerpos.

b) Las mareas.

c) El movimiento rectilíneo uniforme.

d) La trayectoria de los cometas en el espacio.

37. ★★☆ En el lenguaje coloquial, escuchamos afirmaciones como la siguiente: «Esta mañana me he pesado y peso 56 kg».

a) ¿Son correctos los términos utilizados en esta afirmación? Razona tu respuesta.

b) ¿En qué unidad se mide el peso en el SI? ¿Y la masa?

c) Reescribe la oración anterior en términos rigurosos y compárala con la de tus compañeros de clase.

38. ★★☆ Halla tu peso en la Tierra y exprésalo en las unidades correctas.

39. ★★☆ Determina cuál sería tu peso en la Luna, sabiendo que la gravedad en nuestro satélite es de 1,6 m/s^2. Compara el resultado obtenido con el de la actividad anterior.

40. ★★☆ ¿Cuál es el valor de la gravedad en Júpiter si una persona de 60 kg de masa pesa en su superficie 1 487,4 N?

— Contrasta el valor obtenido con el que buscaste en la actividad 3 de esta unidad.

41. ★★☆ Calcula la fuerza de atracción gravitatoria que existe entre la Tierra y el Sol, sabiendo que les separa una distancia de $1,50 \cdot 10^{11}$ m y que la masa del Sol y de la Tierra tienen un valor de $1,98 \cdot 10^{30}$ kg y $5,98 \cdot 10^{24}$ kg, respectivamente.

— Representa en tu cuaderno un esquema con las fuerzas que intervienen.

42. ★★☆ ¿Qué fuerzas mantienen a la Tierra en órbita alrededor del Sol? Justifica por qué la Tierra y el Sol no colisionan.

43. ★★☆ Describe de qué variables depende la velocidad orbital.

a) ¿La velocidad de un planeta en su órbita es directamente o inversamente proporcional a su masa? ¿Y al radio de la órbita?

b) Busca en Internet qué es el afelio y el perihelio. ¿En cuál de ellos es mayor la velocidad orbital?

44. ★★★ Newton publicó la ley de la gravitación universal en su obra *Principia Mathematica:*

a) Infórmate sobre el contenido y la estructura del libro, y encuentra una imagen de su portada.

b) ¿Por qué crees que esta obra marcó un antes y un después en la historia de la ciencia?

45. ★★★ ¿Por qué los astronautas flotan en el espacio?

a) Por grupos, formulad y escribid vuestra hipótesis en el cuaderno.

b) A continuación, investigad en Internet la causa. ¿Habíais acertado?

46. ★★★ Lee la siguiente noticia e investiga:

> **Rosetta alcanza al cometa 67P diez años después de su lanzamiento**
>
> Este mes de agosto, la sonda Rosetta entró por primera vez en la órbita del cometa 67P/Churyumov-Gerasimenko. A mediados de noviembre, el mismo artefacto liberará un módulo de 100 kg, Philae, que se posará en la roca y estudiará su composición y actividad. La misión, de la Agencia Espacial Europea (ESA), es arriesgada en extremo. Por eso, elegir el lugar idóneo para el aterrizaje es clave.
>
> De momento, los ingenieros y científicos han escogido cinco áreas candidatas. Para ello, han tenido en cuenta los datos recogidos por Rosetta a una distancia de 100 km del cometa: la orientación del cometa con respecto al Sol, su velocidad de rotación, la masa y la gravedad en la superficie, etc.
>
> *ABC*, 26-8-2014 (adaptación)

a) ¿Qué es un cometa? ¿Cómo es su trayectoria? ¿Y su composición?

b) Busca en Internet imágenes de la superficie del cometa tomadas por la sonda.

c) ¿Cómo calculan los científicos la velocidad a la que debe orbitar la sonda alrededor del cometa? ¿Qué datos necesitan?

3. La fuerza de rozamiento

47. ★☆☆ Explica las características de la fuerza de rozamiento y pon un ejemplo en el que intervenga esta fuerza.

48. ★★☆ Una mesa de 30 kg es empujada con una fuerza horizontal de 380 N. Si el coeficiente de rozamiento para el cuerpo en movimiento vale 0,4, calcula el valor de la fuerza de rozamiento.

— Dibuja en tu cuaderno un esquema con las fuerzas que intervienen sobre la mesa.

49. ★★★ Busca en Internet el valor del coeficiente de rozamiento para diversos materiales: acero sobre acero, madera sobre piedra, vidrio sobre madera, etc.

— Encontrarás valores del coeficiente de rozamiento estático y dinámico. Investiga qué diferencia hay entre ellos.

50. ★★★ Observa detenidamente la imagen.

¿Qué indican los cuadros rojos y blancos? ¿Qué función tiene esta pista al lado de la autovía? ¿En qué basa su funcionamiento?

Organizad una discusión en clase.

4. La fuerza eléctrica

51. ★☆☆ Si un cuerpo adquiere carga negativa, ¿podemos decir que ha perdido protones? Justifica tu respuesta.

52. ★☆☆ Razona si estas afirmaciones son verdaderas o falsas:

a) Las fuerzas electrostáticas son siempre atractivas.

b) Al aumentar la distancia entre dos cuerpos cargados, disminuye la fuerza de atracción.

c) La ley de Coulomb solo se cumple en el vacío.

d) El campo eléctrico se representa mediante líneas de fuerza.

53. ★★☆ Entra en esta simulación interactiva:

@ **http://links.edebe.com/j68vyr**

Frota el pie derecho de John Travolta con la alfombra como si estuviera bailando y acerca su mano al tirador metálico de la puerta. ¿Qué sucede? Describe el fenómeno que tiene lugar.

54. ★★☆ Por grupos investigad en qué consiste el generador de Van der Graaf. ¿Qué método de electrización utiliza?

55. ★★☆ Representa gráficamente en tu cuaderno las fuerzas electrostáticas que se dan entre dos objetos con carga positiva, entre dos objetos con carga negativa y entre uno con carga positiva y otro con carga negativa.

56. ★★☆ A partir de la tabla de valores de la constante K en distintos medios de la página 203, razona en qué medio las cargas eléctricas se atraen o repelen con mayor fuerza.

57. ★★☆ La figura muestra dos cargas puntuales:

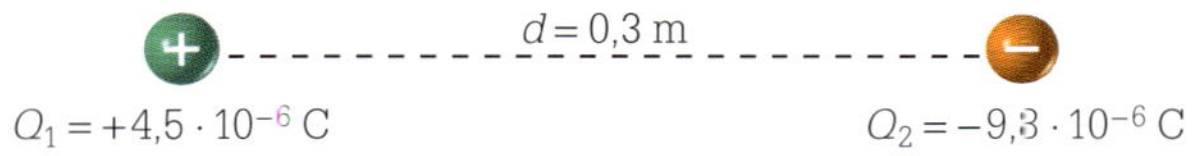

a) Dibuja en tu cuaderno un esquema de las fuerzas que intervienen. ¿Son atractivas o repulsivas?

b) Calcula la intensidad de la fuerza que se ejercen mutuamente si están en el vacío.

58. ★★☆ Dos cargas eléctricas puntuales se atraen con una fuerza de 10,5 N cuando están situadas en el vacío a 12 cm de distancia. Si el valor de la primera carga es +15,4 mC, halla el valor de la otra carga. ¿Cuál es su signo?

59. ★★☆ Una partícula experimenta una fuerza de 0,43 N en un punto en el cual la intensidad del campo eléctrico es de $2,3 \cdot 10^5$ N/C. Halla el valor de su carga eléctrica y representa el campo eléctrico que genera.

60. ★★☆ La toma de tierra es un elemento fundamental en una instalación eléctrica. ¿Por qué?

61. ★★★ ¿Qué es un ionizador de aire? Infórmate y describe su funcionamiento.

62. ★★★ **Experimenta:** Construye tu electroscopio con ayuda de esta web:

@ **http://links.edebe.com/5tr**

5. La fuerza magnética

63. ★☆☆ ¿Cómo se denominan los materiales que presentan magnetismo? Pon ejemplos.

64. ★☆☆ Indica si las siguientes afirmaciones son verdaderas o falsas. Justifica tu respuesta.

a) Dos imanes uno al lado del otro siempre se atraen.

b) El polo norte de un imán que pueda girar libremente señala el sur geográfico.

c) Si rompemos un imán en dos pedazos, estos pierden la imantación.

65. ★☆☆ Describe las diferencias entre un solenoide y un electroimán.

66. ★★☆ Investiga si las fuerzas electromagnéticas son de mayor intensidad que las fuerzas gravitatorias.

67. ★★☆ Dibuja en tu cuaderno un imán con sus líneas de campo y señala el sentido de estas. ¿Qué sucede si giramos el imán?

— Comprueba tus respuestas con este *applet:*

@ **http://links.edebe.com/i2wi**

68. ★★☆ Observa la siguiente imagen:

a) ¿De qué dispositivo se trata?

b) ¿Con qué famoso experimento estudiado en la unidad está relacionado?

69. ★★☆ El transformador es una de las aplicaciones de la inducción electromagnética. Infórmate sobre su función y su funcionamiento.

— Elabora una presentación en PowerPoint en la que muestres diferentes tipos de transformadores y sus aplicaciones.

70. ★★★ Observa en este enlace el experimento de Oersted con distintos tipos de brújulas:

@ **http://links.edebe.com/sar3fp7**

— Busca en Internet aplicaciones prácticas del descubrimiento de Oersted.

— El experimento de Oersted sirvió de partida a André-Marie Ampère para uno de sus descubrimientos. ¿Quién fue Ampère y qué descubrió?

71. ★★★ Por grupos, investigad cómo se ponen de manifiesto las auroras polares en la naturaleza. ¿Con qué fenómeno están relacionadas? Realizad un informe en Word.

72. ★★★ No te pierdas la increíble historia del «niño eléctrico»:

@ **http://links.edebe.com/saty**

— Resume en tu cuaderno la biografía de Faraday y sus descubrimientos.

Pon a prueba tus competencias

El domingo Teresa entra en el salón de su casa y enciende la televisión. Tras hacer *zapping*, decide ver un reportaje sobre el Salón del Automóvil de Madrid.

73. Están presentando la nueva versión de un coche híbrido y dan el siguiente dato sobre este vehículo: «Este prototipo consigue reducir 100 kg respecto al modelo anterior, hasta llegar a los 860 kg en báscula».

a) ¿De qué magnitud están hablando?

b) ¿En cuánto se ha reducido el peso del coche? Calcula el peso de la versión anterior y de la nueva.

c) ¿Qué dirección y sentido tiene el peso de un objeto? ¿Dónde situarías el centro de gravedad del coche? Justifica tus respuestas ayudándote con un esquema.

74. A continuación, añaden esta información sobre el coche: «Esto es posible gracias a un mayor uso del aluminio y la fibra de carbono. La reducción de peso y el sistema híbrido le permiten alcanzar un consumo medio homologado de 2,0 L cada 100 km».

— ¿Qué relación deduces que hay entre el peso y el consumo de un vehículo? Razona tu respuesta.

75. Llega la publicidad y anuncian un documental titulado *La Vía Láctea*. Teresa sabe que este es el nombre de nuestra galaxia. Se para a pensar y dibuja en un papel el nuevo coche, la Tierra y las fuerzas que existen entre ambos.

a) ¿Qué tipo de fuerzas mantienen unidos a los planetas, las estrellas, los satélites, etc., de una galaxia? ¿Serán atractivas o repulsivas las fuerzas que ha representado Teresa? Elabora un dibujo en tu cuaderno.

b) Sabiendo que la masa de la Tierra es de $5,98 \cdot 10^{24}$ kg y su radio es de $6,378 \cdot 10^{6}$ m, determina el valor de la fuerza existente entre el coche y la Tierra. Compara este valor con el del peso del coche que calculaste en la actividad 73. ¿A qué conclusión llegas?

c) ¿Pesaría lo mismo el coche sobre la superficie de otro planeta? Justifica tu respuesta.

d) Si el nuevo coche pesa 7 628,2 N en la superficie de otro planeta, ¿cuál es el valor de la gravedad del planeta? ¿En qué planeta está situado? Para saberlo, compara el valor obtenido con los valores de la aceleración de la gravedad que buscaste en la actividad 3.

76. Siguen aportando características del innovador prototipo: «Los retrovisores se sustituyen por cámaras y contribuyen también a una mejor aerodinámica, mientras que las fuerzas de rozamiento disminuyen con unos neumáticos más estrechos».

a) ¿Qué efectos tiene la fuerza de rozamiento sobre el movimiento del coche?

b) ¿Por qué disminuye el rozamiento con neumáticos más estrechos? Relaciónalo con la adherencia con el suelo.

c) Si el coeficiente de rozamiento dinámico entre el asfalto y los neumáticos de goma es de 0,70, calcula el valor de la fuerza de rozamiento.

d) Si rodase sobre nieve, ¿sería mayor o menor la fuerza de rozamiento? Razona tu respuesta y relaciónala con el uso de cadenas.

77. Teresa piensa en el coche de su familia y recuerda que muchas veces, al salir de él y tocar la parte metálica de la puerta, recibe una pequeña descarga eléctrica.

— ¿Cómo se denomina este fenómeno y por qué se produce?

Teresa se pregunta qué puede hacer para evitar este calambre en ocasiones futuras.

— ¿Se te ocurre alguna solución que ayude a Teresa? Poned en común vuestras respuestas en clase.

78. En el reportaje, ahora están enseñando un coche eléctrico.

a) ¿Qué diferencia hay entre un coche híbrido, como el anterior, y uno eléctrico? Puedes buscar información en Internet.

b) ¿Qué ley establece la fuerza entre cargas eléctricas y constituye uno de los principios fundamentales de la electricidad? Enúnciala y escribe su expresión matemática.

c) ¿Qué analogías y diferencias encuentras entre las fuerzas eléctricas y las gravitatorias? Enuméralas.

79. De repente, el cielo se ha oscurecido y parece anunciar tormenta. El padre de Teresa, que está sentado en el sillón leyendo una revista, le indica que debe apagar el televisor.

a) ¿Por qué crees que debemos desconectar los aparatos eléctricos de la corriente cuando hay tormenta?

b) Explica cómo funcionan los pararrayos que se instalan en los edificios.

80. Teresa le hace caso a su padre. Apaga el televisor y le pregunta a su padre qué está leyendo. Él le responde que se trata de un artículo sobre trenes de levitación magnética, también denominados *maglev.*

a) Por grupos, informaos sobre este tipo de trenes en el siguiente enlace:

@ **http://links.edebe.com/syudc**

b) ¿Qué fenómeno relaciona la electricidad y el magnetismo? ¿Cómo funcionan estos trenes? ¿Con qué experimentos estudiados en esta unidad tienen relación? ¿En qué estado se encuentra esta tecnología? ¿Qué ventajas presenta?

— Plasmad las respuestas a estas preguntas en un breve informe. Procurad estructurar correctamente la información.

Reflexiona

Diario de aprendizaje

— Antes de estudiar esta unidad, ¿eras consciente de la interrelación existente entre las diferentes fuerzas de la naturaleza? ¿Qué has aprendido que no supieras?

— ¿Qué te ha parecido aprender a partir de experiencias y experimentos? ¿Te han servido para llevar a cabo un aprendizaje más autónomo y afianzar más los conceptos?

— ¿Piensas que todavía quedan descubrimientos por hacer en el campo de las fuerzas? En caso afirmativo, indica en qué campo o campos.

BLOQUE 5

LA ENERGÍA

¿Por qué hay países ricos y países pobres? ¿Qué importancia tiene el control de los recursos energéticos en el desarrollo de las sociedades modernas? Namibia, Botsuana o la República de Sudáfrica son los tres mayores productores mundiales de diamantes y, sin embargo, ninguno de estos países se encuentra entre las potencias de nuestro mundo actual. El poder de la economía mundial no depende del oro o las piedras preciosas sino de los recursos energéticos.

Pero, ¿qué son los recursos energéticos? ¿Qué es la energía? ¿Cómo se comercializa con ella? ¿Cómo la consumimos? ¿Es la electricidad, motor de nuestra vida, energía?

- En el bloque que estudiarás a continuación, analizarás críticamente en qué medida dependemos de la energía.
- Centrándonos sobre todo en la energía eléctrica, aprenderás a interpretar sus efectos mediante sencillas experiencias.
- Comprenderás el proceso por el que otras formas de energía se transforman en electricidad.
- Serás capaz de describir cómo funcionan los aparatos eléctricos que abundan a nuestro alrededor.

9 Electricidad y electrónica

» CONTENIDOS

1. La electricidad
2. Circuitos eléctricos
3. Magnitudes de un circuito eléctrico
4. Cálculos en circuitos eléctricos
5. Transformaciones de energía en un circuito
6. Aplicaciones de los circuitos

Visión 360°
Microchips en el cuerpo humano

Cre@ctividad
Implantes de microchips, el control de la mente

Ciencia a tu alcance
Cargas en movimiento

Rutina de pensamiento

PIENSO - ME INTERESA - INVESTIGO

— Observa detenidamente las imágenes de estas dos páginas.

— ¿Sabes cómo nació la electricidad? ¿Conoces su evolución hasta nuestros días y la base de su funcionamiento? ¿Te gustaría aprender a resolver circuitos eléctricos sencillos para, en un futuro, poder manejar circuitos electrónicos complejos? ¿Sabes en qué fenómenos basan su funcionamiento los dispositivos eléctricos y electrónicos que utilizamos a diario? Escribe todas las ideas que te vengan a la mente y formúlate preguntas como estas.

— Poned en común en clase las preguntas de cada uno y pensad entre todos cómo podéis investigar para darles respuesta.

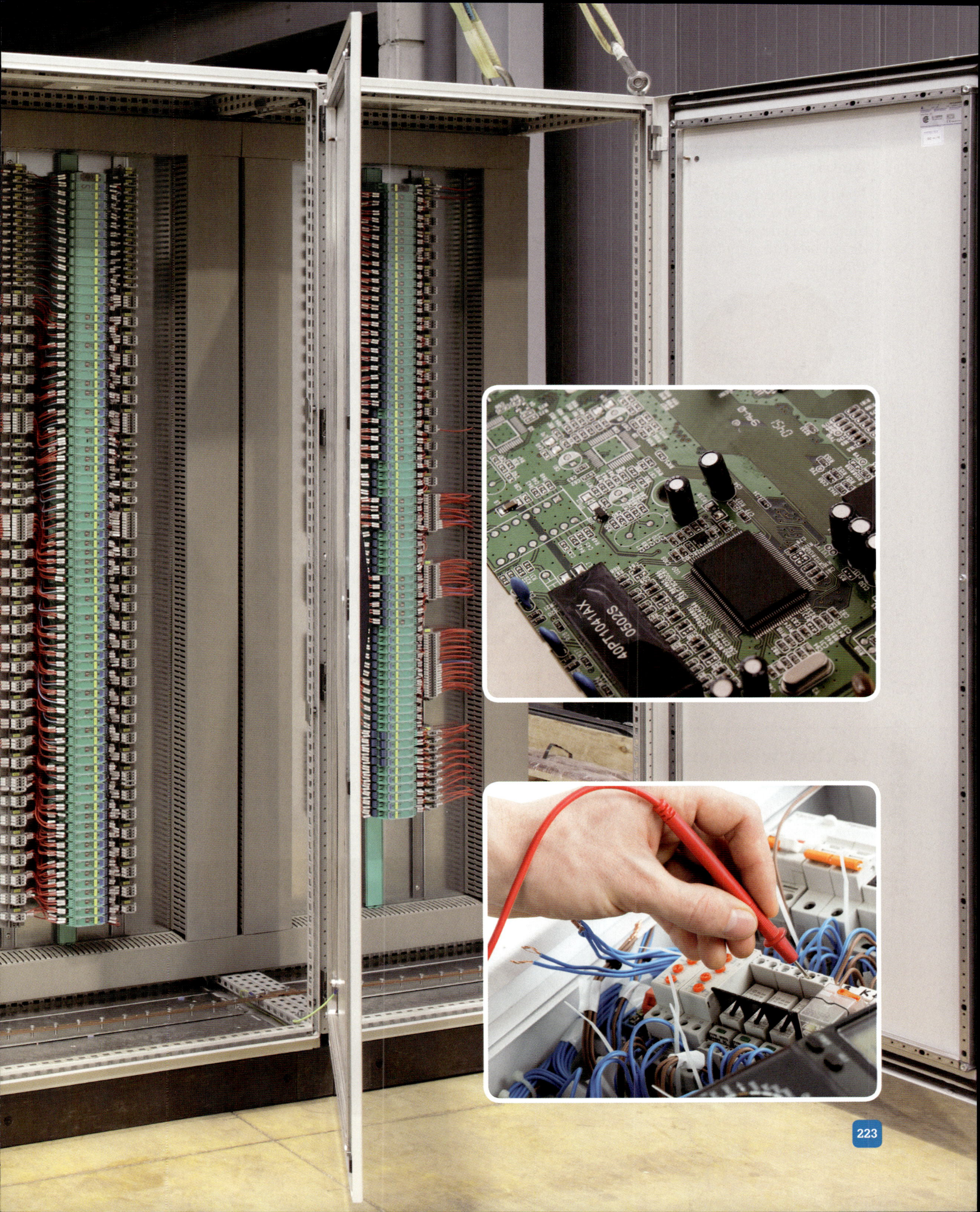
0502S
40PT1041AX

1. La electricidad

Ámbar

Piedra fosilizada que se forma con resina de coníferas. Su nombre en griego es *elektron,* y de ahí procede el término *electricidad.*

Nikola Tesla (1856-1943).

Hoy en día vivimos en un mundo que no se puede concebir sin la electricidad y la electrónica. Nos levantamos de la cama y encendemos la luz, vamos a la cocina y abrimos el frigorífico para sacar la leche, que calentamos a continuación en el microondas. Antes de salir a la calle recogemos nuestro teléfono móvil y, al llegar al instituto, encendemos el ordenador. Ya hemos utilizado cinco veces la electricidad y solo acaba de empezar el día...

El origen del estudio de los fenómenos eléctricos se remonta a **Tales de Mileto** en el siglo VII a. C. Este filósofo griego observó que, cuando se frotaba el **ámbar** enérgicamente con un paño de lana, era capaz de atraer objetos muy pequeños como plumas de aves o cabellos.

Sin embargo, este y otros hechos quedaron aislados durante varios siglos por falta de explicación científica. En el siglo XVII, **William Gilbert** comenzó con éxito a realizar experimentos de electrostática y magnetismo que reabrieron el interés por esta rama.

En el siglo XVIII, **Du Fay** descubrió la existencia de dos tipos de carga que denominó vítrea y resinosa (hoy conocidas como positiva y negativa). **Charles-Augustin de Coulomb** midió las fuerzas ejercidas entre los diferentes tipos de cargas y **Benjamin Franklin** demostró que los rayos de las tormentas también son de origen eléctrico.

En 1800, **Alessandro Volta** construyó el primer objeto capaz de almacenar energía eléctrica, la pila. A partir de este descubrimiento, el siglo XIX se convirtió en el más productivo en el campo de la electricidad. Científicos como **Michael Faraday**, **André-Marie Ampère**, **Hans Christian Oersted** y **Georg Simon Ohm** contribuyeron al desarrollo del electromagnetismo, que concluyó **James Clerk Maxwell** a finales del siglo XIX.

En el siglo XX, **Nikola Tesla** destacó como el padre de la electricidad comercial, tal y como hoy la conocemos. Contribuyó al desarrollo de la distribución eléctrica, los motores de corriente alterna, la robótica, el control o el radar; por citar algunos grandes descubrimientos.

Experimenta

La electricidad estática

— Coge un peine de plástico y frótalo enérgicamente con un jersey de lana. Luego acércalo a un fino chorro de agua del grifo. Observa cómo es capaz de desviar el chorro de agua.

— Péinate el cabello seco frotándolo enérgicamente con el peine de plástico. Podrás comprobar que tu cabello tiende a ponerse de punta.

¿Qué explicación puedes dar a estos fenómenos?

1.1. Materiales conductores y aislantes

Si nos fijamos, todos los aparatos eléctricos están conectados por medio de cables a los enchufes. Los cables están formados por un recubrimiento de plástico que rodea a un hilo de metal, generalmente cobre.

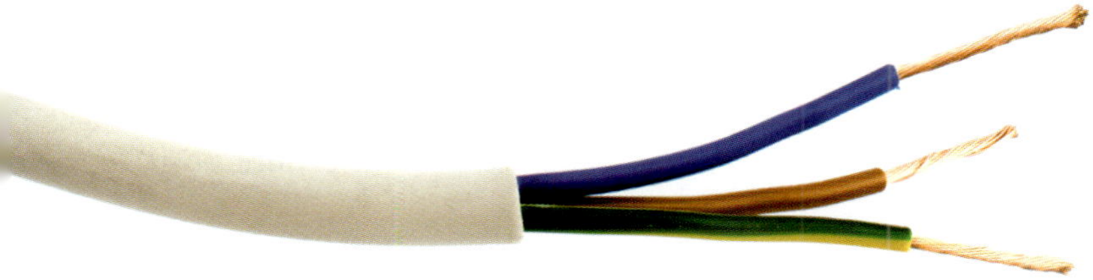

Al estar el cobre recubierto por el plástico, podemos coger los cables sin sentir los efectos de la electricidad. Estos efectos permiten diferenciar dos tipos de materiales en función de su comportamiento con respecto a la electricidad:

— **Conductores:** son los materiales que permiten que las cargas eléctricas se desplacen libremente por su interior.

— **Aislantes:** son los materiales que no permiten el libre desplazamiento de las cargas por su interior.

El comportamiento frente a los fenómenos eléctricos de conductores y aislantes se explica por la diferencia entre sus estructuras atómicas. En los conductores (metales) hay electrones libres, mientras que en los aislantes los electrones están fuertemente unidos a sus átomos.

La fuerza de repulsión que aparece entre cargas del mismo signo hace que en los conductores las cargas se dispongan lo más alejadas entre sí que sea posible. Es decir, se colocan en la superficie y por ella se mueven.

Ágora

El **instrumental de trabajo** de los electricistas está recubierto completamente de plástico.

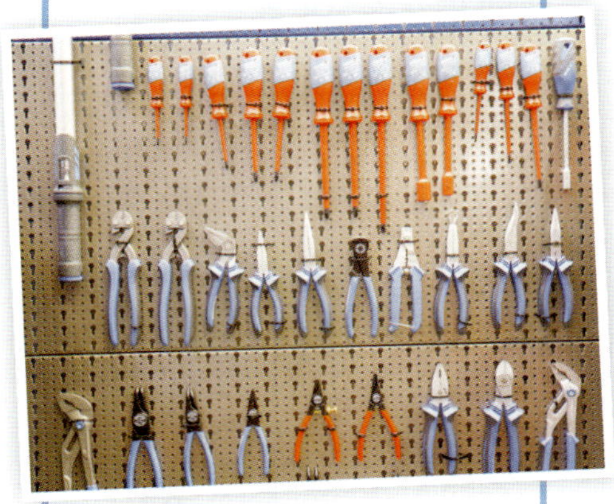

» **¿A qué es debido? ¿Siempre se ha trabajado en estas condiciones?**

1.2. La corriente eléctrica

En nuestras vidas, la expresión *corriente eléctrica* es bastante familiar. Y aunque en un sentido amplio la corriente eléctrica sería cualquier movimiento de cargas que se realice en la materia (sólidos, líquidos o gases), la expresión solemos atribuirla al **movimiento de electrones** en el interior de los conductores.

Los electrones en el interior de los metales se mueven aleatoriamente como las partículas de una nube de gas. Cuando estos electrones reciben una fuerza que los obliga a seguir un determinado sentido, se produce un desplazamiento ordenado de estos, que es la **corriente eléctrica.**

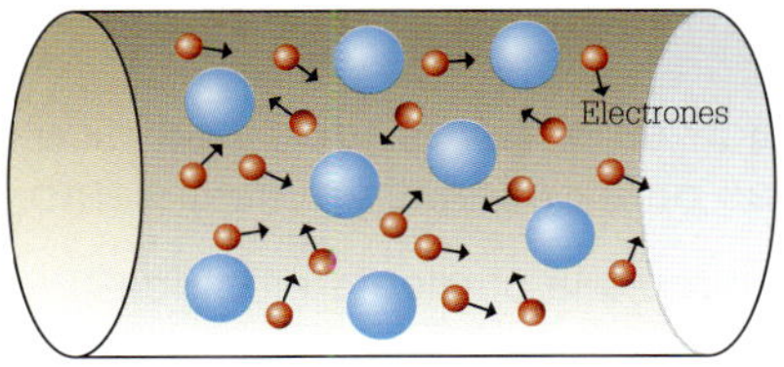

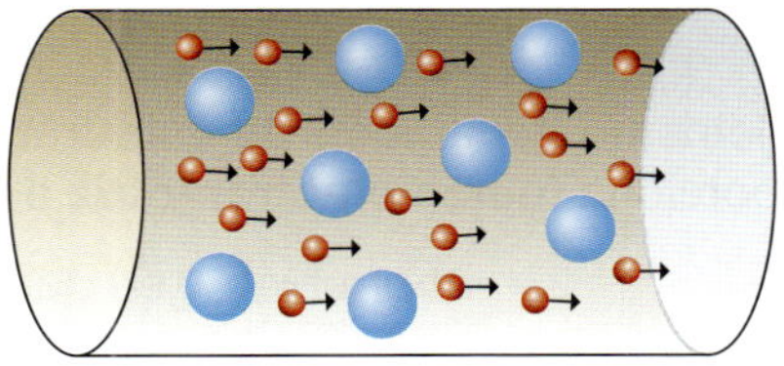

Actividades

1. Clasifica los siguientes materiales en conductores y aislantes:

cobre - aluminio - agua con sal - porcelana - vidrio

oro - diamante - plástico - madera - goma - latón

2. En los ejemplos que hemos visto sobre electricidad estática, es preciso que los cuerpos estén cargados para observar dichos efectos. Piensa y responde: ¿es necesario que los cuerpos estén cargados para conducir la corriente eléctrica? Razona tu respuesta.

2. Circuitos eléctricos

¿Cómo se organizan las cargas para hacer funcionar todo lo que nos rodea? ¿Se produce realmente movimiento de cargas? ¿Hacia dónde se dirigen y por qué?

El circuito eléctrico da respuesta a estas cuestiones. Sus diferentes diseños responden a las necesidades de cada dispositivo.

> El **circuito eléctrico** es el canal por el que **circula** de forma **ordenada** la **corriente eléctrica.**

Símbolos de algunos componentes de circuitos

Componente	Símbolo
Pila	+ −
Batería regulable	
Generador de corriente alterna	
Interruptor	
Resistencia	
Resistencia variable	
Lámpara	
Motor	M
Amperímetro	A
Voltímetro	V

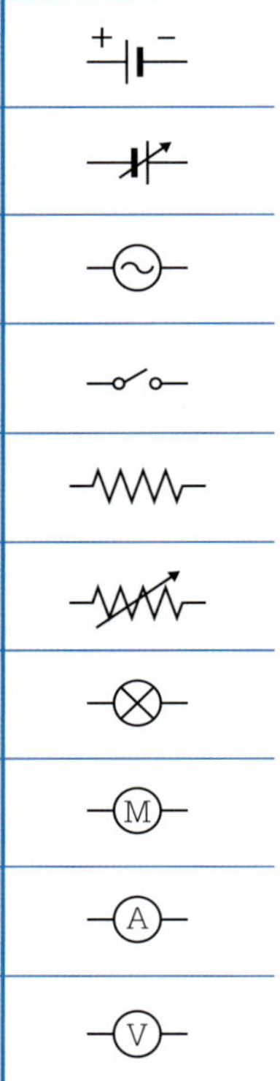

2.1. Componentes

Los circuitos pueden estar formados por muchos componentes distintos, pero necesariamente tienen que contar con los siguientes elementos:

— Un **generador** que suministre energía eléctrica a las cargas para iniciar su movimiento. Pueden ser generadores de corriente continua, como las pilas, o de corriente alterna, como los alternadores.

— **Receptores eléctricos,** que son los dispositivos encargados de transformar la energía eléctrica en otros tipos de energía.

— **Conectores** que pongan en contacto los componentes.

Movimiento y sentido de la corriente eléctrica

Todos los cuerpos que tienen masa poseen una energía llamada potencial, por estar situados a cierta distancia (altura) de otras masas. Esta energía la utilizan para ponerse en movimiento cambiándola por energía cinética.

Del mismo modo, los cuerpos cargados adquieren energía potencial cuando se encuentran cerca de otras cargas. Esta energía la transforman en movimiento en los circuitos eléctricos.

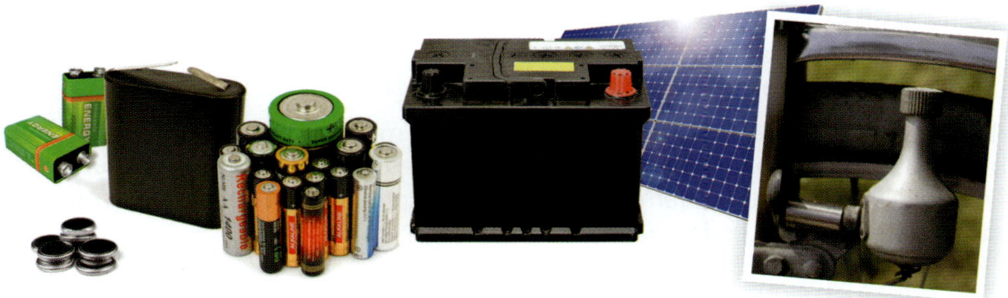

El elemento encargado de esta transformación es el **generador** y se dice que proporciona **fuerza electromotriz** a las cargas para ponerlas en movimiento.

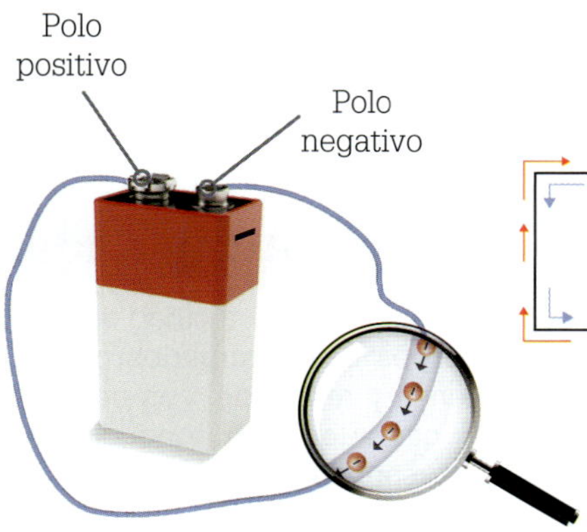

Ahora bien, ¿en qué sentido circula la corriente eléctrica?

El **sentido real** de la corriente eléctrica es el de los electrones, que van desde las zonas cargadas negativamente a las zonas cargadas positivamente. Por ejemplo, en una pila viajan del polo marcado con el signo (–) al marcado con (+).

Sin embargo, la resolución matemática de circuitos se hace con el **sentido convencional.** Este es el que tendrían las cargas positivas si fuesen estas las que se moviesen por el interior del conductor. Viajarían del polo (+) al (–).

2.2. Efectos de un circuito

Las necesidades de nuestra sociedad son muy variadas. Los ingenieros tienen la tarea de cubrir estas necesidades a partir de los diferentes efectos que produce la electricidad.

EFECTO TÉRMICO

El choque entre los electrones de la corriente y los átomos de los conductores produce un aumento de la temperatura que se aprovecha en planchas, estufas, fusibles, etc.

EFECTO LUMINOSO

Cuando se consigue que un metal se caliente hasta la incandescencia, comienza a emitir luz.

También emiten luz las bombillas de bajo consumo o los **fluorescentes,** ionizando el gas que hay en su interior. Los electrones liberados por la ionización emiten luz ultravioleta que, al chocar con el recubrimiento, se transforma en luz visible.

En los diodos **led,** los saltos de los electrones entre capas transforman dicha energía en luz.

EFECTOS QUÍMICOS

Cuando la corriente eléctrica atraviesa ciertos materiales, produce cambios en ellos. Uno de los más conocidos es la galvanización.

En el **galvanizado,** el paso de la corriente hace que se deposite una fina capa de un metal para proteger o embellecer a otro menos resistente que está en su interior. Las piezas cromadas utilizan este efecto.

EFECTO MAGNÉTICO

Cuando un circuito se enrolla sobre sí mismo formando una bobina, en su interior aparece un potente imán. Estos se denominan electroimanes y cumplen importantes funciones en la industria. Las grúas que manejan metales suelen ser electroimanes.

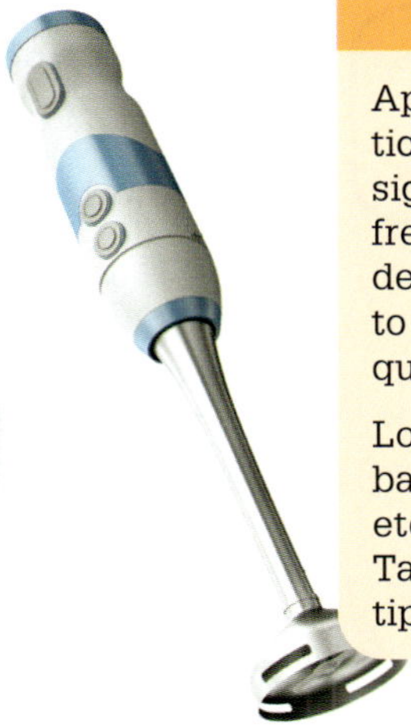

EFECTO MECÁNICO

Aprovechando el efecto magnético, con varios circuitos se consiguen distintos imanes que enfrentan sus polos entre sí para desplazarse. Este desplazamiento se convierte en una rotación que se utiliza como motor.

Los electrodomésticos como la batidora, el molinillo, el taladro, etc., llevan motores eléctricos. También los trenes utilizan este tipo de motores.

Actividades

3. ¿Por qué hablamos de un sentido real de la corriente eléctrica y un sentido convencional?

2.3. Cambios químicos producidos por la corriente eléctrica

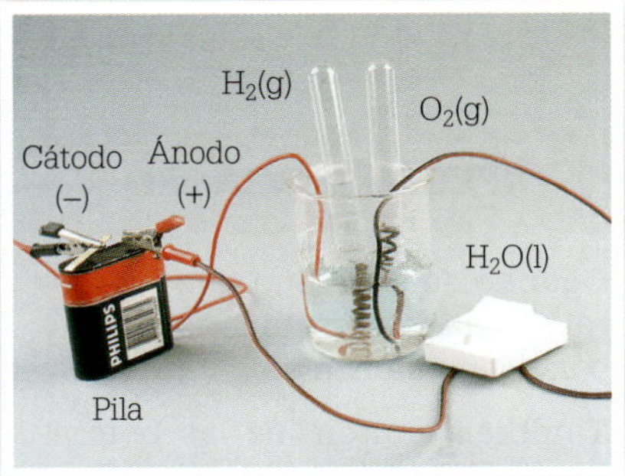

En la electrólisis del agua, esta se descompone en hidrógeno y oxígeno gaseoso por medio de la aplicación de una corriente eléctrica.

Después de ver los diversos efectos que puede tener la electricidad, nos centraremos en los cambios químicos producidos por la corriente eléctrica:

La **electroquímica** es la rama de la química que estudia la transformación entre la energía eléctrica y la energía química.

Denominamos **celda electroquímica** a un dispositivo capaz de obtener energía eléctrica a partir de una reacción química, o viceversa (es decir, producir una reacción química a partir de energía eléctrica).

Como veremos a continuación, hay dos tipos de celdas electroquímicas: las electrolíticas y las galvánicas.

Celda electrolítica: electrólisis

Una **celda electrolítica transforma** una **corriente eléctrica** en una **reacción química** de oxidación-reducción (redox), que no ocurriría de forma espontánea sin el aporte de esta energía eléctrica.

En estas reacciones se descompone una sustancia química en un proceso llamado electrólisis:

La **electrólisis** es un proceso por el que una sustancia fundida o en disolución, llamada **electrolito,** se disocia en sus iones constituyentes mediante la administración de corriente eléctrica.

Observa la electrólisis del agua en esta simulación interactiva:

http://links.edebe.com/7bm3

Los **electrodos** son conductores metálicos que permiten el contacto entre el electrolito y que se inicie la reacción química. Hay dos tipos de electrodos:

— **Ánodo:** tiene lugar la oxidación.

— **Cátodo:** se lleva a cabo la reducción.

En la celda electrolítica, los dos electrodos no necesitan estar separados; por lo que hay un solo recipiente en el que tienen lugar las dos semirreacciones (oxidación y reducción). Observemos a continuación un esquema de la electrólisis del cloruro de sodio (NaCl):

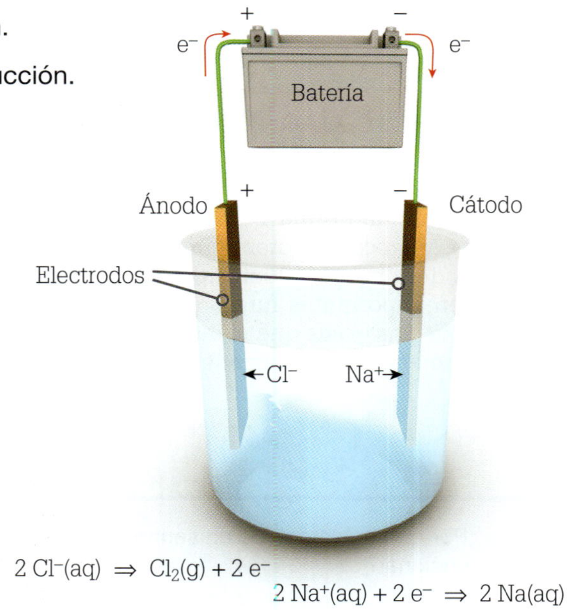

La electrólisis tiene muchas aplicaciones hoy en día, tales como la obtención de metales, la producción de lejía, la galvanoplastia (técnica empleada para evitar la corrosión de metales), etc.

Celda galvánica: la pila

Una **celda galvánica o voltaica** es un dispositivo que **convierte** una **reacción química** espontánea en una **corriente eléctrica.** Un ejemplo común de celda galvánica es la **pila,** que utilizamos a diario en multitud de aparatos como relojes, teclados y ratones inalámbricos, etc.

A diferencia de las celdas electrolíticas, en una celda galvánica los dos **electrodos** deben estar separados. Por tanto, la celda galvánica se compone de dos recipientes, en uno se lleva a cabo la reducción y en el otro la oxidación.

Estas reacciones de los electrodos tienen lugar espontáneamente y generan un flujo de electrones desde el **cátodo** hacia el **ánodo** (a través de un conductor). Este flujo de electrones produce un potencial eléctrico que puede ser medido experimentalmente.

Un ejemplo de celda galvánica es la **pila Daniell.** Se trata de la primera celda galvánica, inventada en 1832 por el químico británico J. F. Daniell y que, en honor a él, recibe su nombre.

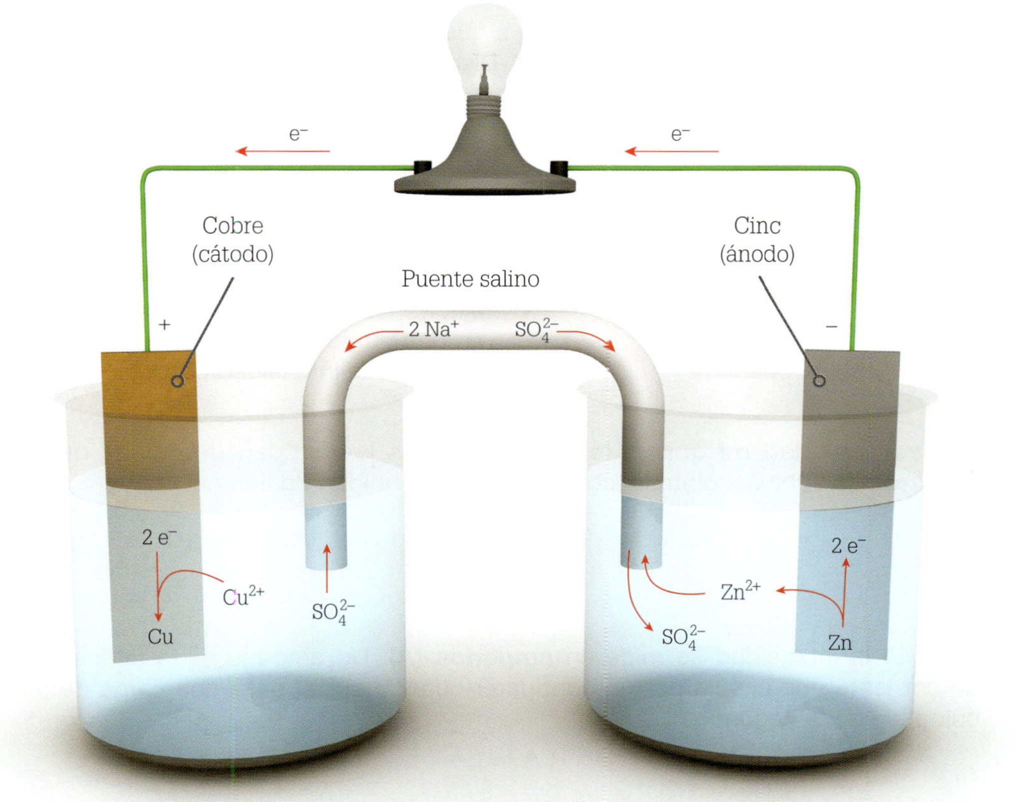

$Cu^{2+}(aq) + 2\,e^- \rightarrow Cu(s)$

$Zn(s) \rightarrow Zn^{2+}(aq) + 2\,e^-$

Ágora

Las pilas contienen metales pesados, como mercurio o cadmio, tóxicos para la salud y muy contaminantes para el medio ambiente. Por eso, nunca debes tirar las pilas gastadas a la basura, sino que tienes que depositarlas en un punto de recogida de pilas usadas.

» **¿Crees que las pilas recargables contaminan menos que las de usar y tirar? Razona tu respuesta.**

Actividades

4. Indica si las siguientes afirmaciones son verdaderas o falsas, justificando tu respuesta:

   a) Durante la electrólisis, la energía química se transforma en energía eléctrica.

   b) Un ejemplo de celda electrolítica es la pila.

   c) En el cátodo de una celda electrolítica tiene lugar la oxidación, y en el ánodo, la reducción.

   d) Una pila transforma una reacción química en electricidad.

5. Entra en este *applet* y diseña una pila Daniell:

   http://links.edebe.com/emy97

   ¿Qué metal has elegido para cada electrodo? ¿Y para la solución salina? ¡Prueba más combinaciones!

3. Magnitudes de un circuito eléctrico

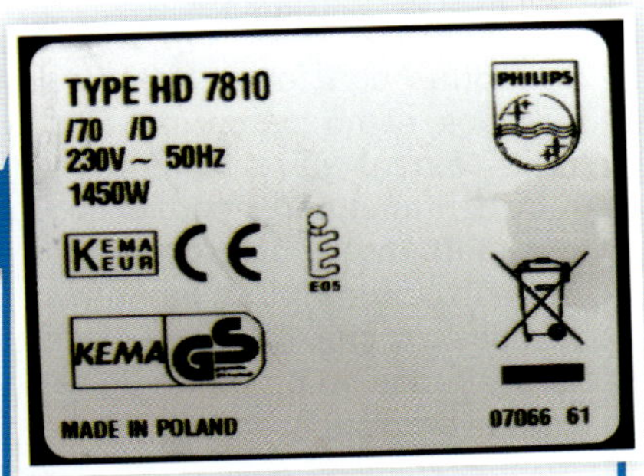

» ¿Sabes qué significan estos símbolos? Busca en Internet el significado de los que no conozcas.

Todos los aparatos eléctricos llevan unas inscripciones como la que se muestra en la imagen de la izquierda. ¿Qué significan estas inscripciones?

Estos valores nos proporcionan información sobre las **magnitudes eléctricas** características del aparato. Cuando conectamos un aparato eléctrico a la red, debemos asegurarnos de que sus magnitudes eléctricas son compatibles con las de la red para su correcto funcionamiento.

Las magnitudes eléctricas que podemos medir en un circuito son la **intensidad de corriente,** la **diferencia de potencial** y la **resistencia eléctrica.**

3.1. Intensidad de corriente

Si observamos un juguete que funciona con pilas, comprobamos que los movimientos que realiza son más rápidos cuando las pilas están nuevas que cuando se hacen viejas. Este efecto es debido a que por el circuito eléctrico que mueve el motor cada vez pasan menos cargas. Disminuye la intensidad de corriente.

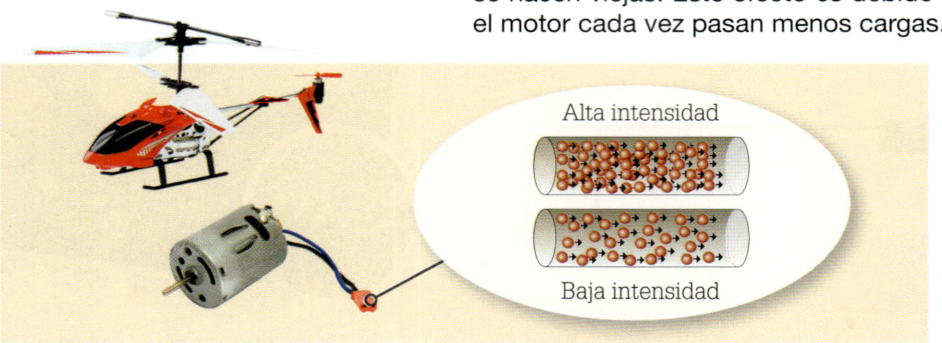

Los cables que forman los circuitos eléctricos son conductores de sección circular. Por esa sección *S* deben pasar los electrones que forman la corriente eléctrica.

Si fuésemos capaces de contar los electrones que atraviesan esa sección en un tiempo determinado, estaríamos midiendo la intensidad de corriente.

La **intensidad de corriente eléctrica, *I*,** es la cantidad de cargas que atraviesan una sección del conductor en una unidad de tiempo.

$$I = \frac{Q}{t}$$

En el SI la intensidad se mide en **amperios (A).** Un amperio es la intensidad de corriente que circula por un conductor cuando por él pasa una carga de un culombio cada segundo.

$$1\ \text{A} = 1\frac{\text{C}}{\text{s}}$$

El amperio es una unidad muy grande para las intensidades de corriente habituales, de modo que suele venir expresado en función de submúltiplos como miliamperios (mA) o microamperios (μA).

Actividades

6. Determina el valor de la intensidad de una corriente si sabemos que transporta 2,5 C en 5 s.

— Calcula el número de electrones que atraviesan la sección del cable conductor cada segundo.

7. Razona cómo variará la cantidad de carga eléctrica que atraviesa un punto de un circuito si:

a) Triplicamos el tiempo durante el que funciona el circuito.

b) Reducimos la intensidad a la mitad.

8. La intensidad de un circuito tiene un valor de 40 mA. Calcula la cantidad de carga que pasa por ese circuito si funciona durante 2 min.

3.2. Diferencia de potencial o voltaje

Ya hemos visto que el movimiento de las cargas se debe a los generadores. Estos proporcionan una **fuerza electromotriz** a las cargas que les permite atravesar los diferentes componentes del circuito.

El movimiento de las cargas supone un consumo de energía. Al igual que el esquiador cae, perdiendo altura y ganando velocidad porque tiene energía potencial, las cargas se mueven porque los generadores les comunican energía potencial eléctrica. Se dice que las cargas se mueven entre dos puntos que están a diferente potencial.

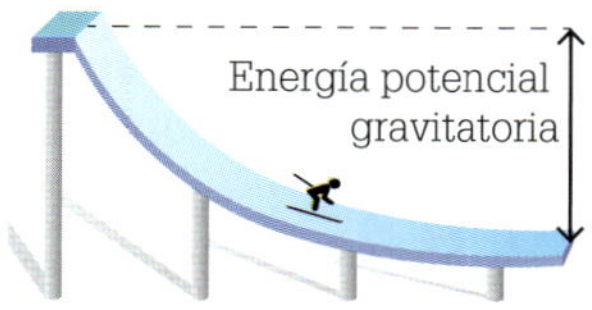

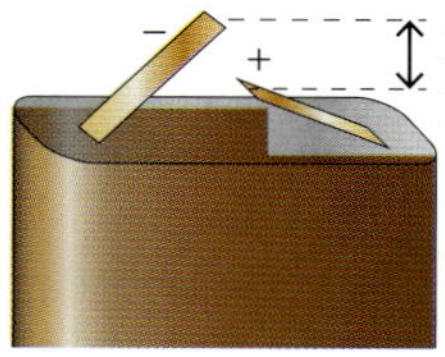

> La **diferencia de potencial o voltaje, *V*,** entre dos puntos es la energía que se necesita para mover la unidad de carga entre dichos puntos.

La unidad en el SI de la diferencia de potencial es el **voltio (V).** Existe una diferencia de potencial de un voltio cuando se consume un julio para transportar una carga de un culombio:

$$1\ \text{V} = \frac{1\ \text{J}}{1\ \text{C}}$$

3.3. Resistencia

> La misión del generador consiste en mantener una diferencia de potencial entre sus dos polos o terminales. Esto lo consigue gracias a su **fuerza electromotriz;** es decir, gracias a su capacidad de comunicar energía eléctrica a las cargas.

Cuando los electrones se desplazan entre los átomos de los conductores, chocan contra estos perdiendo parte de su energía. La cantidad de energía que pierden depende de la oposición o resistencia que cada material ofrece al paso de la corriente:

> La **resistencia eléctrica, *R*,** es una magnitud física que indica la dificultad que se ofrece al paso de la corriente eléctrica.

¿De qué factores puede depender el valor de la resistencia de los materiales? Si hacemos un símil entre los electrones que se mueven por el interior de un conductor y un pelotón ciclista, encontramos que:

— Cuanto mayor es la **longitud *(L)*** que tienen que recorrer los ciclistas, mayor es la pérdida de energía. Podemos deducir que la resistencia será mayor cuanto mayor sea la longitud de un conductor.

— Cuanto más estrecho es el camino por el que hay que pasar, menos corredores pueden pasar a la vez. Luego, la resistencia es mayor en los conductores con menor **sección *(S)*.**

Matemáticamente, estas relaciones se expresan de la siguiente forma:

$$R = \rho \cdot \frac{L}{S}$$

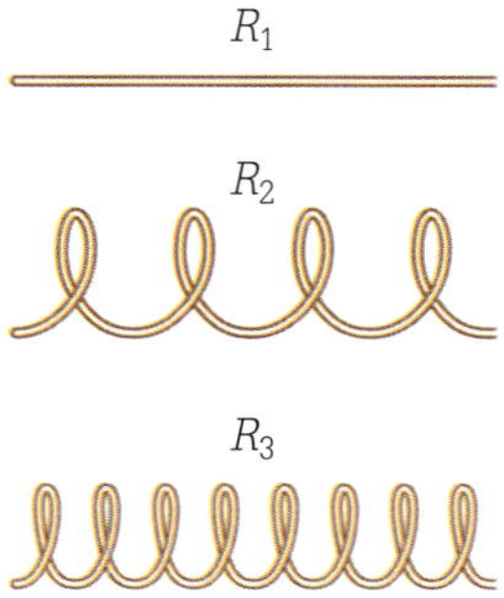

$R_3 > R_2 > R_1$

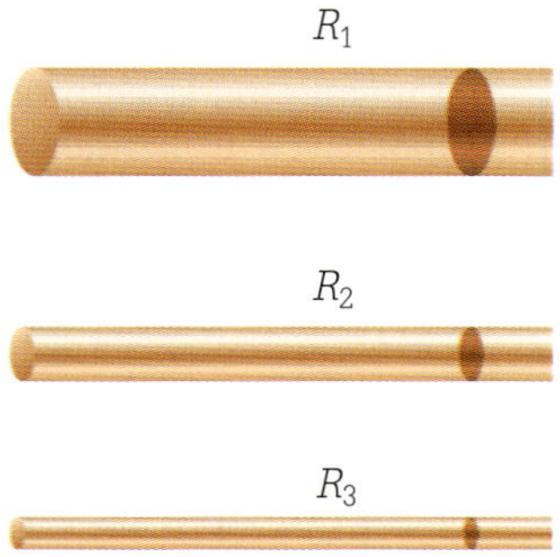

$R_3 > R_2 > R_1$

> La **resistencia de un conductor** es **proporcional** a su **longitud** e **inversamente proporcional** a su **sección.**

La constante de proporcionalidad ρ que aparece en la expresión de *R* depende de cada material y se denomina **resistividad**. Se mide en Ω · m.

3.4. Medida de las magnitudes

Ya conocemos las magnitudes más importantes para describir un circuito, pero ¿cómo podemos controlarlas? ¿Cómo podemos conocer su valor numérico? ¿Con qué y cómo se miden?

Para medir las magnitudes de un circuito se pueden utilizar aparatos específicos como el amperímetro, el voltímetro o el óhmetro. Sin embargo, en la actualidad se utiliza un aparato que puede cumplir la función de los tres: el **polímetro.**

Medida de la intensidad

El polímetro se selecciona en **modo amperímetro** y se instala de modo que pase toda la corriente por él. Esta conexión se denomina **en serie.**

Se intercala el polímetro en uno de los hilos conductores. De este modo, mide la intensidad que circula por ese tramo del circuito.

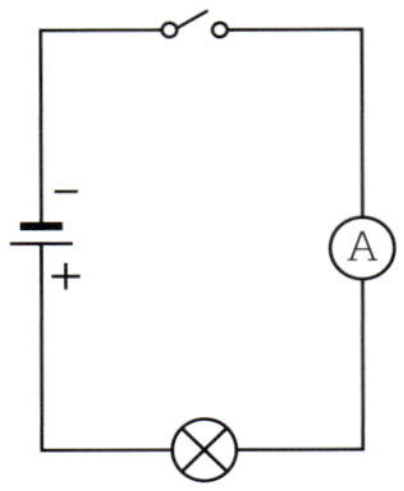

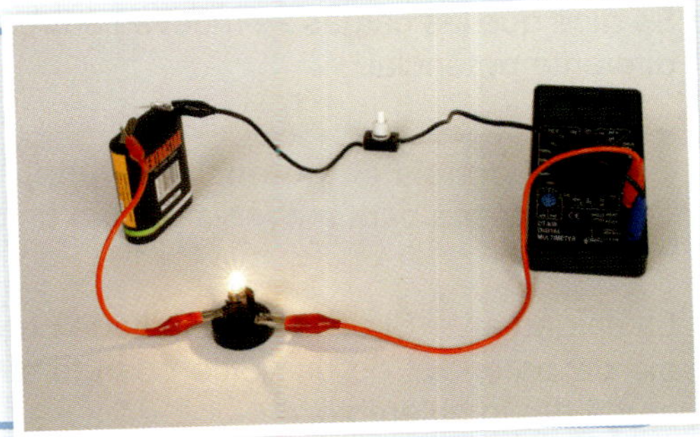

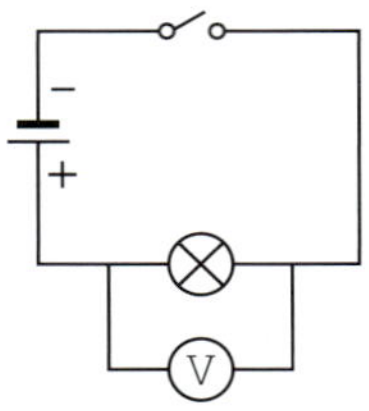

Medida de la diferencia de potencial

En este caso, el polímetro se selecciona en **modo tensión** y se coloca en **paralelo** al circuito.

Cada uno de los bornes del polímetro se coloca en los puntos entre los que se quiere conocer la caída de potencial o pérdida de energía por unidad de carga.

Medida de resistencias

La resistencia que ofrece un tramo de un circuito se mide con el polímetro en **modo óhmetro.** Para ello, no debe estar conectado a ninguna fuente de alimentación.

Del mismo modo se procede cuando se quieren medir los dispositivos utilizados como resistencias, aunque estas tienen un código de colores que permiten conocer su valor sin medirlo con el polímetro.

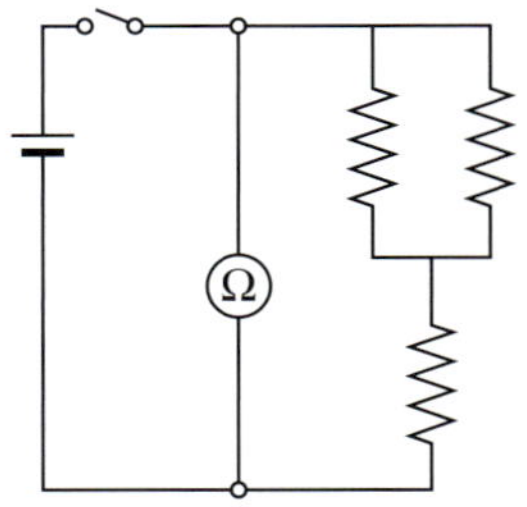

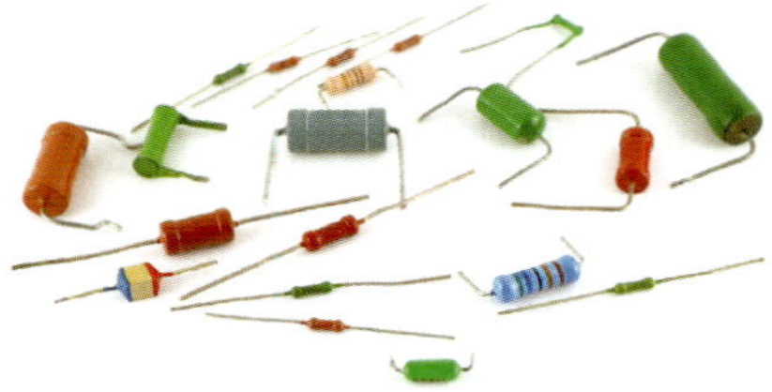

Actividades

9. Calcula el valor de la resistencia eléctrica de un alambre de cobre de 2 mm^2 de sección y 400 m de longitud, sabiendo que la resistividad del cobre es $\rho = 1,68 \cdot 10^{-10}\ \Omega{\cdot}m$.

10. El filamento de una lámpara halógena se comporta como una resistencia que se calienta tanto que alcanza la incandescencia. Determina el valor de la resistencia de una bombilla si por ella circulan 0,27 A y está conectada a una diferencia de potencial de 220 V.

11. ¿Qué crees que puede ocurrir si para medir una diferencia de potencial un operario se equivoca y coloca el voltímetro en serie en el circuito?

@ **12.** Investiga en la Red cómo se miden las resistencias a partir del código de colores.

— Dibuja en tu cuaderno las líneas de una resistencia de:

a) 300 Ω

b) 12 000 Ω

c) 3 500 000 Ω

4. Cálculos en circuitos eléctricos

Ya conocemos las tres magnitudes físicas más importantes de un circuito eléctrico. Ahora bien, ¿existe alguna forma de relacionar estas magnitudes?

4.1. Ley de Ohm

En 1852, el físico alemán George Ohm obtuvo una relación entre las magnitudes de un circuito a partir del siguiente experimento:

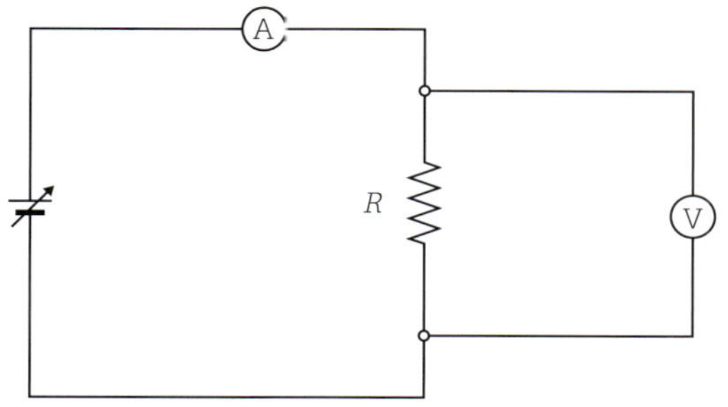

Este circuito permite cambiar la fuerza electromotriz del generador. Así se pueden medir diferentes valores de la intensidad respecto a distintos valores de potencial. La resistencia no varía.

ΔV	I	$\frac{\Delta V}{I}$
6	0,1	60
12	0,2	60
15	0,25	60
20	0,33	60
30	0,5	60

A partir de los datos medidos, construimos una tabla.

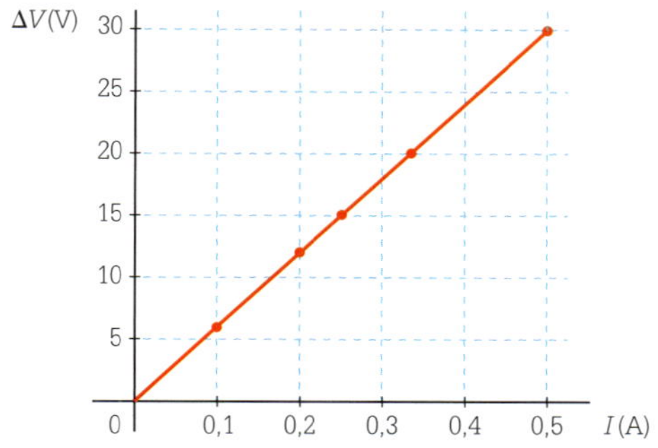

Colocando en el eje de ordenadas los diferentes valores de la tensión y en el de abscisas los de la intensidad, se observa que hay una relación de proporcionalidad lineal.

Ohm recogió las conclusiones en la siguiente ley:

> El **cociente** entre la **diferencia de potencial** aplicada a los extremos de un conductor y la **intensidad** de corriente que circula por él es una constante que coincide con la **resistencia eléctrica** del conductor.
>
> $$R = \frac{V}{I}$$

A partir de la ley de Ohm, se define la unidad de resistencia eléctrica, el **ohmio, Ω.** Un ohmio es la resistencia que presenta un conductor por el que circula una corriente de un amperio cuando entre sus extremos hay una diferencia de potencial de un voltio:

$$1\,\Omega = \frac{1\text{ V}}{1\text{ A}}$$

Ejemplo 1

El circuito de la figura está formado por un generador y una lámpara (resistencia). El amperímetro situado en el circuito indica que por él circula una intensidad de 0,0045 A.

— Calcula el valor de la fuerza electromotriz del generador si la lámpara tiene una resistencia de 2 000 Ω.

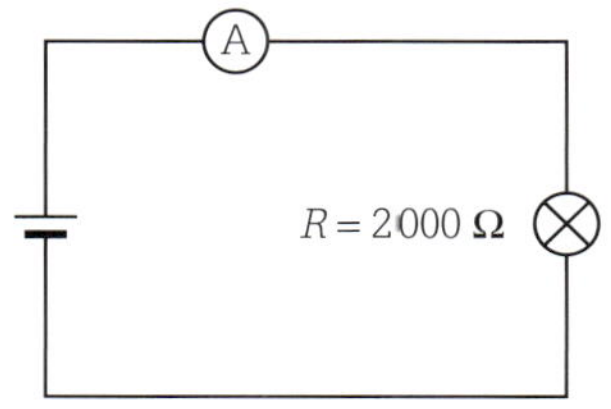

COMPRENSIÓN. Aplicando la ley de Ohm, encontramos la relación entre las tres magnitudes.

DATOS. $R = 2\,000\ \Omega$; $I = 0{,}0045$ A

RESOLUCIÓN. Despejamos el valor de la tensión de la ley de Ohm:

$$R = \frac{V}{I};\quad V = I \cdot R = 0{,}0045 \cdot 2\,000 = 9\text{ V}$$

COMPROBACIÓN. Verificamos que el resultado es correcto y que obtenemos las unidades deseadas.

4.2. Asociación de resistencias

Si observamos un circuito real, podemos comprobar que está formado por muchos componentes. Estos se agrupan entre sí de diferentes maneras.

Cuando se agrupan resistencias, es interesante conocer el valor de una resistencia, llamada **resistencia equivalente,** que pueda sustituir a todo el grupo de ellas. De esa forma, podremos determinar el valor del resto de las magnitudes.

Resistencias en serie

Una **asociación en serie** es aquella en la que las resistencias se conectan una a continuación de otra.

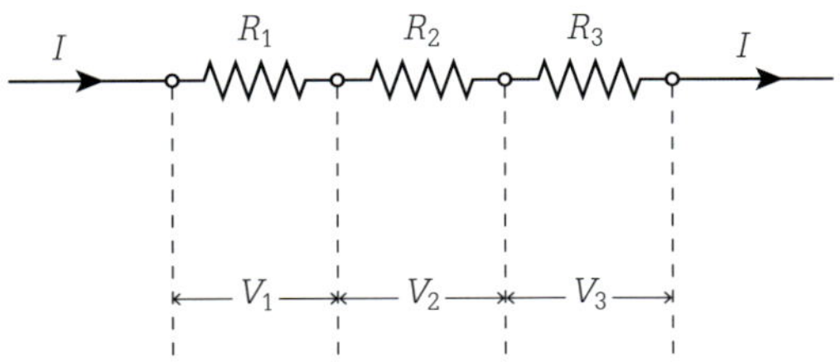

La caída de potencial total es la suma de las caídas de potencial en cada una de las resistencias y por todas circula la misma intensidad.

Aplicando la ley de Ohm:

$$\left.\begin{array}{l} V = I \cdot R \\ V_T = V_1 + V_2 + V_3 \end{array}\right\} I \cdot R_E = I \cdot R_1 + I \cdot R_2 + I \cdot R_3$$

$$R_E = R_1 + R_2 + R_3$$

La resistencia equivalente, R_E, es la suma de las resistencias.

Resistencias en paralelo

Se dice que las resistencias se encuentran **conectadas en paralelo** cuando sus extremos están en contacto en puntos comunes.

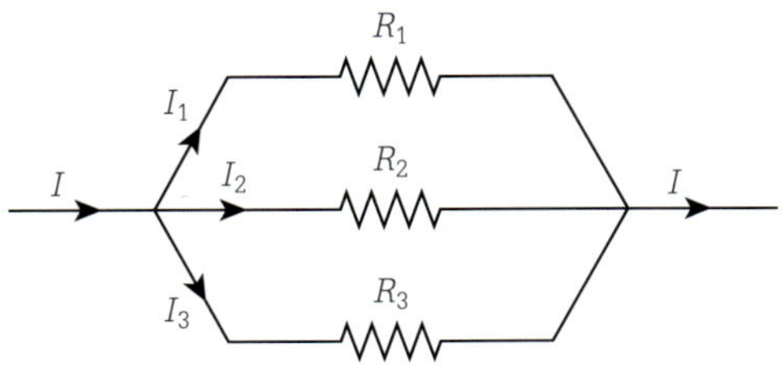

La caída de potencial en cada resistencia es la misma y el total de la intensidad del circuito se divide por cada una de las ramas.

$$\left.\begin{array}{l} I = \dfrac{V}{R} \\ I_T = I_1 + I_2 + I_3 \end{array}\right\} \frac{V}{R_E} = \frac{V}{R_1} + \frac{V}{R_2} + \frac{V}{R_3}$$

$$\frac{1}{R_E} = \frac{1}{R_1} + \frac{1}{R_2} + \frac{1}{R_3}$$

El inverso de la resistencia equivalente es igual a la suma de los inversos de las resistencias.

4.3. Asociación de generadores

Sabemos que algunos dispositivos como, por ejemplo, ciertos juegos necesitan más de una pila para su funcionamiento. Estas, al igual que las resistencias, se agrupan en serie o en paralelo.

Cuando los **generadores** se agrupan **en serie,** la fuerza electromotriz total de la agrupación es la **suma** de la de **cada una de los generadores.** Para ello, deben estar unidos por los polos opuestos. En caso contrario, las fuerzas electromotrices se anulan.

La agrupación de **generadores en paralelo** solo tiene sentido cuando estos tienen la misma fuerza electromotriz y tienen los polos unidos al mismo punto. La fuerza electromotriz de la asociación es la **misma que la de uno de los generadores.** Solo se utiliza cuando es necesario aumentar la duración de las baterías.

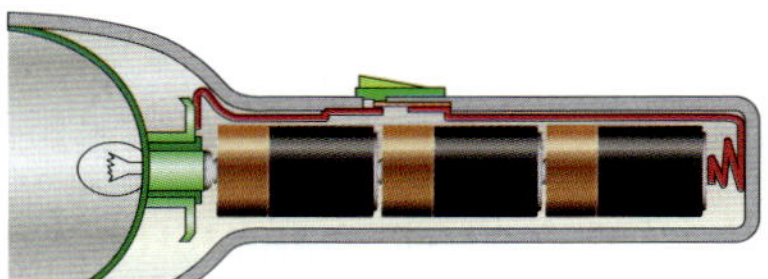

$V = (1{,}5 + 1{,}5 + 1{,}5)\ V = 4{,}5\ V$

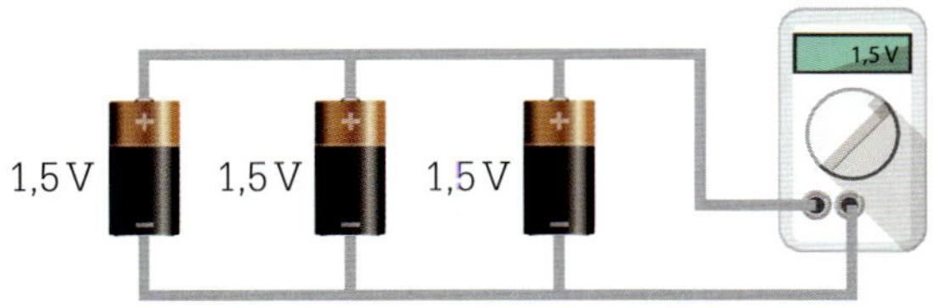

Ejemplo 2

En algunas ocasiones, las resistencias se asocian de forma mixta, mezclando serie y paralelo.

Calcula el valor de la resistencia equivalente a la asociación mixta representada en el circuito de la figura, sabiendo que $R_1 = 9\ \Omega$; $R_2 = 6\ \Omega$; $R_3 = 4\ \Omega$; $R_4 = 5\ \Omega$; $V = 75$ V. Indica el valor de la intensidad que recorrerá dicho circuito y la que recorre cada una de las ramas.

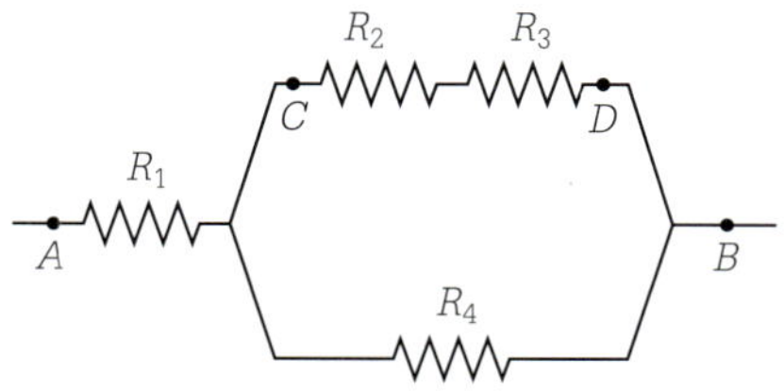

COMPRENSION. Tenemos un circuito con una resistencia R_1 que está en serie con una asociación en paralelo. A su vez, dentro de la asociación en paralelo, una de las ramas cuenta con otra asociación de resistencias en serie R_2 y R_3.

DATOS. $R_1 = 9\ \Omega$; $R_2 = 6\ \Omega$; $R_3 = 4\ \Omega$; $R_4 = 5\ \Omega$; $V = 75$ V

RESOLUCION.

— En primer lugar, agrupamos las resistencias R_2 y R_3 en una sola denominada R_{e_1}:

$$R_{e_1} = R_2 + R_3 = (6 + 4)\ \Omega = 10\ \Omega$$

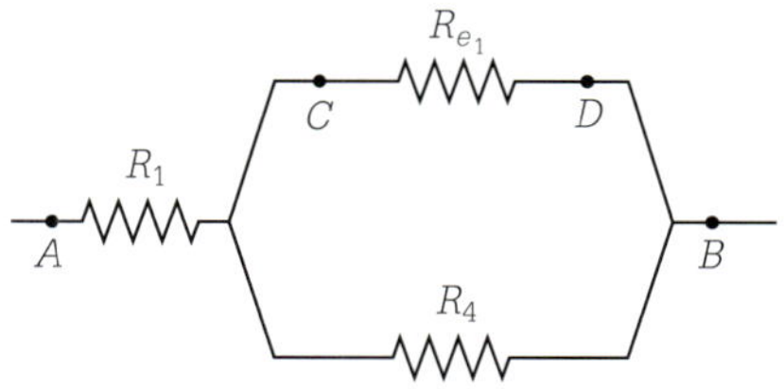

— Ahora resolvemos la asociación en paralelo. Al resultado de la agrupación, lo denominamos R_{e_2}:

$$\frac{1}{R_{e_2}} = \frac{1}{R_{e_1}} + \frac{1}{R_4} = \frac{1}{10\ \Omega} + \frac{1}{5\ \Omega} = \frac{3}{10\ \Omega} \Rightarrow R_{e_2} = \frac{10}{3}\ \Omega$$

— Para terminar, queda la resistencia R_{e_2} en serie con R_1:

$$R_E = R_1 + R_{e_2} = \left(9 + \frac{10}{3}\right)\Omega = \frac{37}{3}\ \Omega$$

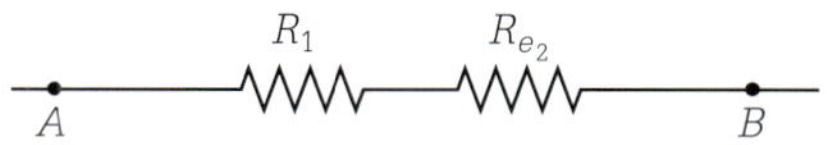

— La intensidad que recorre el circuito se calcula aplicando la ley de Ohm:

$$I = \frac{V}{R_E} = \frac{75\ \text{V}}{37/3\ \Omega} = 6{,}08\ \text{A}$$

— Para saber qué intensidad circula por cada rama, tenemos que conocer la caída de potencial entre los terminales de esa rama. Para ello, calculamos V_{R_1}, la caída de potencial en la resistencia R_1. El resto, hasta 75 V, será $V_{R_{e_2}}$, la caída de potencial en la asociación en paralelo:

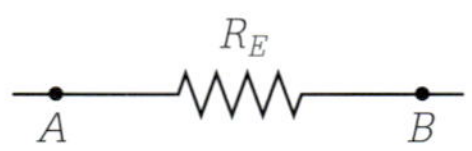

$$V_{R_1} = I \cdot R_1 = 6{,}08\ \text{A} \cdot 9\ \Omega = 54{,}72\ \text{V}$$

$$V_{R_2} = (75 - 54{,}72) \quad V = 20{,}28\ \text{V}$$

— La caída de potencial en la asociación en paralelo debe ser igual por cada una de las ramas y, además, la suma de las intensidades en cada una será igual a la intensidad total:

$$\left.\begin{aligned} 6{,}08 &= I_1 + I_2 \\ I_1 \cdot 10 &= I_2 \cdot 5 \end{aligned}\right\} I_1 = \frac{5 \cdot I_2}{10} = \frac{I_2}{2} \Rightarrow 6{,}08 = \frac{I_2}{2} + I_2;\ I_2 = 4{,}05\ \text{A};\ I_1 = 2{,}03\ \text{A}$$

COMPROBACIÓN. Verificamos que el resultado es correcto y que las unidades son las esperadas.

Actividades

13. Calcula la resistencia equivalente de una asociación de dos resistencias en serie cuyos valores son 45 Ω y 25 Ω.

— Vuelve a efectuar los cálculos para el caso en que las resistencias estuvieran conectadas en paralelo.

14. Contamos con dos bombillas iguales de resistencia *R* y una pila de FEM conocida de valor *V*.

— ¿Cómo brillarán más las bombillas, en serie o en paralelo? Justifica tu respuesta.

Nota. Debes tener en cuenta que una bombilla brilla más cuando es atravesada por más intensidad.

15. En el siguiente circuito:

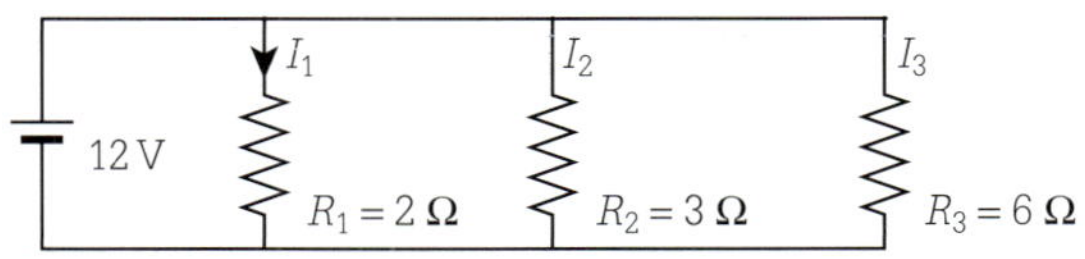

a) Calcula el valor de la resistencia equivalente.

b) ¿Cuánto vale la caída de tensión en cada una de las resistencias?

c) Calcula el valor de la intensidad que sale del generador y la que viaja por cada una de las ramas.

5. Transformaciones de energía en un circuito

Aunque el efecto Joule se produce en todos los aparatos eléctricos, algunos como el horno, la plancha o una estufa están especialmente diseñados para transformar la energía eléctrica en calor.

Estos aparatos disponen de una **resistencia eléctrica** que, con el paso de la corriente, transforman la energía eléctrica en calor.

Hemos visto que un generador suministra energía eléctrica a las cargas para iniciar su movimiento, y que un receptor transforma la energía eléctrica en otros tipos de energía. Así, a lo largo del circuito, esta energía experimenta ciertas transformaciones.

Para calcular la **energía suministrada por un generador** o la **energía consumida por un receptor,** multiplicamos la carga que transporta por la diferencia de potencial correspondiente en cada caso:

$$E = Q \cdot V$$

La unidad de energía en el SI es el **julio (J).**

Teniendo en cuenta que la carga eléctrica es igual a la intensidad de corriente multiplicada por el tiempo y sustituyendo, llegamos a la siguiente expresión:

$$Q = I \cdot t \rightarrow E = I \cdot t \cdot V \qquad \boxed{E = I \cdot t \cdot V}$$

Ejemplo 3

Por un tostador conectado a una fuente de 220 V circula una corriente de 2,5 A cuando funciona al máximo. Calcula la energía que consume en 10 min de funcionamiento.

COMPRENSIÓN. Debemos calcular la energía consumida por un receptor. Pasamos las unidades al SI.

DATOS. $V = 220$ V; $I = 2{,}5$ A; $t = 10$ min $= 600$ s

RESOLUCIÓN. Sustituimos los datos en la expresión de la energía consumida por un receptor:

$$E = I \cdot t \cdot V$$

$$E = 2{,}5 \text{ A} \cdot 600 \text{ s} \cdot 220 \text{ V} = 3{,}3 \cdot 10^5 \text{ J}$$

El tostador consume $3{,}3 \cdot 10^5$ J en 10 min de funcionamiento.

COMPROBACIÓN. Verificamos que el resultado es correcto y que las unidades son las esperadas.

5.1. El efecto Joule

¿Por qué los aparatos eléctricos, después de funcionar algún tiempo, se calientan? Sucede que tienen pérdidas de energía en forma de calor. En su movimiento, los electrones chocan con los átomos del conductor, aumentando la agitación térmica de estos últimos a costa de su propia energía.

Aunque estudiaremos la degradación de la energía con más profundidad en la próxima unidad, veremos ahora este fenómeno, que recibe el nombre de **efecto Joule** en honor a su descubridor, el físico inglés James P. **Joule:**

El **efecto Joule** consiste en que **parte de la energía eléctrica se transforma en calor** cuando la corriente eléctrica atraviesa un conductor.

5.2. Potencia eléctrica

Un receptor eléctrico, como el motor de un ventilador, funcionan gracias a la energía eléctrica que proporciona el generador. La magnitud que relaciona la energía con el tiempo empleado es la potencia eléctrica:

Llamamos **potencia eléctrica** a la energía suministrada por un generador eléctrico o consumida por un receptor eléctrico en la unidad de tiempo.

$$P = \frac{E}{t}$$

La unidad de energía en el SI es el **vatio (W).** Un vatio es la potencia de un generador o un receptor eléctrico que suministra o consume un julio cada segundo:

$$1\ \text{W} = \frac{1\ \text{J}}{1\ \text{s}}$$

Podemos calcular la potencia consumida en un receptor eléctrico a partir de la intensidad *(I)* que circula por él y de la diferencia de potencial o voltaje *(V)* del receptor:

$$P = \frac{E}{t} = \frac{I \cdot V \cdot \not{t}}{\not{t}} \qquad \boxed{P = I \cdot V}$$

Si conocemos la resistencia del receptor, basta con sustituir la ley de Ohm en la expresión anterior y obtenemos:

$$V = I \cdot R \rightarrow P = I \cdot \underbrace{I \cdot R}_{V} \qquad \boxed{P = I^2 \cdot R}$$

Esta expresión se conoce con el nombre de **ley de Joule.**

El **kilovatio-hora (kWh)** es una **unidad de energía** muy utilizada.

Se define como la energía consumida por un aparato de un kilovatio de potencia durante una hora de funcionamiento.

Su relación con el julio es la siguiente:

$$1\ \text{kWh} = 1\ \text{kW} \cdot 1\ \text{h} = \\ = 1\,000\ \text{W} \cdot 3\,600\ \text{s} = \\ = 3{,}6 \cdot 10^6\ \text{W} \cdot \text{s}$$

Como $1\ \text{W} = \frac{1\ \text{J}}{1\ \text{s}}$, obtenemos:

$$1\ \text{kWh} = 3{,}6 \cdot 10^6\ \text{J}$$

Ejemplo 4

Si el tostador del ejemplo 3 tiene una resistencia de 88 Ω, calcula su potencia cuando funciona al máximo. Recuerda que su intensidad era de 2,5 A.

— Si para hacer una tostada ha mantenido esta potencia durante 1 min, ¿qué energía ha consumido?

COMPRENSIÓN. Debemos calcular primero la potencia y, a partir de este valor, la energía consumida en 1 min.

DATOS. $R = 88\ \Omega$; $I = 2{,}5$ A; $t = 1$ min $= 60$ s

RESOLUCIÓN.

— Calculamos la potencia mediante la ley de Joule:

$$P = I^2 \cdot R; \quad P = (2{,}5\ \text{A})^2 \cdot 88\ \Omega = 550\ \text{W}$$

— Hallamos ahora la energía consumida por el tostador al hacer la tostada:

$$P = \frac{E}{t}; \quad E = P \cdot t; \quad E = 550\ \text{W} \cdot 60\ \text{s} = 33\,000\ \text{J}$$

COMPROBACIÓN. Verificamos que el resultado es correcto y que las unidades son las esperadas.

Actividades

16. ¿Qué consecuencias negativas puede tener el efecto Joule? Pon un ejemplo.

17. Una batidora tiene una resistencia de 80 Ω y circula por ella una intensidad de corriente de 1,75 A. Halla su potencia y la energía consumida en una hora de funcionamiento.

6. Aplicaciones de los circuitos

¿Qué utilidad le damos a todo lo aprendido? ¿Qué ha hecho el ser humano con sus conocimientos sobre electricidad? ¿Ha sabido realmente aprovechar este recurso?

La respuesta a estas preguntas la tenemos a nuestro alrededor. Prácticamente todo lo que nos rodea funciona con circuitos eléctricos.

6.1. Instalaciones eléctricas

Una instalación eléctrica está formada por todos los dispositivos que permiten transportar y distribuir la energía eléctrica, desde su origen hasta los puntos de consumo. Estos dispositivos incluyen desde transformadores y cables hasta tableros, conexiones, sensores, interruptores, etc.

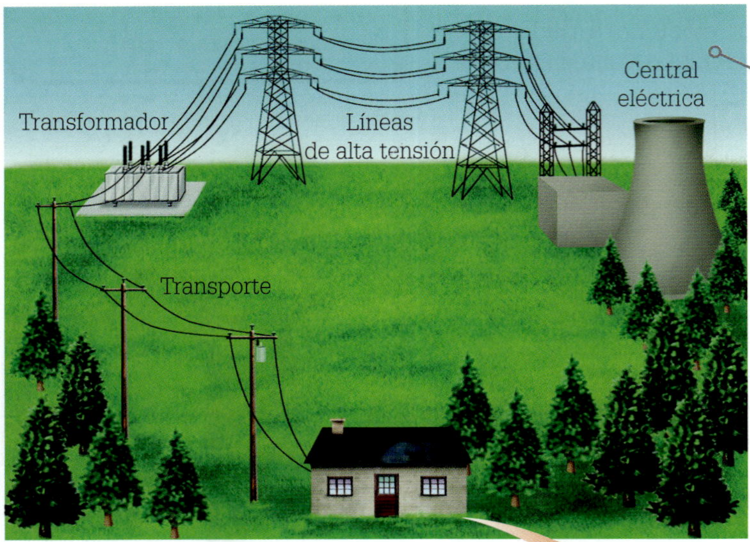

Las instalaciones de **alta tensión** son las que utilizan diferencias de potencial de más de 1 000 V. Se usan, sobre todo, para el transporte.

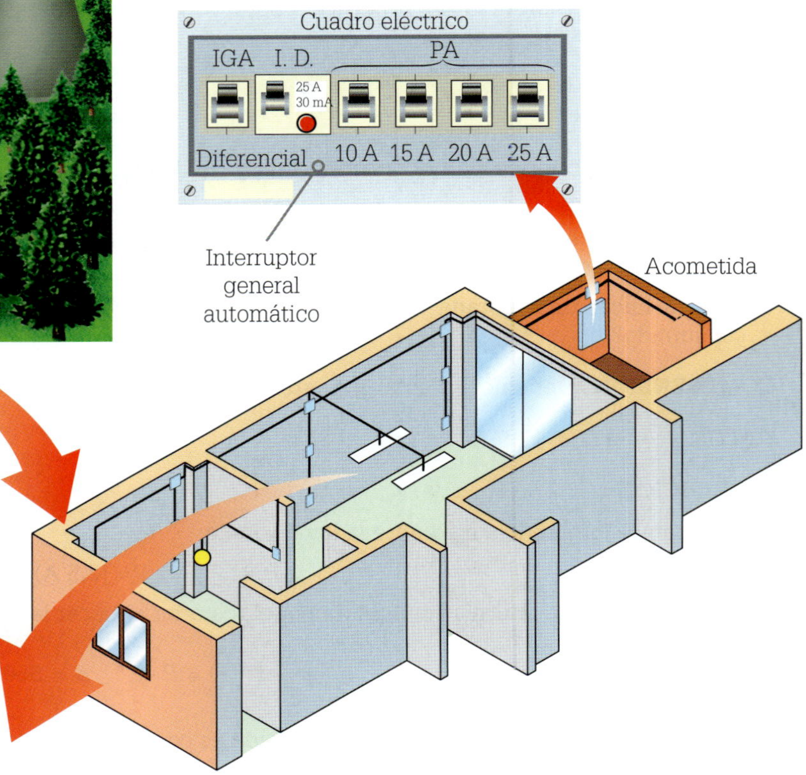

Las instalaciones de **baja tensión** utilizan diferencias de potencial de hasta 1 000 V. Entre ellas, están incluidas las de nuestros hogares y las de la mayoría de los edificios industriales, fábricas, etc.

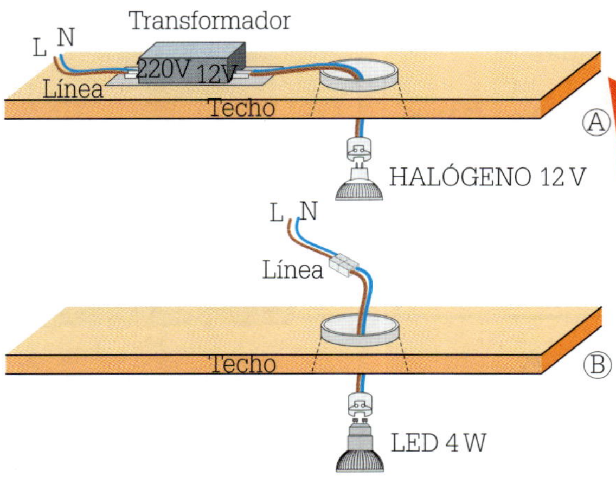

Las instalaciones de **muy baja tensión** tienen diferencias de potencial no superiores a los 24 V. Se usan en circuitos de seguridad o de baja potencia o consumo, como los de los halógenos de las casas y de los locales comerciales.

6.2. Máquinas e instrumentos eléctricos

El funcionamiento de las máquinas y los instrumentos eléctricos está basado en el uso del motor eléctrico.

Un **motor eléctrico** transforma la energía eléctrica en energía mecánica produciendo una rotación.

Máquinas tan diferentes como una locomotora, un taladro o un coche eléctrico de juguete funcionan con motores eléctricos.

6.3. Dispositivos electrónicos

¿Alguna vez has visto un ordenador o una calculadora con la carcasa abierta? Los dispositivos que forman los circuitos que hay en su interior no se identifican con resistencias y fuentes de alimentación.

En su interior, encontramos unos dispositivos en forma de cajas negras de plástico que tienen muchísimos conectores a su alrededor. Son los **circuitos integrados.** Su evolución se produjo gracias a la posibilidad de fabricar microtransistores, de modo que en un circuito integrado puede haber hasta varios millones de estos.

El **transistor** es un dispositivo electrónico que produce una señal de salida como respuesta a otra señal de entrada. Tienen múltiples usos: amplificadores, conmutadores, rectificadores, etc.

La **ley de Moore** predice que el número de transistores que entran en un circuito integrado se duplica aproximadamente cada dos años.

Gordon E. Moore, cofundador de *Intel Corporation,* enunció esta ley en 1965.

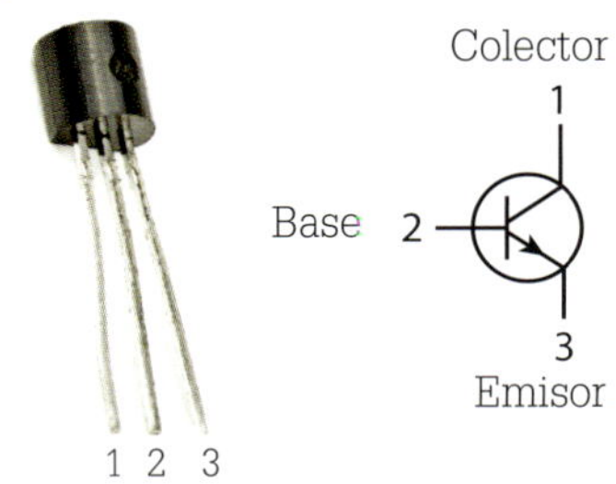

Símbolo electrónico de un transistor e imagen de un transistor comercial.

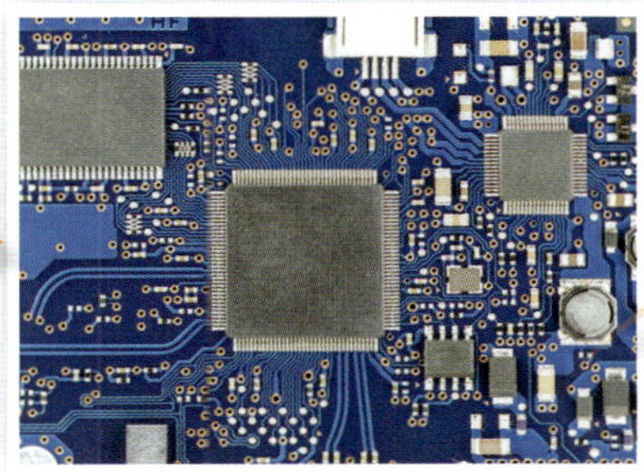

Circuitos integrados (microchips) formados por millones de transistores.

El microchip está presente en nuestras vidas.

Actividades

18. ¿Cuáles crees que pueden ser los factores que más han influido en el éxito de los circuitos electrónicos frente a los circuitos eléctricos?

Microchips en el cuerpo humano

Los microchips o circuitos integrados son pequeñas pastillas de material semiconductor sobre las que se fabrican circuitos electrónicos de muy pequeño tamaño. Solo hace medio siglo que existen y su versatilidad los convierte en omnipresentes en nuestras vidas: informática, telefonía móvil, comunicaciones y... ahora también implantes humanos.

Exitoso «ojo electrónico» ofrece esperanzas para ciegos

BBC Salud

Dos personas no videntes lograron ver la luz y distinguir formas gracias al primer ensayo de un «ojo electrónico», un microchip que se implanta en la retina, que se realizó en el Reino Unido. Ambos individuos habían perdido la vista a causa de retinitis pigmentosa, una enfermedad ocular genética que provoca ceguera permanente.

Los investigadores indicaron que ambos sujetos están ahora comenzando a experimentar «la restauración de una visión útil», ya que semanas después de la operación, comenzaron a ver luces y siluetas, informó el sitio *BBC Mundo.* Científicos del Hospital de Ojos de la Universidad de Oxford y el King's College de Londres afirman que estos resultados «superan todas las expectativas».

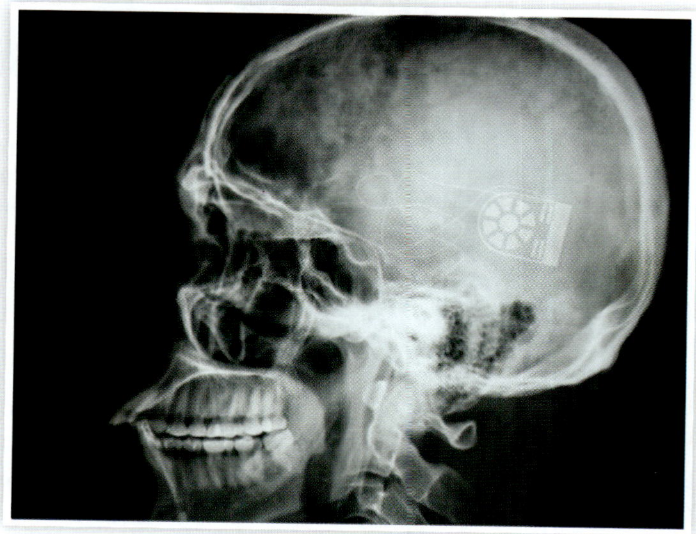

Investigadores españoles desarrollan un «microchip» ultrasónico que separa y extrae las células tumorales de la sangre

CSIC

Un equipo coordinado por investigadores del Consejo Superior de Investigaciones Científicas (CSIC) ha desarrollado un **microchip** que detecta, separa y extrae las **células tumorales** de muestras extraídas del torrente sanguíneo.

Según explica la investigadora del Consejo Superior de Investigaciones Científicas (CSIC), Itzíar González, coordinadora de la investigación, se trata «de un método completamente no invasivo, ya que no hace falta introducir en la muestra de sangre ningún tipo de elemento externo, algo que sí exigen las tecnologías que normalmente se emplean para detectar células tumorales circulantes en sangre».

Su funcionamiento se basa en aplicar ultrasonidos en una zona de la parte transversal del canal. La fuerza de radiación que ejerce la onda ultrasónica provoca que las células tumorales, que se distinguen del resto por su tamaño y densidad, sean conducidas hasta ese punto y, posteriormente, recolectadas.

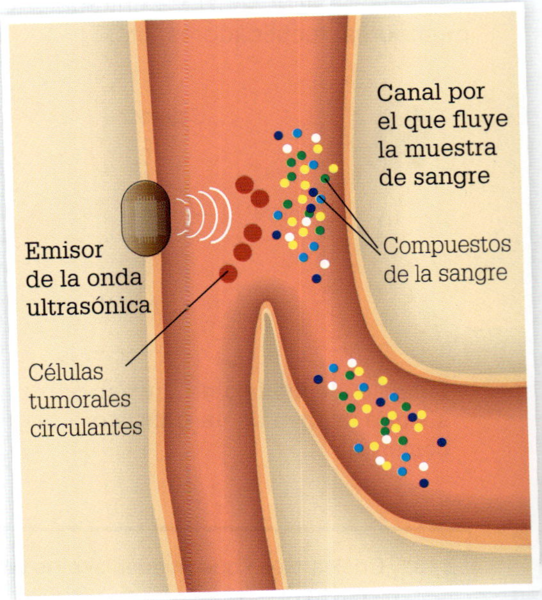

Llegan las pastillas inteligentes

New York Times

La revolución de la computación sigue su curso y no deja de sorprender. Pronto pacientes en Europa y Estados Unidos tendrán a disposición una de las primeras generaciones de pastillas digitales: o sea, cápsulas parecidas a las de vitaminas, pero que alojan una computadora que registrará información de nuestro cuerpo.

Estas nuevas pastillas poseen varios microchips que monitorearán las medicinas ingeridas por pacientes con enfermedades crónicas tales como trastornos cardíacos, diabetes, hipertensión y hasta tuberculosis.

El propósito es mejorar la ingesta de medicamentos respetando horarios y cantidades según las indicaciones para aumentar la eficacia de los tratamientos. Esto es posible debido a que las píldoras tienen sensores diminutos capaces de informar al médico o paciente si está tomando o no su medicación o si lo hace en la forma indicada.

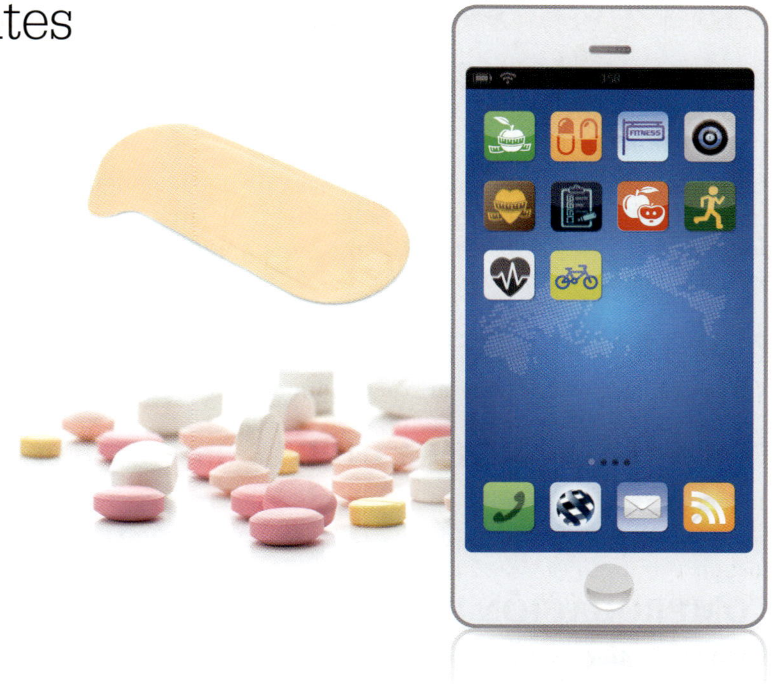

Cre@ctividad: Implantes de microchips, el control de la mente

Has podido leer muchas noticias sobre los avances de la medicina gracias a los implantes de microchips en el cuerpo humano. Sin embargo, no todas las voces defienden esta práctica. Hay quien piensa que la libertad humana puede quedar en entredicho cuando este tipo de prácticas no se controlan con una legislación estricta.

En algunos países han sido implantados en prisioneros o trabajadores de algunas empresas, con el único objetivo de ser controlados y saber en qué recinto se encuentran en cada momento. Esto se hace de forma habitual con animales que se hallan en estado de semilibertad, como vacas y ovejas que andan sueltas por el campo, pero nunca se había pensado en hacerlo con las personas.

Teclea en tu buscador los siguientes enunciados:

— Implantes de microchips: ¿los médicos del futuro?

— Implante obligatorio de microchip en la reforma sanitaria de EE. UU.

— Implantes de microchips, control de la mente y cibernética.

Encontrarás artículos y opiniones a favor y en contra del implante de microchips en humanos.

1. Realiza un trabajo de investigación sobre este tema.

2. Busca opiniones a favor y en contra de dichas prácticas y los argumentos que defiende cada postura.

3. Realiza una presentación para dar a conocer tu trabajo al resto de los compañeros.

— Procura no posicionarte ni a favor ni en contra.

— Intenta ser equilibrado en el número de argumentos de cada tipo.

— Busca ejemplos extremos que sirvan para defender cada una de las posturas.

4. Estableced un debate en clase en el que cada uno pueda dar su propia opinión, argumentada en los aspectos vistos en la presentación.

5. Si formarais parte del Gobierno de un país:

— ¿Habríais llegado a un acuerdo común?

— ¿Qué decisión tomaríais como buena?

— ¿Crees que son respetables las ideas de los que piensan de forma distinta a la tuya?

— ¿Te parece fácil, después del debate, la tarea de los políticos a la hora de legislar sobre temas como este? ¿Qué papel crees que debería desempeñar la comunidad científica en estas legislaciones?

CIENCIA A TU ALCANCE

En práctica: **Cargas en movimiento**

El fenómeno de la corriente eléctrica parece algo mágico que sucede, sin más, a nuestro alrededor. Su explicación es bien sencilla: sabemos que la materia puede presentar cargas de diferente naturaleza (positivas o negativas) que, cuando se mueven, producen la corriente eléctrica.

Ahora bien, esas cargas son tan pequeñas que no las podemos ver y cuesta creer que realmente se produzca su movimiento. En los circuitos eléctricos que se utilizan en nuestros hogares, las cargas que se mueven son los electrones; pero no siempre ocurre así. Hay otros circuitos en los que podemos investigar si realmente es necesario el movimiento de cargas para la producción de la corriente eléctrica.

PLANTEAMIENTO DEL PROBLEMA

Nos preguntamos si es necesario el movimiento de cargas para la producción de la corriente eléctrica.

FORMULACIÓN DE LA HIPÓTESIS

Redactamos la hipótesis:

«Para que se genere corriente eléctrica, es necesario que se produzca movimiento de cargas».

COMPROBACIÓN DE LA HIPÓTESIS

Nuestro **objetivo** va a ser intentar negar la hipótesis, demostrando que se puede producir corriente eléctrica cuando las cargas no se mueven.

Para ello, **planificaremos** nuestro **experimento:**

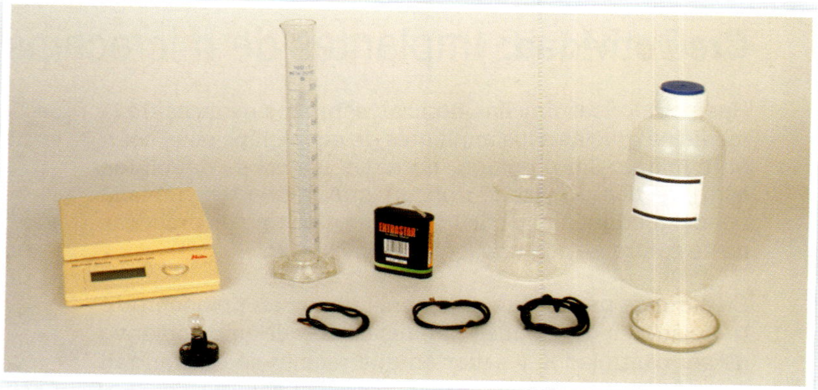

Material

— Una pila de petaca.
— Tres cables de unos 30 cm cada uno.
— Un vaso de precipitados.
— Una lámpara de 2-2,5 W con su zócalo.
— Agua destilada y sal.
— Una probeta de 200 cm^3.
— Una balanza.
— Un congelador.

Nota. Preparar previamente una disolución de sal en agua, al 10 % aproximadamente en masa, y meterla en el congelador para ser utilizada el día del experimento.

Experimentación

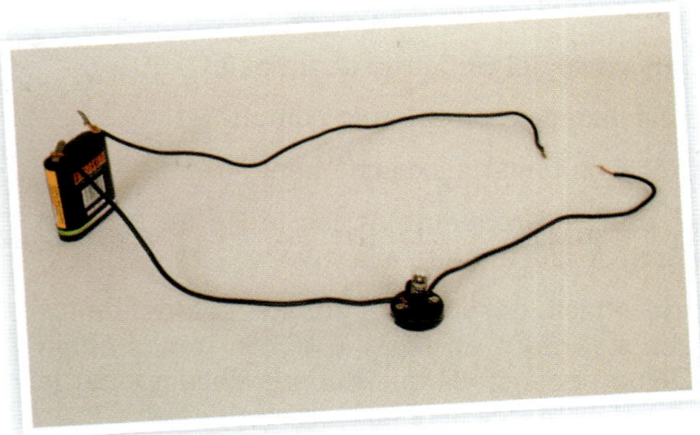

— Realiza un montaje como el de la figura.
— Debes pelar unos 2 cm la punta de cada cable para poder realizar las conexiones.
— Conecta un cable a uno de los polos de la pila de petaca y deja el otro extremo libre.
— Conecta el otro cable al otro extremo de la pila de petaca y a uno de los bornes del zócalo de la lámpara.
— El tercer cable lo debes conectar al borne libre del zócalo de la lámpara.
— Enrosca la lámpara en el zócalo.
— Comprueba que el circuito funciona juntando la punta de los cables sueltos. La lámpara debería encenderse.

Obtención y análisis de datos (Responde en tu cuaderno)

1.º Llena el vaso con agua destilada, toma los cables cuyos extremos están libres e introdúcelos sin que se toquen en el agua del vaso de precipitados.

Indica qué sucede y explica por qué.

2.º Prepara una disolución de una concentración aproximada del 10 % en masa de sal en agua.

Para ello, debes pesar unos 20 g de sal en la balanza y añadirlos a 180 cm^3 de agua, que podrás medir en la probeta.

Viértelos en el vaso de precipitados que previamente habrás vaciado.

Al disolverse la sal en el agua se producen dos iones, uno positivo Na^+ y otro negativo Cl^-. Estos se pueden desplazar por la disolución libremente.

Introduce los cables pelados en la disolución.

Indica qué sucede y explica por qué.

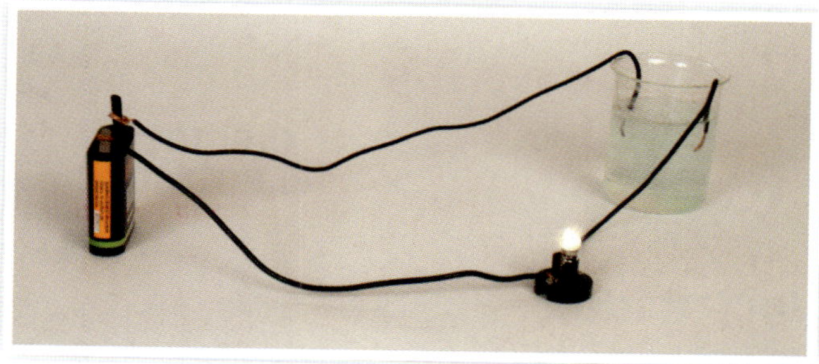

3.º Toma ahora el trozo de hielo formado por la misma disolución que has utilizado en el apartado anterior (10 % en masa de sal en agua) y cierra el circuito con el hielo en lugar de utilizar el vaso (no tengas miedo porque la intensidad que recorre el circuito es muy pequeña y no se notan sus efectos).

Procura que el hielo esté bien seco en el momento de realizar la conexión.

Debes tener en cuenta que, en el estado sólido, las partículas que forman la materia ocupan posiciones fijas que no les permiten desplazarse por su interior.

Indica qué sucede y explica por qué.

EXTRACCIÓN DE CONCLUSIONES

— Para que se produzca corriente eléctrica, ¿es cierto que es necesario que se muevan las cargas, o bien se puede conseguir corriente eléctrica sin necesidad de este movimiento? Razona tu respuesta.

— Busca información sobre la conducción eléctrica de compuestos iónicos.

COMUNICACIÓN DE RESULTADOS

Enuncia, a modo de ley, el resultado del experimento y exponlo en clase ante tus compañeros y compañeras.

SÍNTESIS

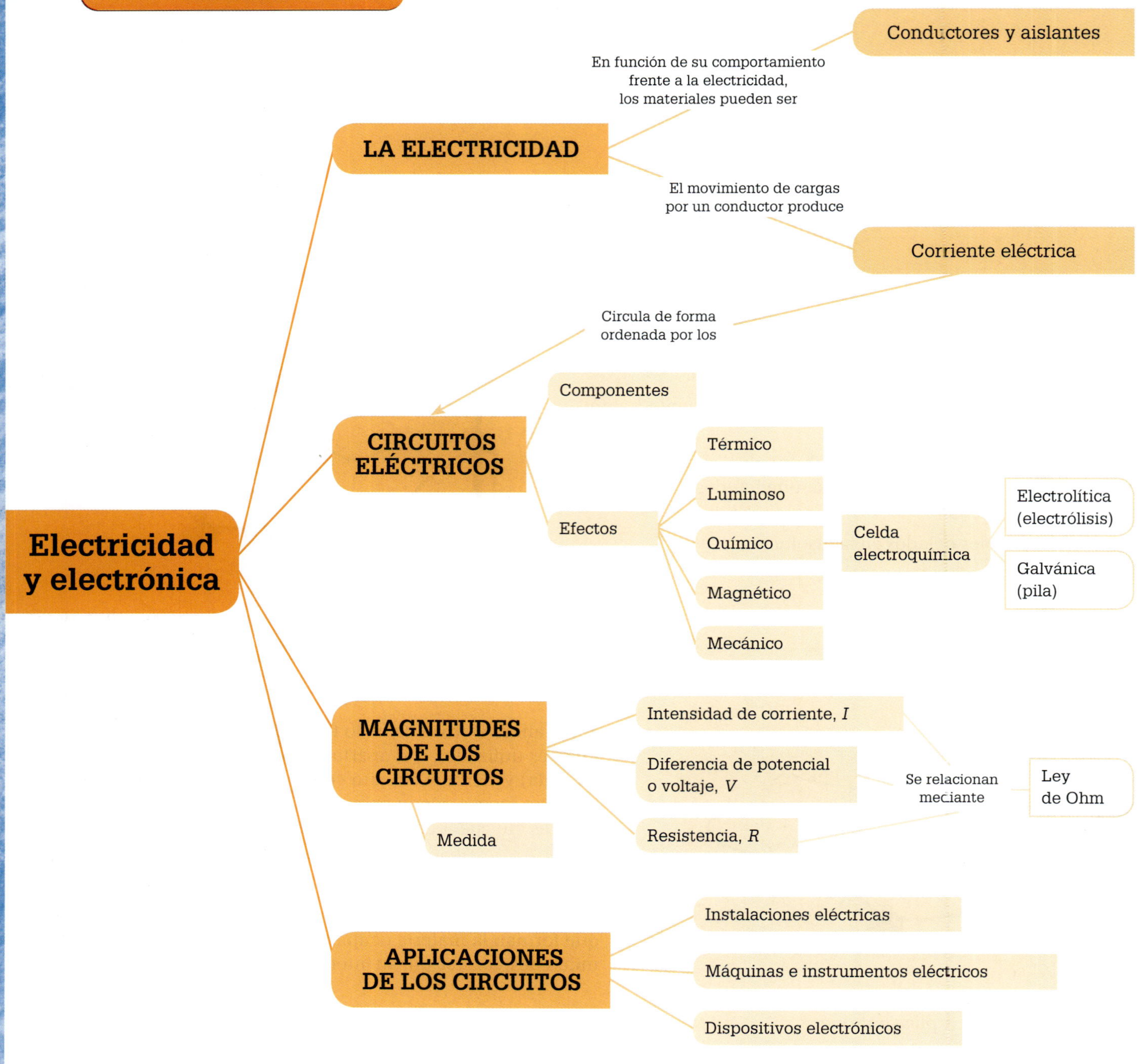

Recuerda lo que has aprendido

19. En clase, organizaos en grupos y aplicad la **técnica cooperativa** de *El juego de las palabras* para desarrollar los conceptos aprendidos en esta unidad. Para ello, cada miembro del grupo debe redactar una oración con cada palabra clave que el profesor o profesora escriba en la pizarra. Después, poned en común vuestras oraciones dentro del grupo y llegad a una frase en común para cada palabra.

20. ¿Qué dice la ley de Ohm acerca de la relación entre magnitudes fundamentales de los circuitos?

21. Pon un ejemplo de cada uno de los efectos de la corriente eléctrica que aparecen en este esquema.

22. ¿Es lo mismo corriente eléctrica que circuito eléctrico? ¿En qué se diferencian?

1. La electricidad

23. ★☆☆ ¿Qué utilidad tienen los materiales aislantes en un circuito si lo que necesitamos es que la corriente fluya a través de él?

24. @ ★★☆ Busca información sobre la estructura de los metales y explica si en un circuito eléctrico se pueden mover cargas positivas por sus cables.

— Explica, ayudándote de la teoría atómica, qué partículas tienen más movilidad y por qué.

25. ★★★ **Experimenta:** Utilizando el electroscopio que construiste en la unidad anterior, responde:

— ¿Qué sucede si, tras tocar el electroscopio con un cuerpo cargado negativamente, lo volvemos a tocar con otro cuerpo cargado negativamente?

2. Circuitos eléctricos

26. ★☆☆ ¿Qué tiene que ocurrir para que el efecto térmico que produce la corriente en un metal se convierta en efecto luminoso?

27. ★☆☆ Cita tres ejemplos de efectos químicos provocados por la corriente eléctrica.

28. ★★☆ Un diodo led y un tubo de gas emiten luz basándose en fenómenos distintos. Explica la diferencia entre estos fenómenos.

29. ★★☆ El motor eléctrico se aprovecha de otro fenómeno eléctrico para realizar el movimiento rotatorio. Indica en qué basa su funcionamiento.

30. + @ ★★☆ Busca los nombres de los siguientes componentes que nos podemos encontrar en un circuito:

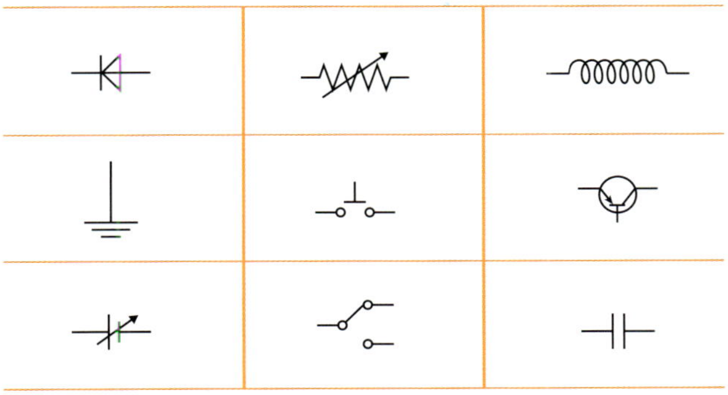

31. @ ★★★ Por grupos, informaos sobre las pilas de combustible de hidrógeno.

a) ¿Qué ventajas e inconvenientes presentan?

b) ¿Qué aplicaciones podrían tener en el futuro?

c) Haced una puesta en común en clase.

32. ★★★ Dibuja en tu cuaderno un circuito eléctrico que funcione y que esté formado por dos lámparas en paralelo y una tercera en serie con estas dos. Además, el circuito debe contener un interruptor general y otros dos para apagar cada una de las lámparas en paralelo.

33. @ ★★★ Investiga qué es un zumbador y cómo funciona. ¿Qué efecto produce la electricidad?

3. Magnitudes de un circuito eléctrico

34. ★☆☆ ¿Cómo se debe colocar el amperímetro y el voltímetro en un circuito para que realicen correctamente sus medidas?

35. ★★☆ En los siguientes circuitos hay aparatos de medida marcados con números. Indica lo que mide cada uno.

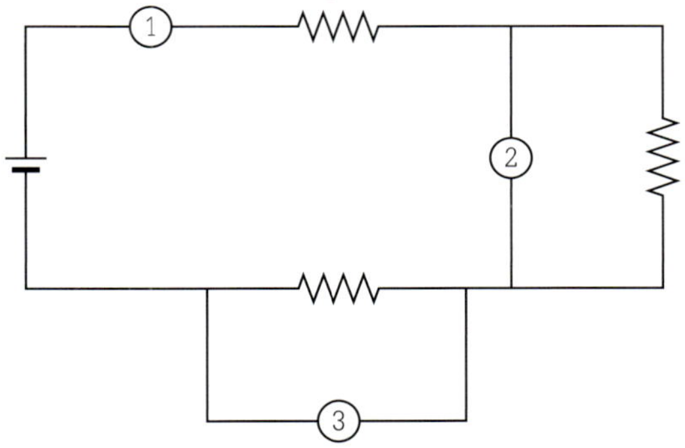

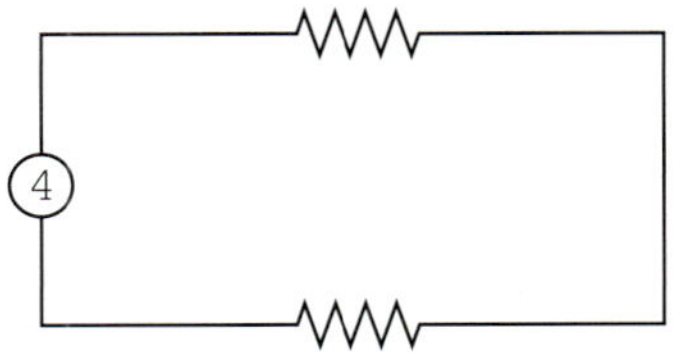

36. ★★☆ Calcula el valor de la intensidad que recorre un circuito por el que pasan 100 billones de electrones en 1 min.

— Consulta en Internet el valor de la carga del electrón.

37. ★★★ La lectura de un amperímetro colocado en un circuito es de 1 mA.

a) Calcula el número de cargas que pasan cada segundo por una sección del circuito.

b) Suponiendo que las cargas que se desplazan por el circuito son electrones, indica el número de estos que pasan en 1 min por un punto de aquel.

38. ★★★ La resistividad del cobre es $1{,}7 \cdot 10^{-8}\ \Omega\cdot m$ y la del aluminio, $2{,}8 \cdot 10^{-8}\ \Omega\cdot m$.

Calcula cuántos metros de cable de aluminio presentan la misma resistencia que 1000 m de cobre, suponiendo que ambos tienen la misma sección.

— A la vista del resultado, ¿cuál de los dos materiales te parece más útil para hacer una instalación eléctrica?

4. Cálculos en circuitos eléctricos

39. ★☆☆ Explica cómo varía la intensidad que recorre un circuito cuando se reduce a la mitad el valor de la diferencia de potencial aplicada a él.

— ¿Y si reducimos a la mitad tanto el valor de la diferencia de potencial como el de la resistencia?

40. ★☆☆ La resistencia eléctrica de un calentador es de 55 Ω. Calcula a qué diferencia de potencial está conectado si sabemos que por él circula una corriente de 4 A.

41. ★★☆ Los aparatos de medida del siguiente circuito marcan:

$$V = 30\ V;\ A = 2\ A$$

Sabiendo que la resistencia R_1 vale 5 Ω, calcula:

a) El valor de la fuerza electromotriz de la pila.

b) La intensidad que recorre el circuito.

c) La caída de potencial en la resistencia R_2.

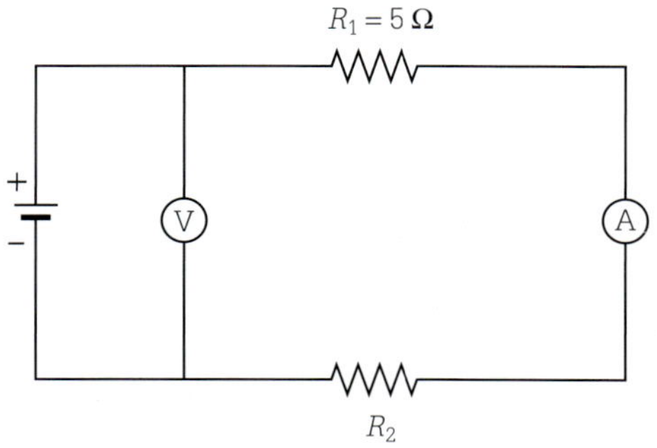

42. ★★☆ Halla los valores que faltan en cada uno de los siguientes circuitos a partir de los datos que se indican:

a)

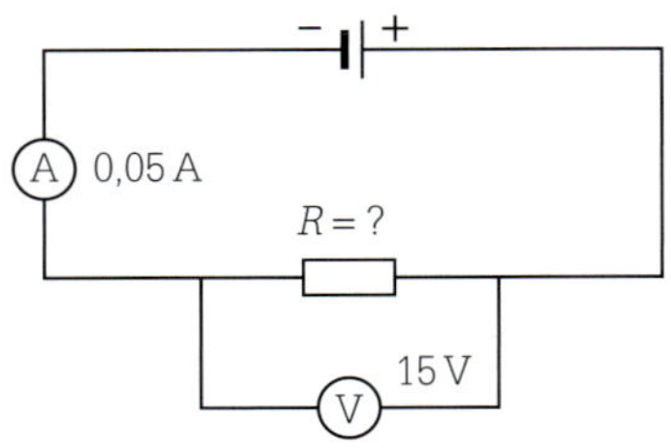

b)

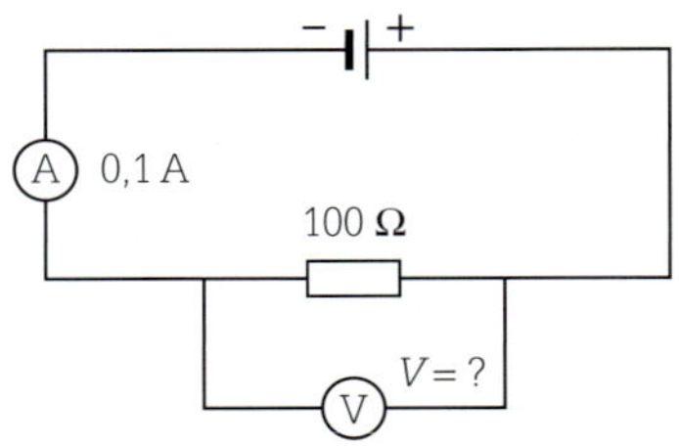

c)

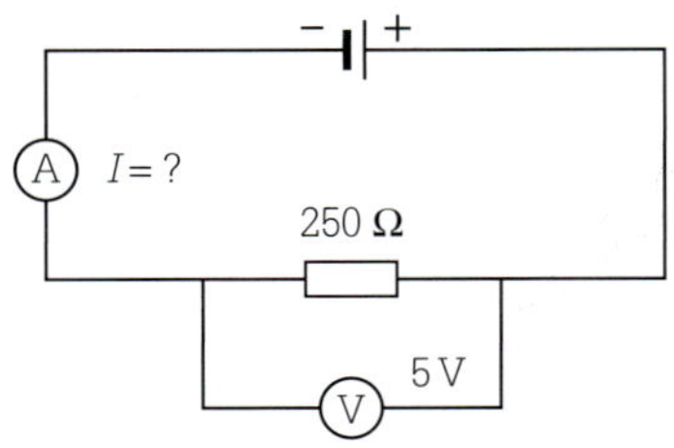

43. ★★☆ En el circuito de la figura, el amperímetro A_1 señala 50 mA y el A_2 indica 15 mA. ¿Cuál será la lectura de los amperímetros A_4 y A_3?

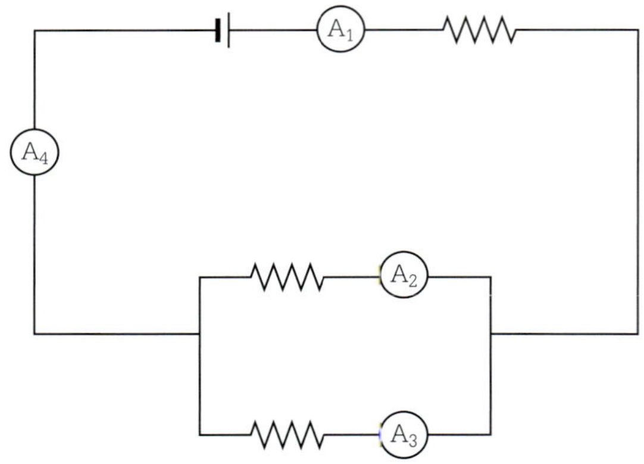

44. ★★☆ Dadas las resistencias de valores:

$$R_1 = 4\ \Omega;\quad R_2 = 12\ \Omega;\quad R_3 = 3\ \Omega$$

Calcula el valor de la resistencia equivalente de cada una de las siguientes asociaciones:

a)

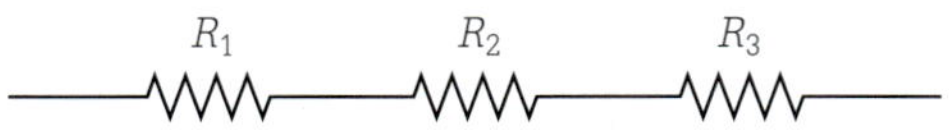

b)

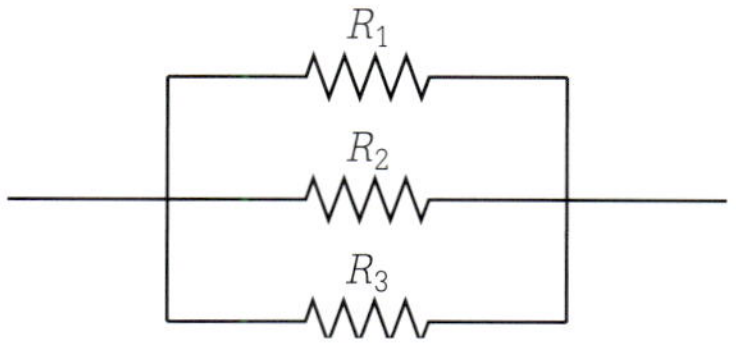

c)

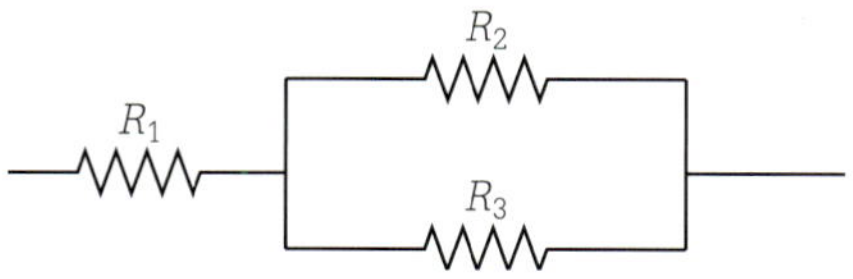

d)

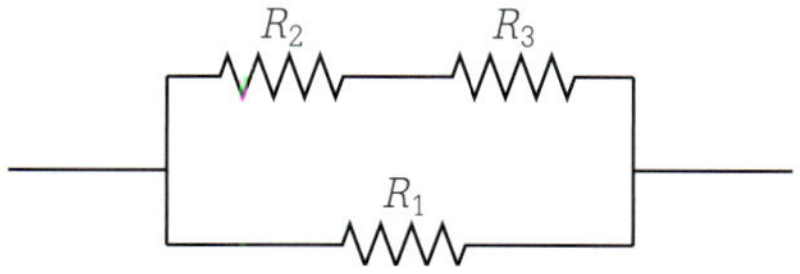

45. ★★★ Resuelve el siguiente circuito indicando el valor de la intensidad que marcará cada uno de los amperímetros colocados en él.

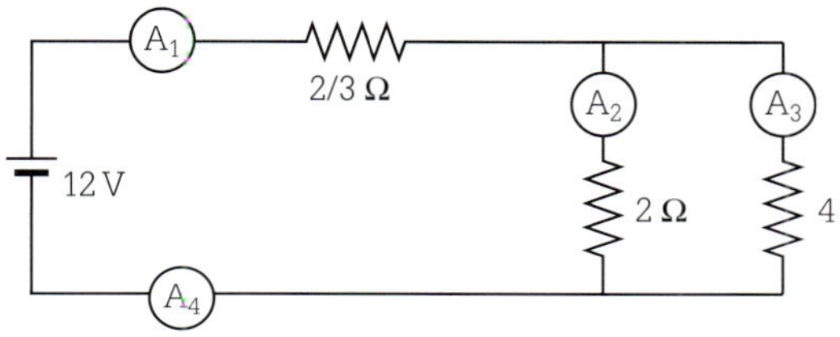

46. ★★★ En el siguiente circuito, el voltímetro marca 15 V y los valores de las resistencias son: $R_1 = 15\ \Omega$ y $R_2 = 5\ \Omega$.

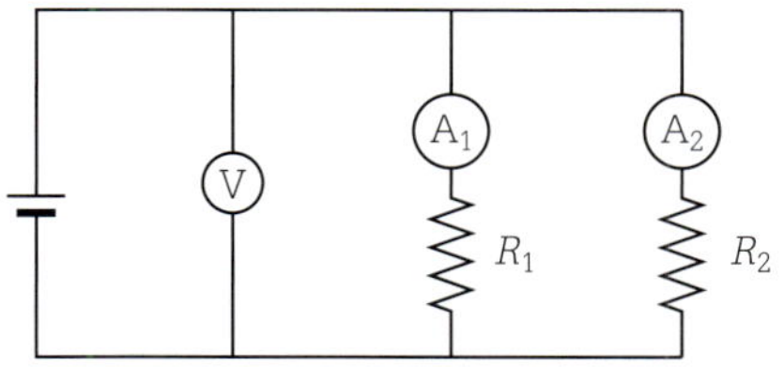

— Indica cuál será el valor de las lecturas de los dos amperímetros y di cuánto vale la fuerza electromotriz de la pila.

47. ★★★ Determina cuál será el valor de la lectura de los amperímetros de este circuito, sabiendo que el voltímetro señala 15 V:

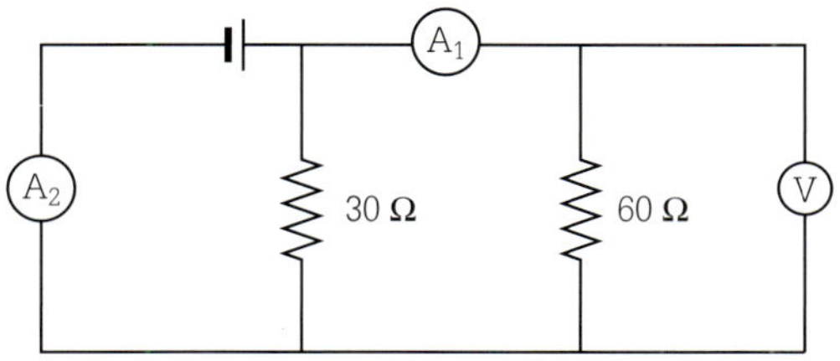

48. ★★★ Diseña, construye y simula tus propios circuitos con *Crocodile Clips Elementary Edition*, programa completamente gratuito que puede ser utilizado libremente y que te puedes descargar en el siguiente enlace:

@ http://links.edebe.com/74i

¡Fíjate en los símbolos y conecta aparatos de medida a los circuitos!

5. Transformaciones de energía en un circuito

49. ★☆☆ ¿Cuáles son las unidades de energía y potencia en el SI? ¿El kWh es una unidad de potencia? Justifica tu respuesta.

50. ★★☆ Pon tres ejemplos cotidianos en los que quede patente el efecto Joule.

51. ★★★ Un secador tiene una potencia de 2 000 W y funciona con una diferencia de potencial de 220 V. Calcula:

a) La intensidad de corriente que circula.

b) La energía que consume durante 15 min de funcionamiento, expresada en kWh.

6. Aplicaciones de los circuitos

52. ★☆☆ ¿Cuál fue el primer componente que permitió la miniaturización de los aparatos eléctricos? ¿Cuál era su tamaño original? ¿Cuántos caben hoy en 1 mm^2?

53. ★★★ Busca información sobre el ENIAC *(Electronic Numerical Integrator And Calculator)*. Se considera la primera computadora, ya que su funcionamiento era completamente electrónico.

Compara sus características (precio, dimensiones, temperatura de trabajo y operaciones por segundo) con las de un ordenador portátil actual de calidad media.

— ¿A qué crees que se debe el abaratamiento en los precios, el aumento de velocidad y la disminución de los tamaños?

Pon a prueba tus competencias

Los profesores del Departamento de Física y Química nos han preparado una actividad extraescolar. Hoy visitaremos el Museo de Ciencias Naturales. Todo el grupo ya está subido en el autobús cuando, de repente, nos comunican que tenemos problemas. El autobús no arranca. Esperamos mientras llega un camión que da servicio técnico a los autobuses. Cuando llega, el mecánico saca unos cables gruesos acabados en unas pinzas que engancha en lo que el profesor dice que es la batería del autobús.

54. ¿Qué es lo que le falta al circuito eléctrico del autobús? ¿Qué función realiza el aparato que el operario engancha a la batería del autobús?

55. Por suerte, el problema se resuelve rápidamente. Emprendemos nuestro viaje camino del museo y, cuando llegamos a la entrada, nos obligan a meter las mochilas por un arco de seguridad. Al preguntar al profesor por el funcionamiento de este arco, nos cuenta lo siguiente:

Sabéis que una corriente eléctrica genera magnetismo; es decir, la «electricidad», que son cargas en movimiento, cuando se desplaza por el cable genera un campo magnético. Así se construyen los electroimanes.

Bueno, pues también se produce el efecto contrario; o sea, si movemos un imán cerca de un cable, conseguiremos que se muevan los electrones de su interior. Así se produce electricidad.

El arco crea un campo magnético mediante un electroimán. Este campo magnético se deforma cuando hay un metal en su interior. El campo deformado llega a un circuito que lo transforma de nuevo en electricidad y la señal del circuito no es la esperada, de modo que se activa un pitido que alerta de la presencia de un metal.

a) *Ya, eso está muy bien profe, pero ¿por qué no ha pitado con el papel de aluminio que protege mi bocadillo ni con las llaves de casa que lleva Luis en su mochila?* Contesta la pregunta que plantea Iván, uno de los alumnos.

b) ¿Qué efectos de la electricidad han sido utilizados para la creación de este invento?

56. Cuando ya hemos pasado todos al interior del museo, de repente nos sorprende un apagón. Inmediatamente, un electricista de mantenimiento del museo aparece refunfuñando y nos explica que esto ocurre muy a menudo porque no hicieron bien la instalación, y cada vez que se funde una bombilla se apagan todas las de la sala. El electricista dice que solo sucede en esa sala; en las demás, cuando se funde una bombilla, las otras siguen funcionando.

a) ¿Sabrías decir qué tipo de conexión deben llevar las bombillas en una instalación casera para que, al fundirse una, las demás sigan funcionando?

b) Explica por qué con ayuda de estos esquemas:

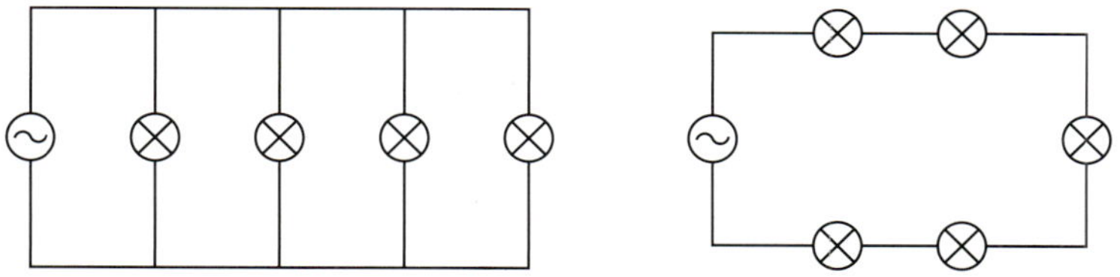

57. Observamos que el electricista se pone guantes y su material tiene el mango de plástico.

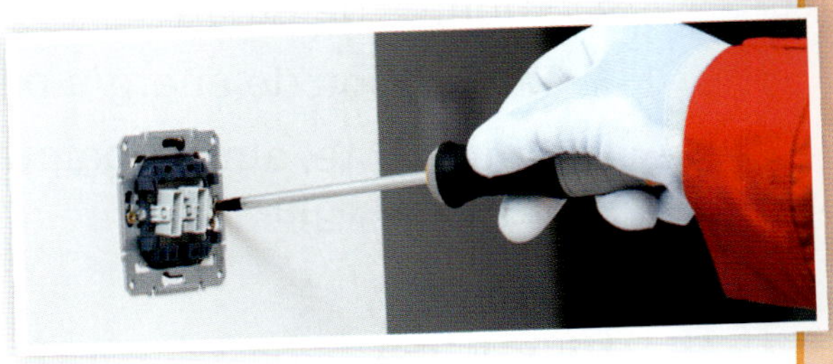

a) ¿Para qué se pone guantes?

b) Indica qué materiales serían buenos para fabricar los guantes y los mangos de los destornilladores.

58. Llegamos por fin al taller de electricidad, donde vamos a ver una demostración de lo que aprendimos en clase y resolveremos unas cuestiones. Cuando aparece el ayudante del museo con el circuito con el que vamos a trabajar, tropieza y se le caen los aparatos de medida. Dos amperímetros y dos voltímetros. Por suerte, la estructura donde venía montado el circuito no se ha deshecho.

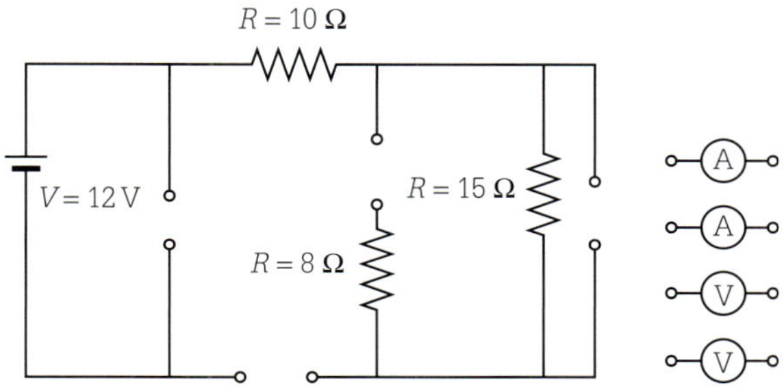

a) Indica al ayudante cómo y dónde se colocan los aparatos de medida que se han caído.

b) Calcula el valor de las lecturas de dichos aparatos a partir de los datos del circuito.

c) ¿Cuál es la potencia consumida por la resistencia de 8 Ω si el circuito está funcionando 10 min? ¿Qué energía disipa en forma de calor?

d) Los amperímetros y los voltímetros funcionan con pilas. Realiza en tu cuaderno un esquema que describa el funcionamiento de una pila. ¿Qué diferencia hay entre una pila y una celda electrolítica?

Diario de aprendizaje

Reflexiona

— En esta unidad, has visto muchos conceptos relacionados con la electricidad. ¿Has comprendido su fundamento y conoces las variables que debes manejar para controlar los circuitos eléctricos?

— ¿Te parece adecuado saber resolver circuitos eléctricos, cada vez más complejos, para entender la base de nuestra evolución, que es la electrónica?

— ¿Imaginabas que la electricidad, nacida hace tan poco tiempo, podía evolucionar como lo ha hecho hasta nuestros días? Pensando en la evolución de algunos inventos como la telefonía desde sus inicios hasta hoy, ¿crees que tiene límites la electrónica?

10 Uso racional de la energía

» CONTENIDOS

1. ¿Qué es la energía?
2. ¿Cómo se intercambia la energía?
3. Conservación y degradación de la energía
4. Fuentes de energía
5. Producción de energía para el consumo
6. Transporte, almacenamiento y consumo de la energía

Visión 360°
Producción y consumo de energía primaria y eléctrica en España

Cre@ctividad
Análisis de nuestro consumo energético

Ciencia a tu alcance
Ideas útiles para un consumo consciente

Rutina de pensamiento

CÍRCULO DE PUNTOS DE VISTA

En la última convención sobre «La energía y el futuro», tres científicos charlaban relajadamente en la sobremesa:

Dr. Ortiz. El efecto invernadero mantiene caliente nuestro planeta. Los gases naturales de la atmósfera impiden que el calor se escape y mantienen nuestra temperatura casi constante. Esto permite que haya vida en nuestro planeta.

Dr. Friedman. Sí, pero lo malo del efecto invernadero es que, por primera vez en la historia de la humanidad, son las actividades humanas las que están alterando el clima de todo el planeta.

Dr. Mendieta. Estimados colegas, no se ofusquen en sus ideas. Somos insignificantes en comparación con el tamaño de nuestro planeta. El efecto invernadero es como las glaciaciones, fruto de un período geológico natural.

— Realiza una puesta en común con tus compañeros y compañeras de clase defendiendo, por tiempos, cada una de las posturas de los científicos que intervienen en la conversación.

1. ¿Qué es la energía?

Observa los fenómenos que constantemente se producen a tu alrededor.

Un día de viento podemos ver cómo las ramas de los árboles se agitan constantemente desplazando gran cantidad de materia.

La radiación solar es capaz de quemar nuestro cuerpo si no lo protegemos convenientemente.

Las olas del mar pueden desplazar a un surfista subido en su cresta.

¿Te has parado a pensar por qué se producen estos fenómenos? ¿Qué causas los motivan? ¿Qué relación puede haber entre el crecimiento de una planta y la caída de un rayo en una tormenta?

Todos los cambios que se producen en la naturaleza se atribuyen a una magnitud física única que se denomina **energía.**

La **energía** es una propiedad asociada a los cuerpos o a los sistemas que les permite realizar cambios en ellos mismos o en otros cuerpos. Se manifiesta a través de las transformaciones que ocurren en la naturaleza.

El ser humano, consciente o inconscientemente, a través de la historia, siempre ha buscado formas de utilizar la energía para mejorar sus condiciones de vida. Observemos como ejemplo la evolución del transporte:

El hombre comenzó utilizando animales para el transporte.

El descubrimiento de la rueda supuso un gran avance para la humanidad.

Con la máquina de vapor pasamos de la economía artesanal a la industrial.

El desarrollo de la tecnología mejora nuestra calidad de vida.

Ágora

En la actualidad también luchamos por nuestra comodidad y progreso. Para ello estudiamos, trabajamos, investigamos, desarrollamos utensilios y técnicas, etc. Progresar está directamente relacionado con un uso responsable de la energía.

» **Reflexiona sobre lo que podría ocurrir con nuestras condiciones de vida si realizáramos un derroche de energía innecesario. A largo plazo, ¿cómo crees que influiría en generaciones venideras?**

1.1. Formas de energía

Si analizamos diferentes procesos, observaremos que las transformaciones o cambios que se producen son de distintos tipos, lo que induce a pensar que debe de haber distintas formas de energía.

Energía potencial elástica

Es la que se acumula en cuerpos o sistemas que se han deformado.

Energía cinética

La poseen los cuerpos por el hecho de estar en movimiento.

Energía potencial gravitatoria

La poseen los cuerpos por estar a cierta altura sobre la superficie de la Tierra.

Energía mecánica

Incluye todas las formas de energía que se intercambien mediante movimiento

Energía eléctrica

Es la que producen los generadores eléctricos.

Energía radiante

Es la que poseen las ondas electromagnéticas. La energía solar es la más importante, ya que las demás proceden de ella directa o indirectamente.

Energía térmica

Es la que produce cambios en la temperatura de los cuerpos.

Energía nuclear

Se obtiene en los procesos de fusión y fisión de los núcleos atómicos. Parte de la masa se transforma en energía.

Energía química

Se pone de manifiesto en las reacciones químicas que suceden tanto en la materia inerte como en los seres vivos.

Actividades

1. «La energía fluye como el agua». ¿Qué quiere decir esta frase? Pensad en la energía y aplicad en clase la **destreza** *Metáfora y analogía* para describirla. Puede ayudaros: *La energía es como...*

2. ¿Cómo se intercambia la energía?

Ya hemos visto que existen muchas formas de energía y que la energía se manifiesta mediante transformaciones o cambios entre cuerpos o sistemas. Pero ¿cómo se producen estos cambios?

Cuando la bola golpea los bolos, estos pasan de estar en reposo a estar en movimiento.

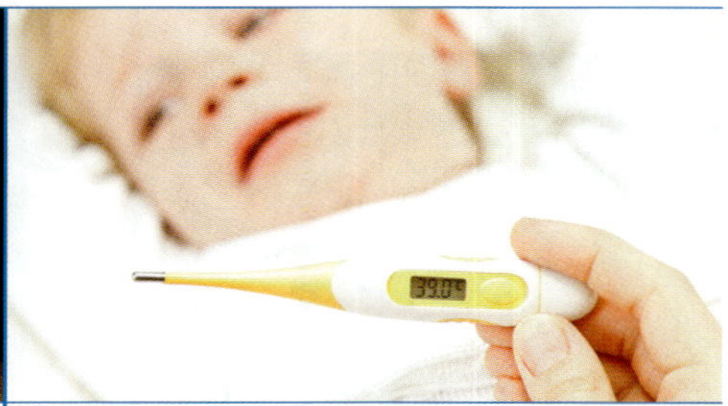

Al cabo de unos minutos, el líquido del termómetro se pone a la misma temperatura que el niño.

Se han producido transferencias de energía entre diferentes cuerpos y ese intercambio se ha llevado a cabo mediante calor o trabajo.

> El **calor** y el **trabajo** no son formas de energía, sino formas de **transferencia de energía.**

Experimenta

¿Qué se calienta antes?

- Pon a hervir agua en un recipiente y viértelo con cuidado en un tazón.
- Coloca en el tazón una cuchara de madera, una de metal y una de cerámica.
- Comprueba al cabo de un minuto cuál de las tres está más caliente.

La causa es que el calor no se transfiere de igual modo a través de todos los materiales.

2.1. Calor

En ocasiones, cuando queremos beber un vaso de agua fría, previamente ponemos unos cubitos dentro del vaso. El agua, que está más caliente, cede energía al hielo, que se va fundiendo, hasta que al final los dos alcanzan una temperatura más baja que la inicial del agua. Esta energía cedida es el calor.

> El **calor** es una forma de transmisión de la energía que se produce cuando existe una diferencia de temperatura entre dos cuerpos, o entre diferentes partes de un mismo cuerpo.

El calor se propaga de tres formas diferentes: **conducción, convección** y **radiación.** Sin embargo, en muchas ocasiones, estas tres formas se presentan simultáneamente.

Cuando en un medio sólido existe una diferencia de temperatura, el calor se transmite de la zona de mayor temperatura a la de menor temperatura por **conducción.**

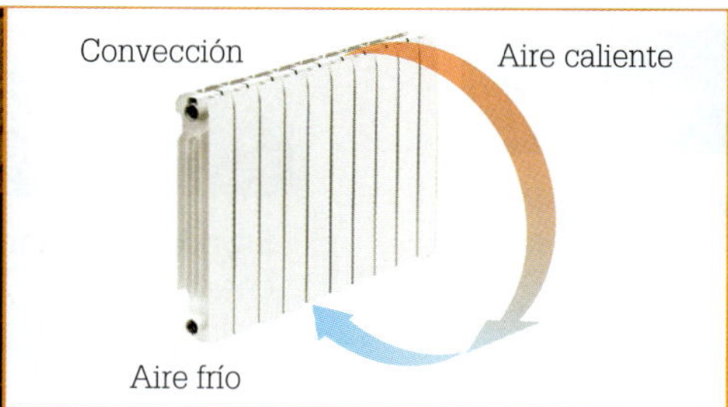

En los fluidos, gases o líquidos, las diferencias de temperatura se igualan por **convección** mediante desplazamientos de parte de su materia.

La energía se propaga por **radiación** en forma de ondas electromagnéticas que viajan a la velocidad de la luz, como el calor que nos llega del Sol.

2.2. Trabajo

Cuando damos una patada a un balón, soltamos la cuerda de un arco que previamente se ha tensado, o cuando dejamos caer un cuerpo, tiene lugar un desplazamiento. Todas las transferencias de energía en las que hay un desplazamiento se realizan mediante trabajo.

> Se produce **trabajo** cuando a un cuerpo se le aplica una fuerza y este se desplaza una distancia.

El valor del trabajo se puede calcular matemáticamente mediante el producto del valor de la fuerza en la dirección del desplazamiento por el desplazamiento producido:

$$W = F \cdot \Delta x$$

Ejemplo 1

Una persona empuja un carrito por el supermercado realizando una fuerza constante de 200 N que permite que se desplace 10 m. Calcula el valor del trabajo realizado por dicha persona.

COMPRENSIÓN. Tenemos un problema en el que hay una fuerza y un desplazamiento. Por tanto, se produce un trabajo.

DATOS. $F = 200$ N; $\Delta x = 10$ m

RESOLUCIÓN. Aplicamos la expresión matemática del trabajo.

$$W = F \cdot \Delta x;\ W = 200 \cdot 10 = 2\,000 \text{ J}$$

COMPROBACIÓN. Comprobamos que el resultado y las unidades son correctos.

Como vimos en la unidad anterior, la unidad de energía en el SI es el julio (J). Recibe este nombre en honor al alemán **James Joule,** que descubrió la relación entre calor y trabajo.

Hasta el siglo XX no se pensaba que el calor fuese una forma de transferencia de energía, y se medía en otras unidades que aun hoy se conservan, como la caloría:

$$1 \text{ J} = 4{,}18 \text{ cal}$$

Puedes estudiar el experimento de Joule en los siguientes enlaces:

http://links.edebe.com/jdc7

http://links.edebe.com/j7bq

Los intercambios de energía que se realizan entre los tres tipos de energía mecánica (cinética, potencial gravitatoria y potencial elástica) se llevan a cabo mediante trabajo.

En el descenso, los esquiadores cambian la energía potencial adquirida al subir la montaña por la cinética.

La velocidad en la parte más baja del recorrido (energía cinética) se transforma en altura (energía potencial) para realizar la pirueta.

Al deformarse, la tela adquiere energía potencial elástica que se transforma en energía cinética y potencial gravitatoria en el salto.

Actividades

2. Indica si los siguientes sucesos son transferencias de energía mediante calor o trabajo, y justifícalo:
   a) El viento hace girar las aspas de un molino de viento.
   b) El movimiento de las nubes por el cielo.
   c) La caída del agua por la presa de un pantano hace girar las aspas de una turbina.

3. ¿A qué forma de propagarse el calor hacen referencia las siguientes situaciones?
   a) El agua de una piscina se calienta al sol.
   b) El aparato del aire acondicionado enfría el aire de la habitación.
   c) La sartén al contacto con el fuego calienta el aceite que hay en su interior.

3. Conservación y degradación de la energía

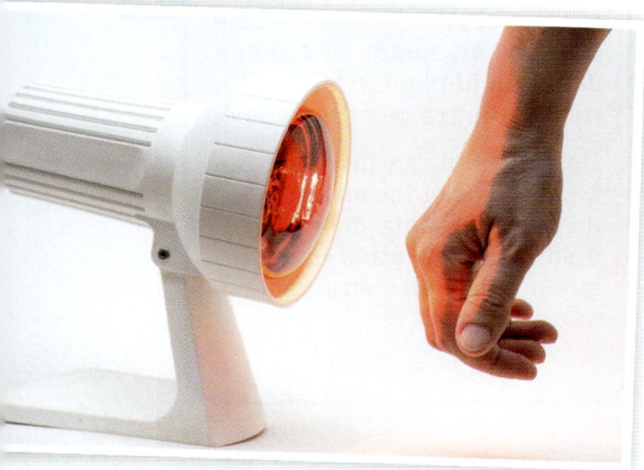

Hemos visto que una de las propiedades más importantes de la energía es su capacidad de transformación de unas formas de energía en otras.

Por ejemplo, la energía química que tiene una pila en su interior se transforma en energía eléctrica, y esta al pasar por la bombilla, en energía luminosa y calorífica.

En estas conversiones de unas formas de energía en otras se cumple uno de los principios más importantes de la física: el **principio de conservación de la energía.**

> La cantidad total de **energía** del universo se mantiene **constante.**

Siempre que se produce un proceso que requiere energía, esta no se consume sino que se transforma en otra clase de energía.

De este modo es fácil explicar por qué hay sucesos que se producen indefinidamente sin aparente consumo de energía. Si nos fijamos en la Luna, lleva dando vueltas alrededor de la Tierra desde hace millones de años sin parar. Lo hace gracias a que su energía se mantiene constante. Sin embargo, ¿por qué no ocurre lo mismo en nuestro entorno?

Cuando en una transferencia de energía hay fuerzas de rozamiento o interviene un proceso de calentamiento, parte de la energía no se puede volver a utilizar.

@ En la siguiente página podrás observar cómo en un péndulo ideal sin rozamientos se conserva la energía:

http://links.edebe.com/g7w

Los avances tecnológicos nos permiten observar el aumento de temperatura que sufren por rozamiento algunas partes de los coches.

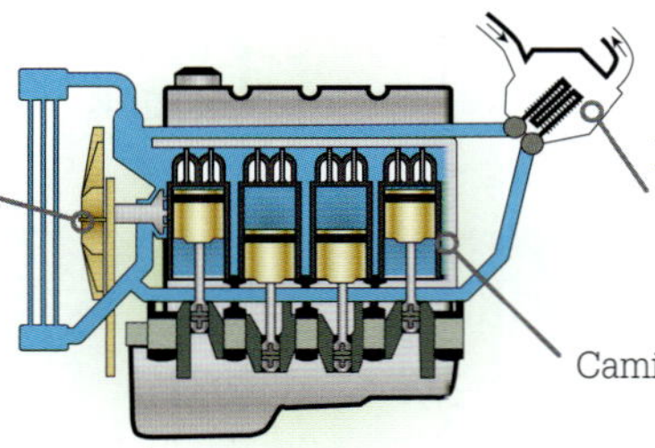

Todos los vehículos se tienen que refrigerar, ya que parte de la energía de la combustión de la gasolina se pierde calentando las paredes del motor.

Aunque, como hemos visto, la energía se conserva en cualquier transformación, no se conserva su calidad: la energía se **degrada.**

En toda transformación energética en la que una parte de la energía se convierte en calor se produce una pérdida de la energía útil. La energía perdida en forma de calor solo se emplea para elevar la temperatura del entorno.

> El **calor** es una **forma degradada de energía.**

Cualquier tipo de energía se puede transformar completamente en calor, pero el calor no se transforma completamente en otros tipos de energía.

3.1. Transferencia de energía en las reacciones químicas

En una reacción química siempre tiene lugar un intercambio de energía entre las sustancias que intervienen y el medio en que se encuentran. Según sea este intercambio, distinguimos dos tipos de reacciones:

> Las **reacciones endotérmicas** tienen lugar con **absorción** de energía en forma de **calor.**
>
> Las **reacciones exotérmicas** transcurren con **desprendimiento** de energía en forma de **calor.**

A continuación estudiaremos la transferencia de energía que tiene lugar en dos reacciones de especial interés: la combustión y la fotosíntesis.

REACCIONES DE COMBUSTIÓN	FOTOSÍNTESIS DE LAS PLANTAS
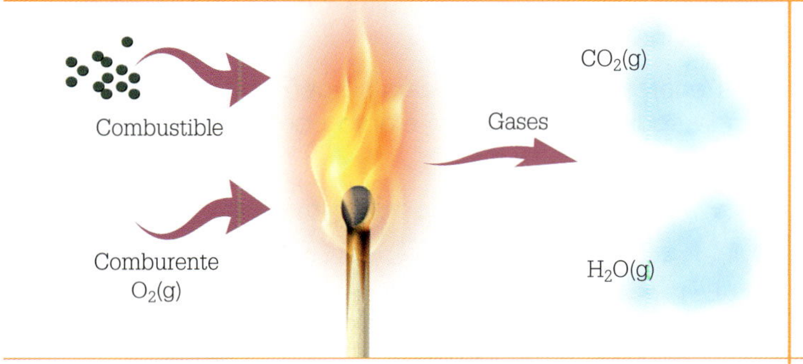	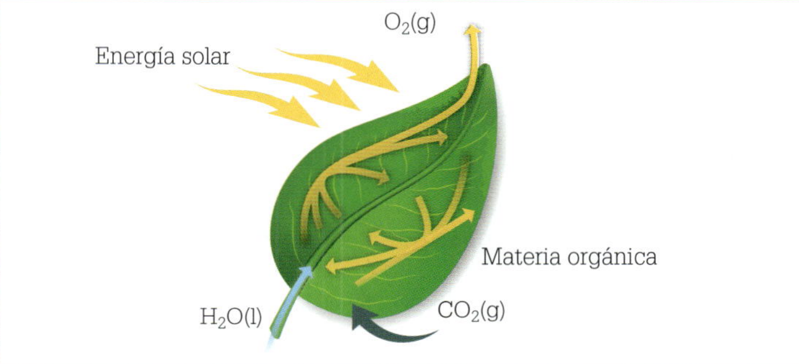
En la combustión, la energía química se transforma en energía luminosa y en calor. Se trata de una reacción **exotérmica.**	La fotosíntesis convierte la energía luminosa procedente del Sol en energía química que se almacena en forma de sustancias orgánicas. Es una reacción **endotérmica.**

Actividades

4. Calentamos un plato de sopa, pero nos entretenemos y cuando nos sentamos a la mesa la sopa se ha vuelto a enfriar. ¿Dónde está la energía que tenía la sopa cuando estaba caliente?

5. ¿Qué similitudes y diferencias presentan las reacciones de combustión y la fotosíntesis? Aplica esta **destreza:**

COMPARA Y CONTRASTA

Combustión | Fotosíntesis

¿En qué se parecen?

¿En qué se diferencian?

En cuanto a

Conclusiones

4. Fuentes de energía

¿El hidrógeno es una fuente de energía?

El hidrógeno despierta hoy día un gran interés para su uso como combustible.

Es poco contaminante, no genera residuos y se puede obtener de forma limpia por descomposición del agua con ayuda de la energía solar.

Acabamos de ver que en las transformaciones energéticas, parte de la energía queda inutilizada para su posterior uso: se ha degradado. Ahora bien, ¿de dónde procede entonces la energía que utilizamos para el consumo?

La energía que adaptamos para nuestro consumo se obtiene a partir de las **fuentes de energía.**

> Una **fuente de energía** es cualquier **recurso natural o material** del que se pueda extraer energía para ser usada directamente, o bien para su transformación.

4.1. Energías convencionales y alternativas

Tradicionalmente el hombre ha utilizado una serie de recursos que, una vez empleados, no se pueden restituir. Son las energías **convencionales** que se consumen en los países más industrializados.

Como **alternativa** a estas energías convencionales surgen una serie de fuentes de energía que ofrecen a la sociedad su menor efecto contaminante o su posibilidad de renovación.

Fuentes de energía convencional	Fuentes de energía alternativa
Leña. De uso más frecuente en las zonas de menor industrialización. Su uso contribuye a la deforestación del planeta.	**Solar.** Es la que llega a la superficie de la Tierra en forma de radiación electromagnética. Procede del Sol, donde ha sido generada por un proceso de fusión nuclear.
Carbón mineral. Roca sedimentaria procedente de la descomposición de grandes cantidades de restos vegetales de millones de años. Se emplea como combustible en la industria y en las centrales térmicas.	**Eólica.** Es la energía cinética del viento, y se ha utilizado durante siglos en la navegación y en los molinos de viento. En la actualidad, se usa para producir energía eléctrica en las centrales eólicas.
Petróleo. Es un líquido viscoso, de color pardo o negruzco, constituido por una mezcla de hidrocarburos. Se forma como resultado del proceso de descomposición de animales y vegetales enterrados por grandes capas de sedimentos desde hace millones de años.	**Geotérmica.** Es la energía que se obtiene aprovechando el calor interior de la Tierra. Se manifiesta en zonas volcánicas, en forma de gases a altas temperaturas en las fumarolas, como vapor o agua hirviendo en los géiseres, o como agua caliente en las fuentes termales. Se utiliza fundamentalmente para obtener electricidad y agua caliente.
Gas natural. Mezcla de gases compuesta principalmente por metano (CH_4) y otros hidrocarburos. Su combustión es relativamente limpia y poco contaminante (desprende solo CO_2 y agua).	**Mareomotriz.** Es la procedente del movimiento del agua. Puede ser por grandes masas de agua producidas en las mareas, así como por las olas que se originan en la superficie del mar por la acción del viento.
Energía nuclear. Está basada en los procesos de fusión y fisión de núcleos de átomos. Es la fuente de energía más eficiente que se conoce. En la actualidad es la fuente de producción de electricidad más utilizada en nuestro país.	**Biomasa.** Conjunto de materia orgánica no fosilizada de la que se obtiene energía aprovechable por transformación en biocombustibles, mediante procesos como la gasificación, la descomposición o la fermentación. Actualmente se encuentra en pleno desarrollo.
Hidráulica. Es fruto del aprovechamiento del desnivel de los ríos o de los saltos de agua artificiales.	

4.2. Energías renovables y no renovables

Las fuentes de energía se clasifican de la siguiente forma:

— **Renovables.** Si se generan en la naturaleza a un ritmo mayor del que se consumen.

— **No renovables.** Si se generan en la naturaleza a un ritmo menor del que se consumen.

Esta clasificación, que está basada en un **desarrollo sostenible** del planeta, está directamente relacionada con las fuentes de energía convencionales y alternativas.

Las fuentes convencionales aportan mayor cantidad de energía pero su uso es limitado, algún día se agotarán. Sin embargo las fuentes alternativas no se consumen, ya que no destruyen ningún tipo de materia. Su funcionamiento está basado en una transferencia de energía entre sistemas.

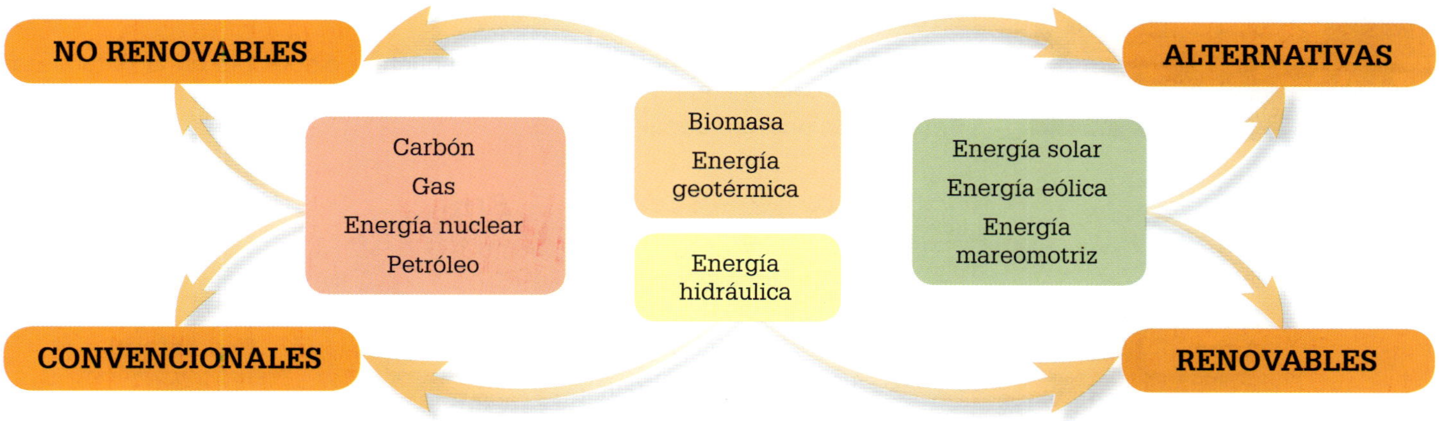

4.3. Aspectos económicos, medioambientales y geopolíticos

El descontrol por parte de los gobiernos de muchos países del uso racional de la energía y su comercialización ha dado lugar incluso a guerras por el control de los recursos energéticos.

Estos conflictos son debidos a la limitación del modelo energético basado en los combustibles fósiles.

— En el aspecto **económico** supone un encarecimiento de la energía.

— En el plano **social,** desigualdad y pobreza.

— En el **ambiental,** implicaciones adversas para el entorno.

Desde comienzos del presente siglo surge la preocupación porque el uso de combustibles fósiles contribuye al **cambio climático.** Muchos expertos están pidiendo a la población un mayor uso de sistemas de energía renovables.

El **protocolo de Kioto** es un ejemplo de acuerdo internacional para reducir las emisiones de gases de efecto invernadero.

Actividades

6. ¿Se podría decir que todas las formas de energía convencional contaminan y que las energías alternativas son limpias? Razona la respuesta.

5. Producción de energía para el consumo

¿Qué tipo de energía consumimos habitualmente? Repasemos mentalmente las actividades que realizamos un día normal.

El ordenador con el que trabajamos, la televisión y la consola con las que nos entretenemos, el móvil con el que nos comunicamos, el frigorífico que conserva los alimentos, etc. Prácticamente toda la energía que consumimos es de tipo eléctrico.

¿Porqué utilizamos la electricidad? ¿Qué ventajas presenta para nosotros? Su gran calidad se manifiesta en su capacidad para ser transformada en otras formas de energía con buen rendimiento. Así, puede convertirse en energía mecánica, calorífica, luminosa, química, etc. Además tiene otra gran ventaja: puede ser transportada a grandes distancias y distribuida directamente en los lugares de consumo.

Sin embargo, la energía eléctrica no se encuentra disponible en la naturaleza. Hay que obtenerla a partir de otras fuentes de energía. Decimos por eso que se trata de una **energía secundaria.**

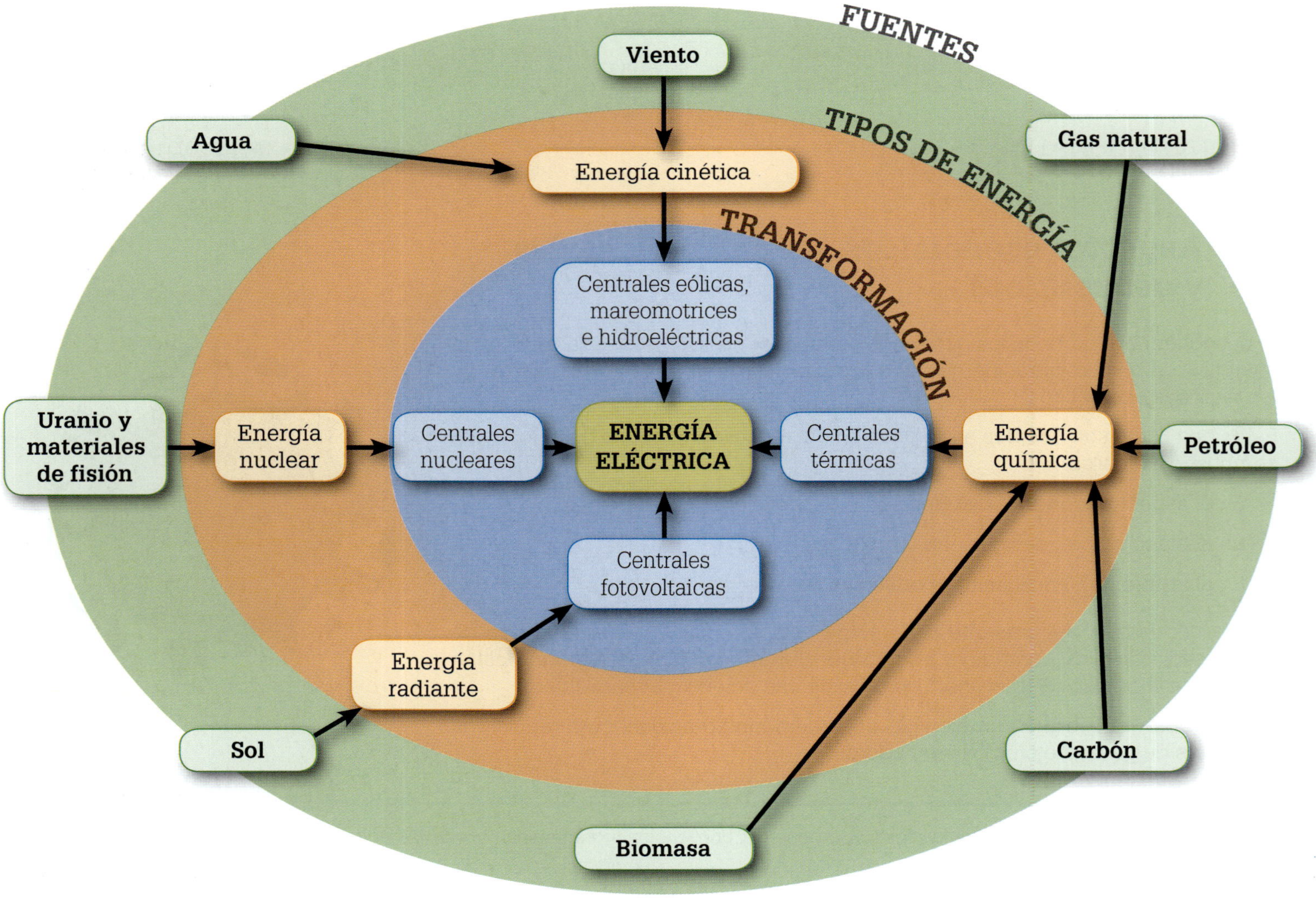

5.1. Las centrales eléctricas

Seguramente, al contemplar el paisaje en algún viaje, en las noticias de la televisión o en los periódicos, hemos podido ver en alguna ocasión una central eléctrica. Pero ¿qué es y cómo funciona una central eléctrica?

Las **centrales eléctricas** son instalaciones en las que, a partir de alguna forma de energía y por **transformación** de esta, se obtiene **energía eléctrica** para su **distribución** y **consumo.**

La base del funcionamiento de todas las centrales es conseguir el movimiento de una turbina. Los dos tipos fundamentales de centrales que existen se diferencian en la energía que transforman para hacer girar la turbina.

Central eléctrica.

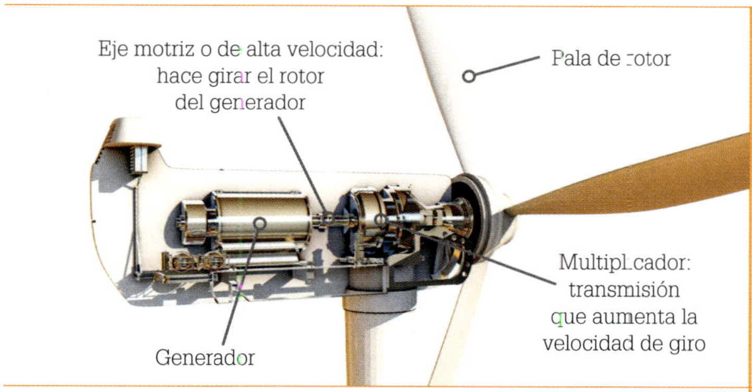

En las **centrales hidroeléctricas o eólicas** es la fuerza del agua o del viento la que, al chocar contra los álabes de la turbina, produce el giro que luego se transmite al generador.

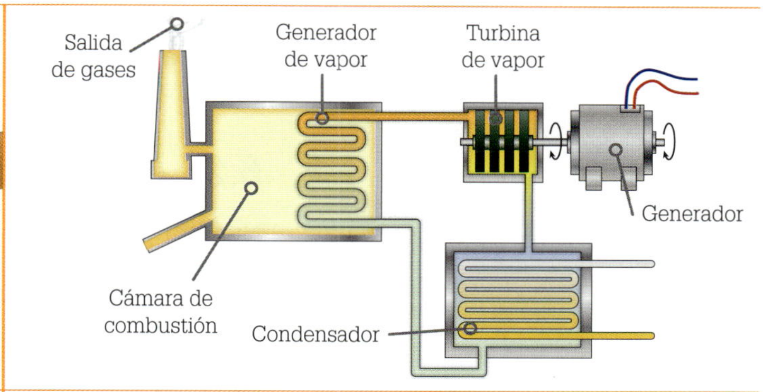

En las **centrales térmicas** el calor generado en una combustión se emplea para evaporar agua, que se conduce a alta presión para hacer girar los álabes de la turbina.

Una vez se ha conseguido provocar el giro, un **generador eléctrico** se encarga de producir electricidad.

El eje de esta turbina está unido a unos electroimanes que giran en torno a unos circuitos en forma de bobina. Al girar se produce una variación en el campo magnético que atraviesa las bobinas: aumenta y disminuye. Esta variación produce corriente eléctrica mediante un fenómeno denominado **inducción electromagnética.**

La corriente eléctrica generada se introduce en la red eléctrica para su transporte y distribución.

Actividades

7. Busca información y responde:

a) ¿Qué diferencia existe entre la corriente continua y la corriente alterna?

b) ¿Qué son un alternador y una dinamo, y en qué se diferencian?

c) ¿Con qué tipo de corriente se realiza el transporte de la energía eléctrica hasta nuestros hogares? ¿Por qué?

8. ¿Qué dispositivo transforma la energía eléctrica en otros tipos de energía para su uso en el hogar? Encuentra alguna analogía entre el funcionamiento de este dispositivo y el generador eléctrico.

9. La transformación de energía luminosa en electricidad a partir de placas fotovoltaicas no se hace por medio de turbinas. Busca información sobre el efecto en el que se basa su funcionamiento. ¿Quién recibió el Premio Nobel por descubrir este efecto?

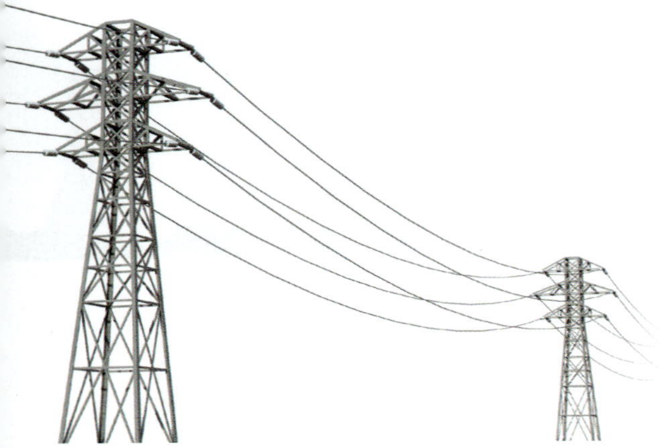

6. Transporte, almacenamiento y consumo de la energía

Una vez generada la energía, la cadena energética continúa su ciclo con los procesos de transporte, almacenamiento y consumo.

6.1. Transporte

A nuestro alrededor observamos que la naturaleza comparte su espacio con las redes de distribución de alta tensión. La gran demanda energética de la sociedad en la que vivimos hace imprescindible la creación de estas redes de distribución.

Precisamente esta es una de las ventajas de la energía eléctrica, su facilidad para el transporte desde el lugar de producción hasta el de consumo.

El impacto visual y recientes estudios médicos (no sin controversia) aconsejan que las líneas eléctricas de alta tensión, al atravesar las ciudades, lo hagan de forma subterránea ya que pueden ser perjudiciales para la salud.

6.2. Almacenamiento

Nuestra gran aliada en el consumo de energía, la energía eléctrica, tiene un problema: no se puede almacenar en la forma de consumo más extendida, la corriente alterna. Solo las baterías y las pilas de corriente continua permiten el almacenaje de este tipo de energía, pero su uso no responde a nuestras necesidades. Lo que hacemos es almacenar los recursos energéticos antes de ser transformados en electricidad.

6.3. Consumo

¿Debe tener alguna limitación el uso creciente de las fuentes de energía? La respuesta está en nosotros mismos. Su uso debe tener los límites que le impone su propia finalidad, que es el bienestar humano en todos los aspectos. Por tanto, la humanidad tiene que preguntarse constantemente si el uso de las distintas fuentes de energía perjudica o no al bienestar humano actual y futuro. Uno de los factores que pueden perjudicar ese bienestar es el deterioro del medio ambiente.

El uso como combustible de derivados del petróleo produce óxidos de azufre, nitrógeno y carbono que al contacto con el agua provocan la **lluvia ácida.**

La lluvia ácida acidifica las aguas provocando la muerte de las especies acuáticas e impide la fotosíntesis de los vegetales.

Posibles escapes o accidentes en las centrales nucleares o el trato inadecuado de los residuos radiactivos pueden provocar **radiactividad.**

La radiactividad produce alteraciones genéticas y el aumento de enfermedades como el cáncer.

La emisión de gases como dióxido de carbono y metano, fundamentalmente, provoca el **efecto invernadero.**

Parte de los rayos solares que llegan a la Tierra no pueden volver al espacio y provocan el calentamiento de la Tierra.

Consumo responsable: ahorro de energía

Continuamente escuchamos a expertos que hablan sobre el problema energético actual y la necesidad de reducir el consumo de energía. Pero ¿cómo podemos nosotros ahorrar energía?

Empezaremos analizando el consumo de energía eléctrica en una casa. En la figura siguiente vemos el porcentaje de consumo eléctrico que representa cada aparato de uso doméstico sobre el total:

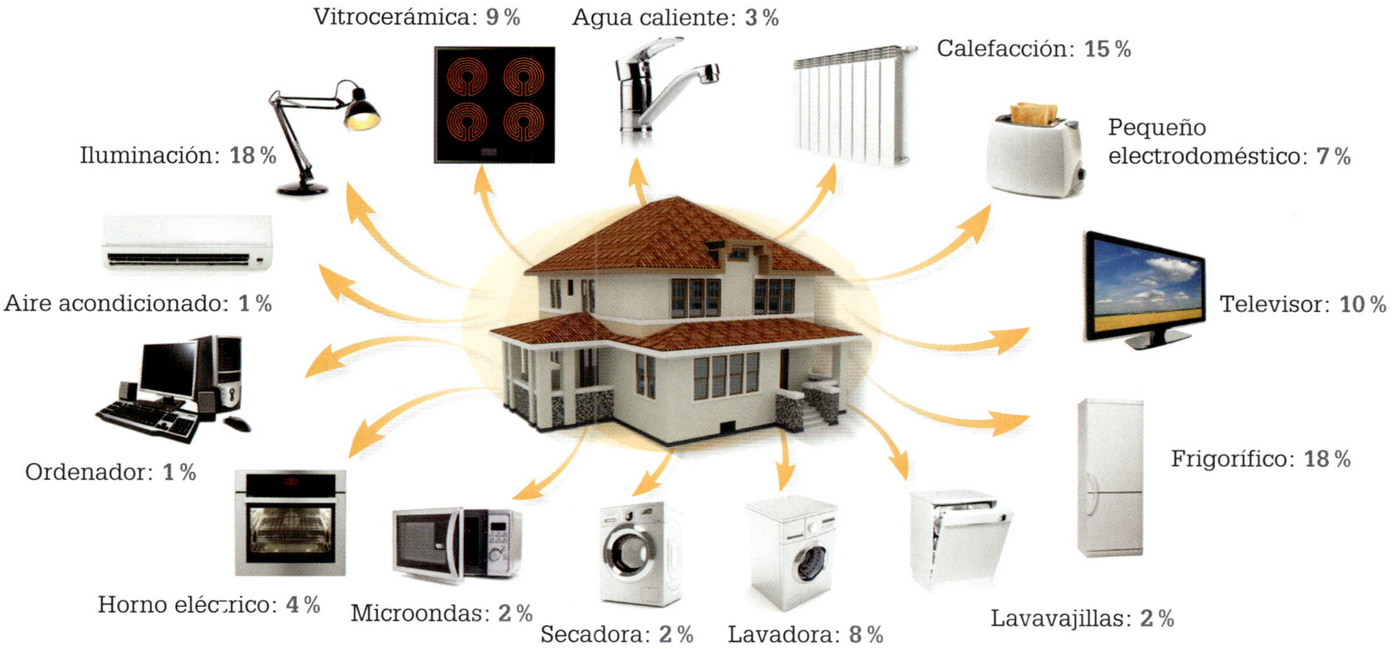

Como estudiamos en la unidad anterior, la cantidad de **energía que consume un aparato eléctrico** depende de dos magnitudes: la **potencia** y el **tiempo** de funcionamiento:

$$E = P \cdot t$$

La energía eléctrica se mide habitualmente en kilovatios/hora (kWh). Un hogar medio en España consume unos 4 000 kWh al año.

A continuación, proponemos una serie de medidas que nos ayudarán a reducir nuestro consumo doméstico, realizando así un consumo responsable de la energía y contribuyendo al desarrollo sostenible:

Medidas para el ahorro de energía eléctrica

- Apagar las luces y electrodomésticos que no estemos utilizando.
- Utilizar bombillas de bajo consumo y electrodomésticos de clase A.
- Mantener la temperatura de la calefacción en 19 °C en invierno y la del aire acondicionado a 25 °C en verano.
- No dejar la TV en *stand by* y poner el ordenador en la función *hibernar* si no los vamos a utilizar durante un rato.
- Tapar cazuelas y pucheros cuando se esté cocinando en ellos.
- Secarse el pelo al aire en verano en lugar de utilizar el secador.

Actividades

10. Busca ejemplos reales de sucesos provocados por el abuso en el consumo de energía y discútelos en clase junto a tus compañeros y compañeras. ¿Qué medidas se podrían haber tomado para evitarlos?

Visión 360°

Producción y consumo de energía primaria y eléctrica en España

Las **fuentes de energía primaria** son todas las formas de energía disponibles en la naturaleza. Están formadas por los combustibles fósiles como petróleo, gas y sus derivados, los combustibles como la madera y las formas de energía no transformadas, la energía eólica, la solar, la geotérmica, etc.

España, junto con Irlanda, Italia y Portugal es uno de los países de la Unión Europea más dependientes del exterior en lo referente a consumo de energía primaria. A la vista de los países implicados, parece que existe una relación directa entre las crisis económicas y la producción de energía primaria.

Además, hay que añadir que la producción de energía primaria ha ido disminuyendo progresivamente con el paso del tiempo. A finales de los años noventa producíamos el 38 % de nuestra energía primaria. Sin embargo, pasada la primera década del nuevo siglo, nuestra producción apenas alcanza el 22 %. De esta forma, a medida que pasa el tiempo, nuestra dependencia energética se hace mayor y en consecuencia tenemos que gastar más dinero en energía.

DEPENDENCIA ENERGÉTICA POR PAÍSES

Dependencia energética (%)
- 0 - 20
- 20 - 40
- 40 - 60
- 60 - 80
- 80 - 100

Exportación neta (%)
- 0 - 20

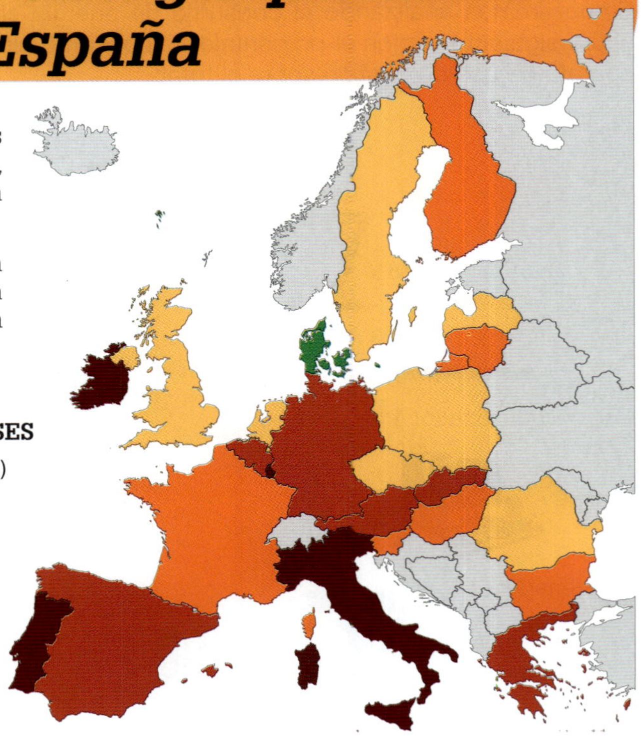

¿Qué tipo de energía consumimos en España?

En la siguiente tabla podemos ver los datos aproximados del consumo de energía primaria en España en el año 2013. El gráfico muestra de forma más visual ese consumo.

CONSUMO DE ENERGÍA PRIMARIA EN ESPAÑA

Fuente	Consumo (ktep)	Porcentaje
Petróleo	52 934	43,50 %
Gas natural	26 077	21,43 %
Energías renovables	17 369	14,27 %
Energía nuclear	14 785	12,15 %
Carbón	10 531	8,65 %
Total	121 696	100 %

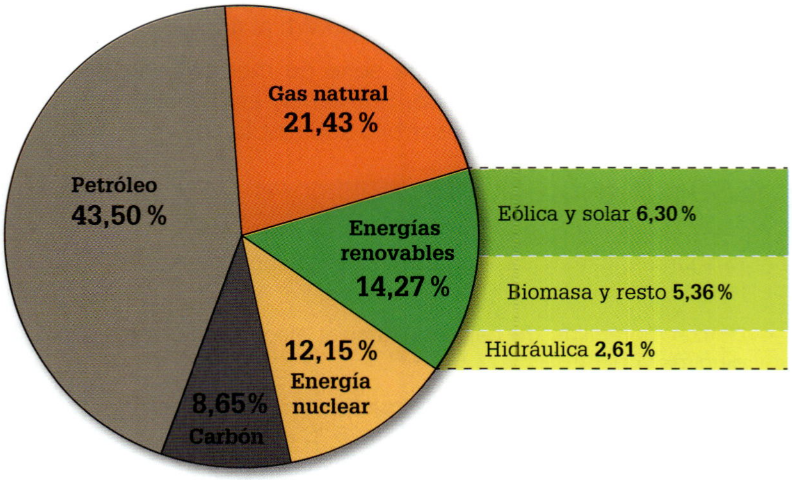

Fuente: Ministerio de Industria Energía y Turismo.

La unidad que se utiliza para medir consumos tan grandes de energía es la **tep,** tonelada equivalente de petróleo (en inglés ***toe,*** *tonne of oil equivalent).* Su valor equivale a la energía que produce una tonelada de petróleo, pero como la composición del petróleo es variable, también lo es la energía que genera. Por tanto, se ha tomado un valor convencional equivalente a 41 868 millones de Julios:

$$1 \text{ tep} = 41\,868\,000\,000 \text{ J}$$

¿De dónde procede nuestra energía eléctrica?

Hemos visto que la energía más versátil para el consumo es la energía eléctrica. Por eso gran parte de toda la energía que consumimos es en forma de electricidad. El consumo cada año es diferente y no hay tendencias claras ni de aumento ni de disminución. Los datos que exponemos a continuación están basados en un consumo de 265000 GW·h (1ktep ≈ 11,63 GW·h), que es un valor medio desde el año 2009 hasta el 2013. Veamos el mapa que muestra el consumo de energía eléctrica:

CONSUMO DE ENERGÍA ELÉCTRICA POR FUENTES EN ESPAÑA

Fuente	Consumo (GW·h)	Porcentaje
Gas natural	76320	28,8 %
Energía nuclear	52205	19,7 %
Energías renovables	78705	29,7 %
Carbón	40810	15,4 %
Petróleo	14310	5,4 %
Residuos y otras	2650	1 %
Total	265000	100 %

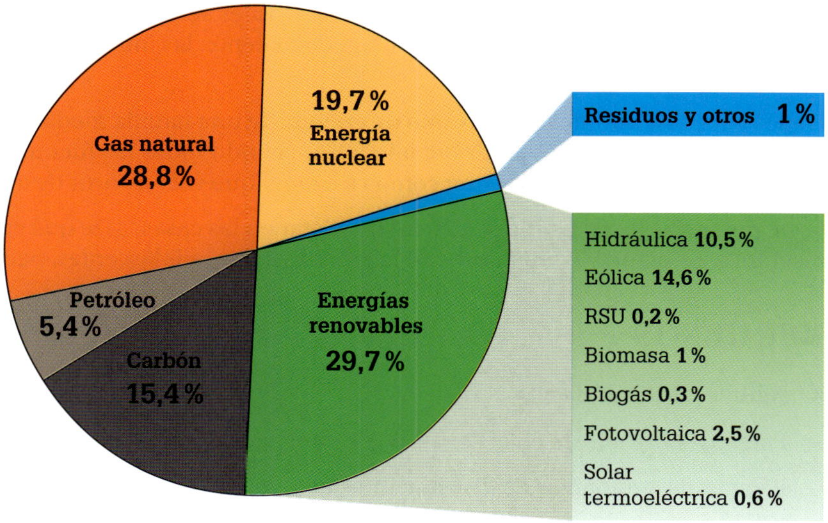

Fuente: Ministerio de Industria Energía y Turismo.

Llevamos más de diez años consecutivos produciendo más energía eléctrica de la que consumimos (sobre un consumo de 265000 GW·h nuestra producción ronda los 295000 GW·h). En realidad exportamos energía eléctrica a nuestros países vecinos. La idea generalizada es que somos energéticamente dependientes del exterior, pero esto solo es así para el consumo en energía primaria, como hemos visto en el mapa de la página anterior.

Aunque tenemos instalaciones para generar una potencia mayor que el doble de la demanda, cuando hay picos de consumo no se pueden atender porque estas instalaciones son de energías renovables, que no permiten obtener energía cuando se quiere sino cuando se puede.

Cre@ctividad: Analizamos nuestro consumo energético

Lee con detenimiento los datos sobre el consumo energético en nuestro país y realiza una pequeña investigación para aclarar algunas circunstancias inherentes a ellos.

Busca en páginas de organismos gubernamentales o autonómicos y prepara una presentación que incluya:

— La producción de energía primaria por comunidades. Obtén la **energía per cápita nacional** y compárala con el mismo dato por comunidades.

— El consumo de energía eléctrica en las grandes ciudades comparado con el de pequeñas poblaciones de menos de 5000 habitantes.

— La cantidad de toneladas de CO_2 que se emiten por tep de diferentes sustancias.

— El cálculo de toneladas de CO_2 emitidas por España con los datos de la tabla de consumo de energía primaria.

@ **http://www.minetur.gob.es**

Haz una reflexión junto a tus compañeros de los datos obtenidos tras ver la película-documental *Una verdad incómoda,* de Al Gore.

PBL: Ideas útiles para un consumo consciente

PLANTEAMIENTO DEL PROBLEMA

Nos encontramos en el año 2050. Eres un ingeniero o ingeniera especializado en recursos energéticos y combustibles. Ocupas un cargo muy importante dentro de la administración del estado, tanto que tus decisiones son respetadas por los gobiernos de las diferentes ideologías.

Te enfrentas a un problema: los combustibles fósiles se agotarán en cinco años. Ya solo nos quedan las energías renovables como recurso energético. Pero existe un inconveniente: las infraestructuras de las energías renovables no han cambiado desde el año 2015.

Debes hacer un estudio del consumo de energía de una familia media en un año. Compara ese consumo con el que podrá realizar una familia media a partir del año 2055, cuando todas las fuentes de energía sean renovables, y prepara un informe en el que comuniques a la población cómo va a tener que vivir a partir de ahora.

¿Qué potencias de consumo se deberá contratar en las casas? ¿De qué comodidades se tendrá que privar cada familia? ¿Cómo afectará a los diferentes miembros de la familia (niños, adolescentes, padres, abuelos, etc.)?

RECURSOS

— Apuntes de la unidad.

— Páginas sobre ahorro en el consumo de energía.

— Páginas de compañías de distribución eléctrica.

— Ministerio de Agricultura, Alimentación y Medio Ambiente.

— Ministerio de Industria, Energía y Turismo.

— Cálculo de la potencia eléctrica:

@ http://links.edebe.com/pex7

@ http://links.edebe.com/7ry

— Cálculo de energía media consumida:

@ http://links.edebe.com/v79

@ http://links.edebe.com/vuw7

METODOLOGÍA DE TRABAJO

El trabajo se realizará en grupos de tres a cinco alumnos. Debéis seguir el procedimiento siguiente:

1.º Análisis y comprensión del problema.

2.º Creación de una tabla en la que señaléis:

  — Lo que sabéis.

  — Lo que necesitéis saber.

3.º Realización de un cuadro en el que aparezca el reparto de tareas de cada miembro del grupo.

4.º Ejecución de trabajo individual que consistirá en la realización de la tarea asignada.

5.º Reunión y puesta en común de los resultados obtenidos por cada miembro del grupo.

6.º Exposición del trabajo en una presentación en formato digital, vídeo o conferencia.

PRESENTACIÓN DE LAS SOLUCIONES

Realizad uno o varios de los trabajos siguientes:

— Presentación en Prezi.

— Grabación de un vídeo en el que se muestren los nuevos hábitos de vida frente a los antiguos (ahorro, preservación del medio ambiente, etc.).

— Exposición oral o conferencia, basada en la elaboración de unas fichas guía.

CRITERIOS DE EVALUACIÓN

Cada grupo contará con tres notas:

— La correspondiente al trabajo presentado: 70 %.

— La del desarrollo diario: 10 %.

— La de la documentación elaborada en el apartado «Metodología de trabajo»: 20 %.

OBJETIVOS DE APRENDIZAJE

— Saber diferenciar entre fuentes de energía renovables y no renovables con el fin de situarlas en el contexto económico, medioambiental y geopolítico.

— Identificar la eficiencia energética de los distintos electrodomésticos y máquinas con el objeto de valorar la importancia de un consumo responsable de las distintas fuentes energéticas.

— Valorar en su justa medida la naturaleza de la que disfrutamos, y cuidarla y protegerla para que las próximas generaciones puedan disfrutarla igualmente.

— Concienciar de que consumo no es sinónimo de calidad y disfrute de la vida.

DESARROLLO DIARIO

Conforme vayáis avanzando en vuestra investigación, id rellenando el siguiente diario:

DÍA	ACTIVIDAD
Día 1	
Día 2	
Día 3	
Día 4	
Día 5	

CIENCIA A TU ALCANCE

Controversia científica: ciencia frente a seudociencia

La **ciencia** es el conjunto de conocimientos obtenidos mediante la observación y el razonamiento, sistemáticamente estructurados y de los que se deducen principios y leyes generales.

Como sabemos, para hacer ciencia hay que seguir el método científico. Este aspecto marca una clara diferencia con lo que denominamos **seudociencia,** es decir, aquellas afirmaciones, creencias o prácticas que no cumplen con el método científico y carecen de evidencias científicas. Así pues, las seudociencias no están comprobadas de forma rigurosa y fiable.

A veces, dentro de la comunidad científica existen desacuerdos acerca de la validez de una determinada teoría. Decimos entonces que hay **controversia científica.** Una verdadera controversia científica implica un debate sostenido entre los científicos y fomenta la investigación en el tema en cuestión.

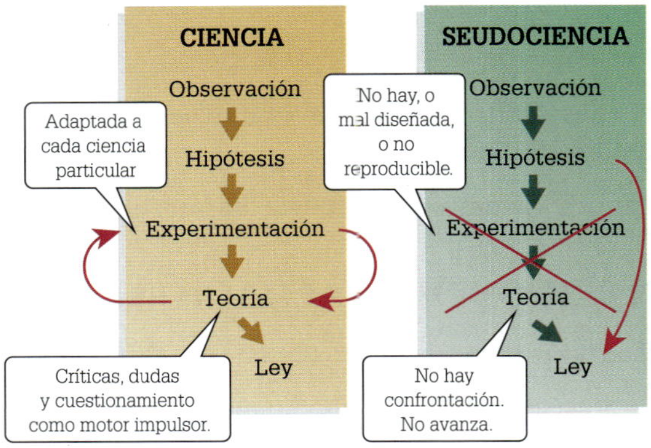

1. Lee atentamente las siguientes noticias:

Gasta 6 500 dólares para proteger su casa del wifi

En el Reino Unido una mujer ha gastado 4 000 libras esterlinas (unos 6 500 dólares) en comprar pintura «antirradiación» para proteger su casa de las señales de wifi y móvil, ya que asegura que estas le causan dolor de cabeza.

«No me lo han diagnosticado, pero mi médico de cabecera sabe mi condición. Cada vez que me acerco al wifi o a las señales telefónicas lo noto». Russell dice que sufre de electrosensibilidad, que incluye dolores de cabeza tan fuertes que la limitan: por ejemplo, no puede ir en autobús debido al número de móviles a bordo. También evita los ordenadores.

La electrosensibilidad es reconocida en Canadá y Suecia como una discapacidad médica y quienes la padecen sufren dolores de la cabeza, dificultades para concentrarse y sudor excesivo. Sin embargo, según las autoridades sanitarias británicas, es dudoso que las señales incrementen los problemas de salud.

Texto de la noticia completa en:

http://links.edebe.com/7p3

El debate nuclear

Argumentos a favor...

Las centrales ofrecen electricidad de forma constante y con precios competitivos, garantizan el abastecimiento, frenan las emisiones contaminantes y reducen la dependencia del exterior. Estos son los argumentos de los defensores de las nucleares.

... y en contra

Costes, seguridad, residuos y proliferación militar. Cuatro puntos débiles que pesan demasiado a juicio de sus detractores. Si se puede recurrir a otras —representa un 3 % del consumo energético de la humanidad y un 33 % en Europa—, ¿para qué asumir riesgos? Estos son sus argumentos.

Lee la noticia completa y el fundamento de cada argumento en:

http://links.edebe.com/ccb7

@ **2.** Primero analiza el rigor científico de cada noticia y contrasta su fuente. Después responde a estas preguntas para cada una:

— ¿Se trata de ciencia o seudociencia?

— En el caso de que hablemos de ciencia, ¿muestra alguna controversia científica?

3. Organizad un debate en clase en el que, por turnos, cada uno argumentéis vuestro punto de vista sobre cada noticia. Para ello debéis ser críticos y objetivos.

@ **4.** Lee la siguiente entrevista a dos investigadores sobre el origen del universo:

http://links.edebe.com/mc3b7

@ **5.** Busca en Internet otros ejemplos de seudociencias y temas de actualidad en los que haya controversia científica.

SÍNTESIS

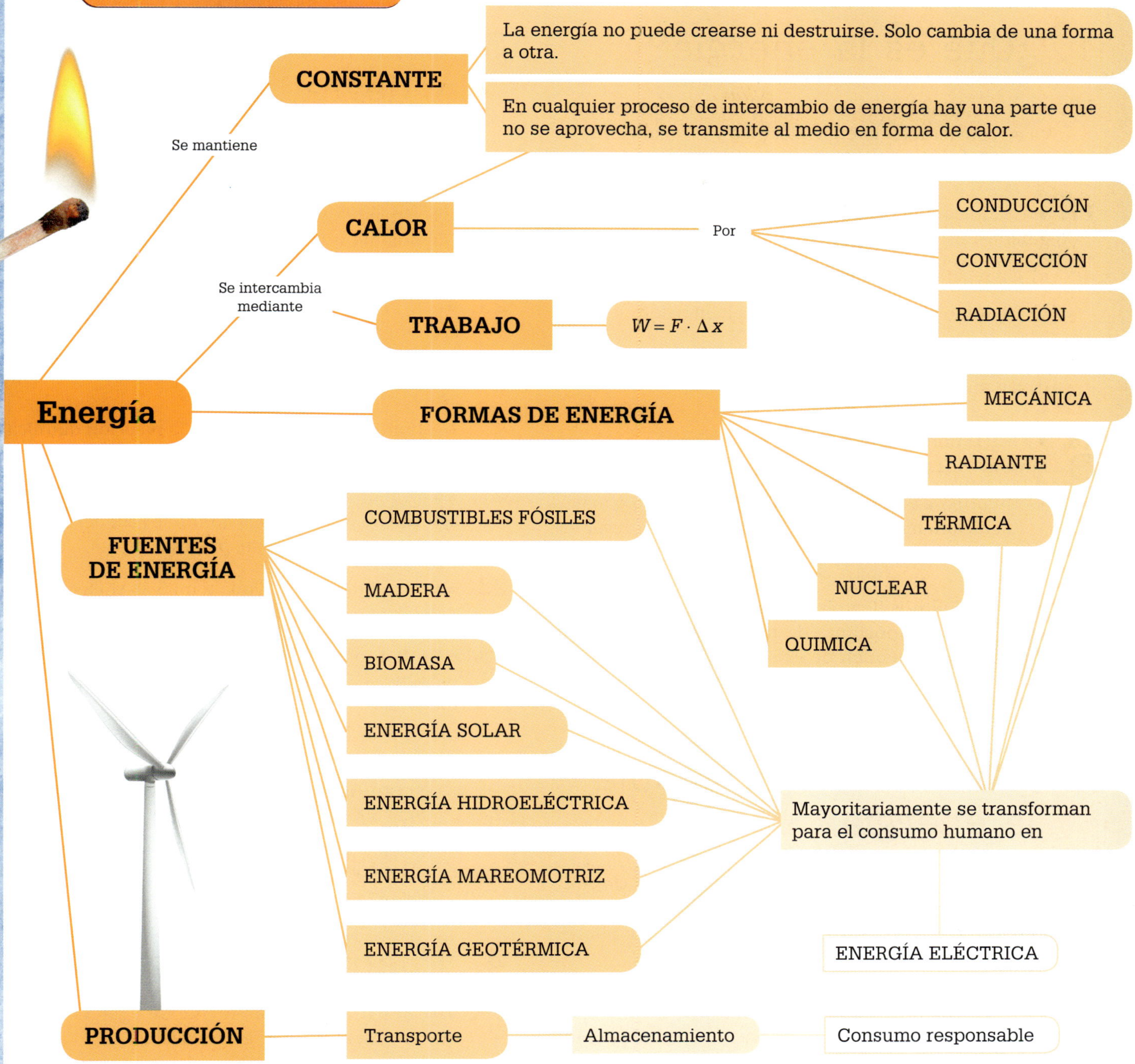

Recuerda lo que has aprendido

11. ¿En qué se diferencian las fuentes de energía de las formas de energía?

12. ¿Cuál es la forma de energía que el ser humano ha desarrollado más eficientemente para su consumo?

13. ¿Por qué se dice que el calor es una forma degradada de la energía?

14. Decimos habitualmente que en las centrales se produce energía eléctrica, pero si somos conscientes de que la energía no se puede crear ni destruir: ¿qué es lo que ocurre realmente en las centrales eléctricas?

15. Describe con tus palabras la problemática energética actual. ¿Qué medidas se están adoptando para solventarla?

Actividades finales

1. ¿Qué es la energía?

16. ★☆☆ Describe un proceso en el que la energía mecánica se convierta en energía eléctrica y otro en el que la energía eléctrica se convierta en mecánica.

17. ★☆☆ Indica qué cambios provoca la energía en los siguientes sistemas:

a) Un recipiente con agua colocado sobre la lumbre.

b) Un futbolista que da una patada a un balón.

c) Un niño que sube una escalera.

d) Un muelle que se comprime.

18. ★★☆ ¿De dónde obtiene la energía nuclear esos valores tan elevados de energía?

— Infórmate acerca del científico que describió matemáticamente la posibilidad de obtener energía en procesos nucleares.

19. ★★★ Del Sol nos llega la energía radiante, que es la energía más importante de todas, ya que de algún modo todas dependen de esta. ¿De dónde obtiene el Sol la energía que luego nos llega a nosotros en forma de energía radiante?

2. ¿Cómo se intercambia la energía?

20. ★☆☆ El cuerpo humano es una máquina transformadora de energía. ¿De dónde procede la energía que somos capaces de desarrollar en nuestras actividades diarias?

21. ★★☆ La lavadora es un electrodoméstico cuyo funcionamiento conocemos bien. Indica, a partir de la energía eléctrica de la que se alimenta una lavadora, las transformaciones energéticas que se producen en ella en una sesión de lavado.

22. ★★☆ Calcula el trabajo que realiza un ascensor para elevar a una persona de 80 kg de masa hasta un sexto piso (15,6 m). Podemos suponer que el ascensor se mueve a velocidad constante, de modo que la fuerza que realiza es el peso de la persona.

23. ★★★ Explica un proceso de intercambio de energía en el que, partiendo de energía radiante, esta se transforme en energía química, cinética, eléctrica y térmica.

3. Conservación y degradación de la energía

24. ★☆☆ Apoyándote en el principio de conservación de la energía, responde:

¿Es posible que una máquina que recibe 5 000 J de energía realice un trabajo de 5 000 J? ¿Por qué?

25. ★☆☆ ¿Por qué se dice que hay que ahorrar energía, si la energía se conserva en cualquier proceso?

26. ★☆☆ ¿Qué transformación de energía tiene lugar al arder leña en una estufa?

— Indica cómo se denomina la reacción química que tiene lugar. ¿Es endotérmica o exotérmica?

27. ★★☆ Un motor de gasolina mueve una bomba que saca agua de un pozo. Explica dónde se produce la degradación de la energía en este proceso.

28. ★★☆ La fotosíntesis ayuda a mitigar el efecto invernadero. Explica por qué.

29. ★★★ Por grupos, informaos sobre el significado del término *rendimiento* o *eficiencia energética* de una máquina.

a) ¿Cuál es su expresión matemática?

b) Calculad la eficiencia energética de una bombilla que consume 1 000 J de energía eléctrica para producir 300 J de energía luminosa.

c) Comparad el resultado obtenido en el apartado anterior con el del resto de grupos de la clase. ¿Habéis llegado todos a la misma cifra?

4. Fuentes de energía

30. ★☆☆ ¿Es lo mismo una fuente de energía alternativa que una fuente de energía renovable?

— Indica fuentes de energía que sean alternativas y renovables, y fuentes de energía que posean solo una de las dos características.

31. ★★☆ ¿Qué ventajas presenta el gas natural frente al resto de fuentes de energía convencionales?

32. ★★☆ ¿Qué fuentes de energía se basan en el desarrollo sostenible? ¿Es una utopía utilizar exclusivamente estas fuentes de energía? Razona tu respuesta.

33. ★★☆ Busca información sobre el protocolo de Kioto. Indica qué países son los que en más ocasiones incumplen dicho protocolo.

34. ★★★ En un pueblecito de Palencia cada invierno talan una hectárea de leña en el monte para calentar sus casas. Lo hacen de forma que cada año cortan en una zona diferente del monte y, al cabo de unos quince años vuelven a la primera donde el monte ya se ha regenerado.

¿Es este sistema convencional un sistema sostenible? ¿Es la madera una fuente renovable? Justifica tu respuesta.

5. Producción de energía para el consumo

35. ★☆☆ ¿Qué características presenta la energía eléctrica para que sea la que más se ha desarrollado para el consumo humano?

36. ★★☆ Enumera diferentes electrodomésticos de una casa en los que se transforme energía eléctrica en otros tipos de energía.

37. ★★☆ ¿Consumimos en nuestros hogares algún tipo de energía distinta a la energía eléctrica? En caso afirmativo pon algún ejemplo.

38. ★★★ @ Busca información sobre una central eléctrica cercana a tu localidad:

a) Describe sus características, su funcionamiento y cómo afecta al entorno desde el punto de vista ambiental y social.

b) ¿Cuál es su aportación al total de energía producida en tu comunidad? ¿Y en España?

c) Estructura toda la información en un informe.

6. Transporte, almacenamiento y consumo de la energía

39. ★☆☆ ¿Qué electrodoméstico abarca el mayor consumo de electricidad en una casa?

— Consulta las instrucciones de los principales aparatos eléctricos de tu casa y apunta en tu cuaderno la potencia de cada uno. ¿Cuánto suman en total?

40. ★☆☆ ¿De qué forma contribuyen las siguientes medidas al ahorro energético?

a) Colocar la nevera en un lugar donde no reciba directamente rayos del Sol.

b) Separar las basuras para su reciclado.

c) Llenar la lavadora y el lavavajillas.

d) Cerrar las puertas de las habitaciones.

41. ★★☆ @ Entra en el siguiente enlace y recorre el camino que hace la electricidad durante el proceso de distribución:

@ **http://links.edebe.com/7bu**

— ¿Qué diferencias hay entre las líneas de media, alta y baja tensión?

42. ★★☆ Dividíos en tres grupos y aplicad la **técnica cooperativa** *TGT (Teams-Games-Tournament)* para repasar el tema del consumo de energía.

43. ★★☆ @ Infórmate sobre el consumo energético en tu comunidad autónoma y compáralo con el del resto de comunidades.

44. ★★☆ @ + La CEE (certificación de eficiencia energética) de una vivienda clasifica los edificios en una escala de siete letras. Busca en Internet esta escala.

— ¿Qué letra representa a los edificios más eficientes?

45. ★★★ Ante repetidas facturas de la luz con importes elevados, una familia necesita reducir el consumo eléctrico de su vivienda. ¿Qué pueden hacer?

Ayúdales a dar con una solución aplicando la **destreza** *Resolución de problemas:*

EL PROBLEMA

POSIBLES SOLUCIONES
¿Cómo puedo resolver el problema?

SOLUCIÓN CONSIDERADA

CONSECUENCIAS	PROS O CONTRAS (+/–)	VALOR (muy importante, importante o poco importante)
–		–
–		–
–		–

NUEVA SOLUCIÓN

Pon a prueba tus competencias

Queremos diseñar la localidad que resuelva nuestros problemas energéticos, la ciudad que asegure un desarrollo sostenible. Para ello daremos una vuelta virtual por nuestra localidad intentando mejorar todos los aspectos relacionados con la energía que sean susceptibles de mejora.

46. Identifica los distintos elementos, presentes en las imágenes, de una ciudad respetuosa con el medio ambiente.

a) ¿Qué fuentes de energía se usan preferentemente? ¿Qué se consigue con ello?

b) ¿De qué forma se aprovechan el sol y el viento en los edificios?

c) ¿Qué se hace con los productos de desecho?

d) ¿Qué medios de transporte existen y qué fuente de energía emplean?

47. Indica cuáles de los siguientes comportamientos contribuyen a ahorrar energía:

a) Elegir los electrodomésticos más baratos, pues ya supone un ahorro económico frente a los que tienen una eficiencia energética mejor.

b) Desenchufar el cargador del móvil cuando no se está utilizando.

c) Poner la calefacción a una temperatura alta desde el primer día y no apagarla en todo el invierno para evitar que se enfríe la casa.

d) Usar el propio automóvil, que es más pequeño, en lugar del autobús que es de mayor tamaño y consume más, para desplazarse hasta el trabajo.

e) Rechazar productos elaborados con materiales reciclados.

— Propón algún método que utilices o puedas poner en práctica en tu casa para ahorrar agua.

48. Señala el color del contenedor en el que depositarías los siguientes desechos:

a) Las pieles de las patatas.

b) Envases de vidrio.

c) Periódicos y libros viejos.

d) Un bote o lata de refresco.

e) Botellas de plástico.

f) Una caja de cartón.

49. Darío, alumno de 3.º de la ESO, coge el autobús para ir al instituto. Este transporte viaja a una velocidad de 50 km/h, cuando se encuentra con un semáforo en rojo y se detiene:

a) ¿Qué tipo de energía tenía el autobús antes de encontrarse el semáforo?

b) ¿En qué se ha transformado esa energía cuando está detenido?

c) ¿Cuál es el valor de la energía cinética del autobús mientras está detenido?

d) ¿Se ha conservado la energía en el proceso de frenado?

e) ¿De dónde tiene que tomar la energía para ponerse de nuevo en movimiento?

50. Hoy día existe la tendencia de reemplazar las fuentes de energía no renovables por las renovables, siempre que sea posible:

a) Explica cuáles crees que pueden ser los motivos que nos llevan a ello y los beneficios que podemos obtener.

b) ¿Qué desventajas tiene el hecho de utilizar fuentes de energía renovables?

c) Discutid en clase la necesidad o no de investigar nuevas formas de obtención de energía.

d) Infórmate sobre si existe o no controversia científica sobre este tema y argumenta tu postura al respecto.

51. Analiza la siguiente información sobre el balance de energía eléctrica en España en julio de 2014:

	Potencia instalada (MW)
Hidráulica	19888
Nuclear	7866
Carbón	10972
Fuel + gas	520
Ciclo combinado	25353
Eólica	22854
Solar fotovoltaica	4427
Solar térmica	2300
Térmica renovable	990
Cogeneración y resto	7077

ENERGÍA PRODUCIDA EN EL MES DE JULIO DE 2014

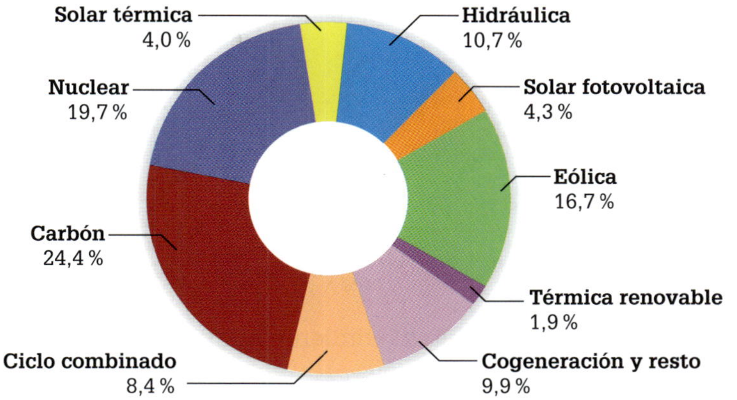

(1) No incluye la generación ni el bombeo.

Fuente: Adaptado, REE, boletín de julio de 2014.

a) ¿Qué potencia total había instalada en julio de 2014? ¿De dónde procede la mayor parte de la energía eléctrica que se produjo?

b) Calcula los porcentajes de potencia que supone cada fuente sobre el total hallado en el apartado anterior, y elabora un gráfico de sectores en Excel (como el de «Energía producida» de la derecha).

— ¿Por qué no has obtenido los mismos porcentajes para la potencia instalada que para la energía producida? Para responder a esta pregunta piensa en un molino de viento de 7,5 MW de potencia: ¿siempre generará energía por el hecho de tener esa potencia instalada?

c) Fíjate en la nota al pie que aparece debajo del gráfico de energía producida. ¿Por qué piensas que es necesario añadir esta especificación? ¿Se puede perder energía durante la generación o el transporte?

d) Redacta un breve resumen de la información analizada.

52. Haz una lista en tu cuaderno con medidas y consejos para ahorrar energía a nivel doméstico.

— Organizad una puesta en común en clase y comprobad cuántos de estos consejos se ponen en práctica en vuestra casa. Poned en conocimiento de vuestra familia el resto para poder realizar un consumo más responsable de energía en vuestro entorno.

Reflexiona

Diario de aprendizaje

— ¿Crees que entre las diferentes fuentes de energía (renovables y no renovables) se puede alcanzar un equilibrio que permita a la humanidad conservar un planeta limpio? ¿O piensas que el consumo desenfrenado de energía para vivir más cómodamente provocará una gran crisis energética?

— ¿Te parece adecuada la eficiencia energética de las máquinas y electrodomésticos que utilizamos o debería dirigirse la investigación científica en este sentido?

— ¿Hacia dónde crees que evolucionará la sociedad en el futuro? ¿Volveremos a vivir como en el pasado, con poca energía, ya que habremos agotado las fuentes no renovables? ¿O crees que la humanidad encontrará una nueva fuente de energía inagotable que nos permitirá vivir mucho mejor que en la actualidad? Defiende tu idea frente a las de tus compañeros y compañeras.

Evaluación de competencias de física

1. La siguiente gráfica representa un breve trayecto recorrido por un tren:

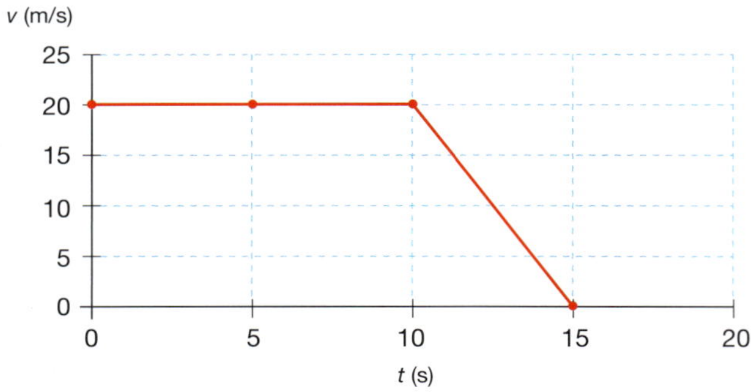

a) ¿Qué tipo o tipos de movimiento identificas?

b) Calcula la velocidad media del tren en este tramo.

c) ¿Cuál es la velocidad instantánea a los 7 s de recorrido? Exprésala en km/h.

d) ¿Qué distancia total ha recorrido el tren en este trayecto?

e) Dibuja en tu cuaderno la forma que tendrá la gráfica espacio-tiempo y sitúa en ella la posición inicial y final del móvil. ¿Coincidirá el valor del desplazamiento con el de la distancia recorrida? Razona tu respuesta.

f) ¿Cuál de las siguientes situaciones crees que se corresponden con la gráfica?

1.ª El tren circula a una velocidad constante durante 10 s y al salir de la estación, de repente, acelera durante otros 5 s.

2.ª El tren circula a una velocidad de 20 m/s cuando empieza a frenar para entrar en la estación, y tarda 5 s en detenerse.

3.ª El tren ha salido de la estación desplazándose con MRUA hasta conseguir una velocidad constante de 20 m/s, momento en el que comienza a moverse con MRU.

@ **2.** Los vehículos actuales cuentan con diversos dispositivos de seguridad para proteger a los pasajeros. Una mujer de 60 kg conduce un coche de 1 800 kg de masa a una velocidad de 85 km/h, con el cinturón de seguridad correctamente abrochado. De repente, observa un obstáculo en la carretera y frena.

a) Si el coche tarda en detenerse 7 s, ¿qué fuerza ha ejercido? Indica su módulo, su dirección y su sentido.

b) ¿Qué hubiera sucedido si la conductora no hubiese llevado puesto el cinturón de seguridad? Explica en qué ley has basado tu razonamiento.

— Si el cinturón de seguridad tardó únicamente 0,7 s en parar a la conductora, calcula la fuerza que ha ejercido sobre ella.

c) Halla el peso de la mujer.

— ¿Tendrá el mismo valor en Marte? Justifica tu respuesta.

d) Tras el susto, la mujer continúa su recorrido y sube una cuesta rectilínea de 300 m de longitud y 10 m de altura. Calcula la fuerza que habrá ejercido el coche al llegar al final y explica por qué se utilizan los planos inclinados en el trazado de las carreteras.

e) El sistema de suspensión de un vehículo, entre otros elementos, incorpora muelles. Durante el trayecto y ante una irregularidad en el terreno, uno de los muelles del coche se comprimió 10 mm. Si su constante elástica es de 1 000 N/m, determina el valor de la fuerza que amortiguó expresándola en unidades del SI.

f) A la hora de elegir los neumáticos de un coche, es necesario evaluar la adherencia con el suelo, en la que influyen tanto el tipo de pavimento por el que se moverá el coche (carretera, caminos, nieve, etc.) como el dibujo del neumático. ¿Con qué fuerza está relacionada esta variable?

g) Infórmate sobre el resto de dispositivos de seguridad presentes en un automóvil y clasifícalos en seguridad activa o pasiva.

3. Lee con atención el siguiente titular de una noticia publicada en diversos medios en septiembre de 2014:

El deshielo está alterando la gravedad terrestre en la Antártida

a) ¿Qué relación existe entre la masa de la Tierra y la gravedad?

b) Teniendo en cuenta la respuesta anterior, ¿la gravedad terrestre estará aumentando o disminuyendo?

c) Señala si esta afirmación es verdadera o falsa: «La gravedad desempeña un importante papel en el movimiento de los planetas y los satélites».

d) Calcula la fuerza gravitatoria que existe entre dos personas de 50 kg y 70 kg de masa, distanciadas 3 m entre sí. Reafirma tu respuesta con un dibujo en tu cuaderno en el que representes la dirección y el sentido de la fuerza.

e) ¿Qué causas crees que intervienen en el deshielo del que habla el titular? Pon tu respuesta en común con tus compañeros y compañeras.

f) Lee la noticia completa en el siguiente enlace y revisa tus respuestas anteriores:

@ **http://links.edebe.com/a9n**

4. Responde estas cuestiones sobre fenómenos eléctricos:

a) ¿Qué formas de electrizar la materia conoces? Pon un ejemplo de cada tipo.

b) Halla el valor de la fuerza electrostática entre dos cargas puntuales de +3,1 μC y −7,5 mC separadas una distancia de 9 cm en el vacío. ¿Es atractiva o repulsiva?

c) Enumera las semejanzas y las diferencias entre la fuerza gravitatoria y la eléctrica. ¿Y entre la fuerza eléctrica y la magnética?

d) Explica qué es un electroimán y los elementos de los que consta.

5. Observa:

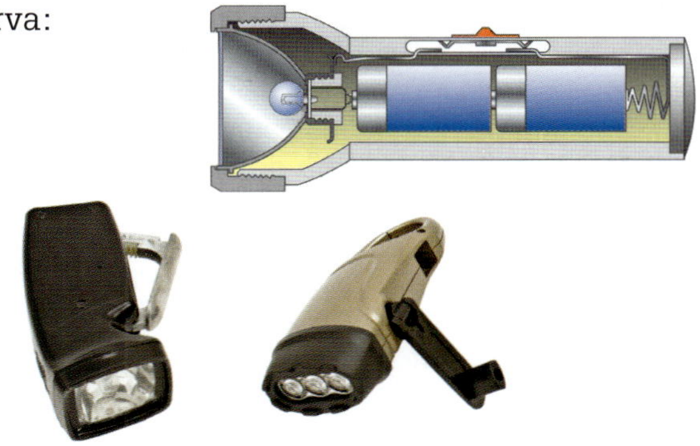

a) ¿Qué transformación de energía tiene lugar en cada dispositivo? ¿Qué efecto produce la electricidad?

b) Dibuja en tu cuaderno el circuito eléctrico correspondiente al esquema de la pila y nombra cada uno de sus elementos. ¿En qué sentido se mueven los electrones cuando el circuito está cerrado?

c) ¿Por qué los cables se fabrican de cobre en su interior y están recubiertos de plástico en su exterior?

d) Describe cuál de los dos dispositivos anteriores es más respetuoso con el medio ambiente.

6. Un electricista que está trabajando en su taller ejecuta las siguientes acciones:

a) Dispone de una pila, dos interruptores y dos bombillas. ¿Cómo tiene que conectar estos elementos para que una bombilla pueda funcionar independientemente de la otra? Dibuja en tu cuaderno un esquema.

b) Mide con un polímetro la resistencia que circula por un circuito compuesto por un amperímetro y una resistencia en serie. Sabiendo que la pila es de 4,5 V y el amperímetro marca 2,0 A, ¿qué valor de los siguientes debe obtener para la resistencia?

2,25 Ω   9 Ω   2,25 W

c) Lee una revista que acaba de recibir sobre las centrales eléctricas. ¿Qué tipos conoces tú?

— Elabora un diagrama en formato digital sobre la energía eléctrica. Debe contemplar estas etapas: fuentes, almacenamiento, generación, transporte y consumo. Incluye imágenes y todos los datos que conozcas o recojas sobre el tema.

Vamos a emprender

¿Eres una persona con ilusión, proactiva y con ganas de mejorar el mundo? ¡Entonces tienes madera de emprendedor!

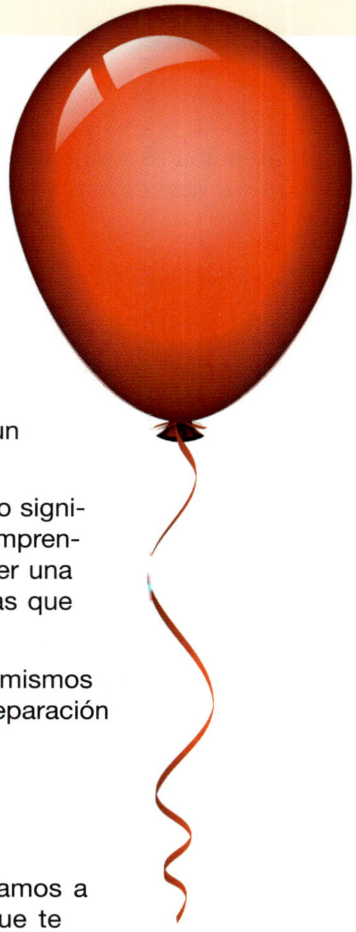

¿Y qué es un emprendedor?

Un emprendedor es una persona capaz de convertir un sueño o una idea en un proyecto real.

A veces, se confunde el término «emprendedor» con el de «empresario», pero no significan lo mismo. Un empresario es una persona que posee una empresa, y un emprendedor es un término que quiere decir mucho más: ser emprendedor significa ser una persona que se levanta cada mañana con una actitud positiva para hacer cosas que mejoren el mundo que le rodea.

Ser emprendedor no es una profesión, es una actitud. Depende de nosotros mismos (de nuestra ilusión, confianza y actitud positiva), y de que contemos con la preparación necesaria para saber llevar a cabo el proyecto que queramos realizar.

¿Te atreves a emprender?

Lo que aprendes en la escuela te va a servir para ser mejor emprendedor. Vamos a proponerte un proyecto relacionado con la asignatura de Física y Química que te va a permitir desarrollar y poner en práctica tus aptitudes emprendedoras. ¿Te atreves a emprender?

Proyecto: Ciencia para los más pequeños

Este proyecto constará de tres fases principales:

Fases

A. ¿Por dónde empezamos? Concretemos la idea

Esta fase os servirá para decidir qué es lo que vais a ofrecer, es decir, cuál es vuestra idea.

B. ¿Cómo nos organizamos? El plan

Esta fase define los pasos que tendréis que seguir, lo que necesitáis para elaborar vuestro plan.

C. ¿Lo ponemos en práctica? Tomamos decisiones

Esta fase os servirá para poner en marcha vuestra idea. Antes de empezar, tendréis que investigar sobre los experimentos de ciencias para niños. Así, sabréis qué actividades podéis ofrecer y en qué clase de evento. No es lo mismo organizar un espectáculo de magia y ciencia en fiestas de cumpleaños para niños y niñas de 6 años, que talleres de ciencias en el colegio para niños y niñas de 10 años.

Actividad 1

Llevad a cabo una lluvia de ideas para decidir en qué experimentos de ciencia para niños podéis trabajar:

— Preparad un listado con todas aquellas ideas que creáis interesantes y clasificadlas según la edad de los niños y las niñas a los que van dirigidas.

— Indicad si las actividades necesitan la supervisión de un adulto.

— Escribid un mínimo de 20 posibles inventos y experimentos. Os ayudará anotarlos en una plantilla:

Lista de experimentos	Edad apropiada de los niños y niñas	¿Requiere supervisión de un adulto?

— Agrupad las distintas ideas teniendo en cuenta las edades de los niños y niñas a quienes van dirigidas.

Actividad 2

Anotad en una lista los eventos y los lugares en los que podríais realizar dichos experimentos: fiestas de cumpleaños, talleres extraescolares en el colegio, a través de una página web o un canal de YouTube...

— Clasificad las ideas de la primera plantilla teniendo en cuenta el tipo de actividad o el lugar donde realizarla. No olvidéis tener en cuenta las edades de los niños y las niñas a los que van dirigidas.

Fiestas	Talleres	Web	Otro (citar)	Otro (citar)	Otro (citar)	Otro (citar)

Vamos a emprender

A ¿Por dónde empezamos? Concretemos la idea

Ahora ya tenéis una lista de todos aquellos inventos y experimentos que podéis desarrollar. Es el momento de decidir cómo vais a presentar vuestras ideas.

Actividad 3

Analizad la plantilla de la Actividad 2 y decidid con qué tipo de evento creéis que tendríais más éxito. Elegir bien «para quién» se organiza el evento es absolutamente fundamental, ya que puede condicionar todo el proyecto.

Completad la siguiente plantilla y describid con detalle cómo es el tipo de usuario al que os vais a dirigir: edad, dónde vive, dónde podéis encontrarle, cómo podéis contactar con él...

Evento o acto en el que vamos a ofrecer nuestra actividad de ciencia	¿Quién va a ser nuestro principal usuario (consumidor)? ¿Cómo es nuestro usuario?
Ejemplo: talleres de ciencias extraescolares para alumnos pequeños.	Ejemplo: niños y niñas entre 5 y 8 años de nuestro colegio.

Una vez ya tenemos claro «qué» vamos a hacer y «para quién», ya nos podemos organizar.

B ¿Cómo nos organizamos? El plan

A la hora de planificar una idea de negocio, es importante establecer un calendario. Así, veremos qué tareas son urgentes, y cuáles pueden esperar.

Actividad 4

Anotad aquello que debéis hacer para poner en marcha vuestra idea. Por ejemplo, conseguir los materiales necesarios para los experimentos o comprobar que estos funcionan.

Actividad 5

Una vez terminada la lista de tareas, poned fecha de inicio y de finalización a cada una de ellas, y ordenadlas cronológicamente. Por ejemplo:

	Semana 1	Semana 2	Semana 3	Semana 4	Semana 5	Semana 6
Comprar materiales						
Comprobar experimentos						
Elaborar página web						

Es importante distribuir las tareas entre las distintas personas que forman parte del proyecto. Tened en cuenta que cada trabajador de una empresa tiene unas habilidades y fortalezas que lo hacen único para llevar a cabo determinadas tareas.

Actividad 6

Identificad las características, las habilidades y las fortalezas de cada integrante del equipo. ¿Quién es buen comunicador? ¿Quién tiene conocimientos de diseño gráfico? ¿Quién está acostumbrado a tratar con niños pequeños? ¿Quién sabe crear una página web?

— Una vez repartidas las tareas entre todos los miembros del equipo, completad esta plantilla:

Tarea	Responsable	Fecha de finalización

Una vez estén claras las tareas y responsabilidades de cada miembro del equipo, podéis empezar a trabajar en el área que os han asignado. En votación, elegid a una persona del grupo que coordine y haga un seguimiento del trabajo. Esta persona será el equivalente a un director general de una empresa.

Para que vuestro proyecto tenga éxito, tenéis que dar a conocer vuestra idea. Es muy importante saber convencer a vuestros clientes. En un proyecto como este existen dos grupos distintos a los que comunicar vuestra idea:

— Los clientes: las personas que van a contratar vuestro servicio, el director del colegio, el profesor de física y química, los padres y las madres.

— Los usuarios: los niños y las niñas que van a disfrutar de vuestras actividades, espectáculo, talleres, etc.

Actividad 7

Preparad una lista de lo que necesitan saber los padres, las madres y el director del colegio; y también los niños. Ahora no importa «cómo comunicar» sino «qué comunicar»; es decir, qué información es la más importante para convencerlos.

Actividad 8

Anotad las acciones de comunicación para daros a conocer a los padres, las madres a los responsables del colegio y convencer a los niños y las niñas a los que queréis dirigir vuestras actividades.

Acción	¿A quién va dirigido?	¿En qué consiste?
Ejemplo: repartir tarjetas publicitarias a la salida del colegio.	Ejemplo: niños y niñas de 5 a 8 años.	Ejemplo: explicar el espectáculo para fiestas.

C ¿Lo ponemos en práctica? Tomamos decisiones

Una vez lo tenéis todo anotado y las tareas distribuidas, hay que poner vuestra idea en marcha.

Antes de aventuraros con vuestra primera empresa, aseguraros de que el negocio resulta rentable. Para ofrecer vuestras actividades, necesitaréis comprar materiales, pagar los costes de vuestra página web e imprimir materiales, entre otros gastos.

Si los ingresos que esperáis obtener son superiores a los gastos significa que estáis obteniendo un **beneficio.** Si los ingresos son inferiores que los gastos, vuestro negocio tiene **pérdidas.**

Una variable que influirá en el resultado es el **precio.** El precio solo podrá fijarse una vez conozcáis cuáles son los costes totales que tendréis que asumir.

Actividad 9

Ha llegado el momento de saber si vuestro proyecto se puede llevar a cabo. Seguid estos pasos:

— Calculad los costes totales que tendréis que asumir para ofrecer vuestros servicios.

	Lista de los costes correspondientes al número de espectáculos, fiestas o talleres vendidos
Importe de los costes totales esperados	

— Calculad el precio mínimo de cada actividad. Para ello, dividid el importe de los costes totales entre el número de espectáculos o talleres que esperáis realizar.

Costes totales / Número de espectáculos = Precio mínimo del espectáculo

— Ahora ya conocéis los costes, el precio y el número de espectáculos o talleres que creéis poder vender. Podéis efectuar una estimación del resultado que obtendréis.

	Número de espectáculos, fiestas o talleres vendidos	Precio del espectáculo, fiesta o taller
Ingresos totales esperados	Debéis multiplicar el número total de espectáculos por su precio de venta.	
Beneficio o pérdida	Debéis restar los ingresos totales esperados con los costes totales esperados.	

Actividad 10

Cuando hayáis finalizado el proyecto, comparad los resultados obtenidos con lo que creíais que podríais obtener, y comentad con vuestro equipo qué observáis.

Conclusiones

— ¿Cuál ha sido el resultado obtenido con vuestra idea de negocio?
— Comparad vuestros resultados con los obtenidos por otro grupo y comentad las diferencias.
— ¿Qué has aprendido?
— ¿Qué es lo que más te ha gustado de la experiencia?
— ¿Qué harías de manera diferente si volvieras a repetir el proyecto?

Con este proyecto hemos aprendido...

— La física y la química pueden resultar muy divertidas e incluso nos pueden llegar a proporcionar oportunidades de negocio.
— Debemos definir muy bien a quién dirigiremos nuestros servicios para ofrecer actividades interesantes y adecuadas para los usuarios en cuestión.
— En este tipo de servicios, la comunicación con los adultos será distinta a la comunicación con los «usuarios» de nuestro producto (niños).
— Es importante conocer los costes que estamos asumiendo para poder fijar un precio adecuado para el servicio que estamos ofreciendo. Ello determinará en gran parte los resultados que obtendremos con nuestra idea.